아라비안 나이트
세상에서 가장 신비로운 사랑 이야기

지은이 리처드 F. 버턴 (1821~1890)

영국의 탐험가·외교관·동양학자·기행작가로, 모험을 좋아하여 세계 곳곳을 탐험하였다. 탕가니카 호수를 발견하고, 황금 해안을 조사하는 등 주로 아프리카 지역을 탐험하였다. 『메카 여행』을 비롯하여 중동 및 아프리카에 관한 책만 70여 종을 저술하였다. 언어의 귀재로서 35개 국어를 자유자재로 구사하였다. 현재 가장 널리 읽히고 있는 '버턴의 아라비안 나이트 영역본'은 『아라비안 나이트』를 가장 온전하게 재현한 것으로 평가된다. 버턴의 작업이 있고서야 비로소 『아라비안 나이트』는 '세계 문학사상 가장 중요한 걸작'으로 거듭나게 되었다.

그린이 규하

최초의 순정만화 잡지 『르네상스』 신인 코너로 데뷔, 단편만화와 일러스트 위주의 작업을 해오다 삼성출판사의 『신데렐라』를 시작으로 동화 일러스트 계에 입문했다. 『셰익스피어 이야기』, 『눈의 여왕』, 『인어 공주』, 『걸리버 여행기』, 『피터 팬』, 『성냥팔이 소녀』 등 많은 명작의 그림을 작업하였다.

아라비안 나이트 아름다운고전시리즈 ❽

지은이 | 리처드 F. 버턴　**그린이** | 규하　**옮긴이** | 이소연
펴낸이 | 김종길　**펴낸곳** | 인디고

출판등록 | 1998년 12월 30일 제2013-000314호　**주소** | (04029) 서울특별시 마포구 월드컵북로8길 41 (서교동483-9)
홈페이지 | indigostory.co.kr　**전화** | (02)998-7030　**팩스** | (02)998-7924
블로그 | http://blog.naver.com/geuldam4u　**페이스북** | www.facebook.com/geuldam4u
이메일 | geuldam4u@geuldam.com　**인스타그램** | geuldam
초판 1쇄 발행 | 2010년 6월 20일　**초판 15쇄 발행** | 2024년 3월 20일　**정가** | 15,800원
ISBN 978-89-92632-28-7 03810

이 도서의 국립중앙도서관 출판시도서목록(CIP)은 e-CIP홈페이지(http://www.nl.go.kr/ecip)와
국가자료공동목록시스템(http://www.nl.go.kr/kolisnet)에서 이용하실 수 있습니다.(CIP제어번호 : CIP2009001162)

이 책은 글담출판사가 저작권자와의 계약에 따라 발행한 것이므로 이 책 내용의 일부
또는 전부를 사용하려면 반드시 글담출판사의 동의를 받아야 합니다.

Neverending story Arabian nights
아라비안 나이트
세상에서 가장 신비로운 사랑 이야기

천 일 동안 이어진
세상에서 가장 신비롭고 아름다운 사랑 이야기
....

Neverending story
Arabian nights

Neverending story
Arabian nights contents

천일야화의 시작
샤리야르 왕과 샤라자드 이야기 / 20

Neverending story
Arabian nights
운명 같은 사랑

목숨을 건 용기 있는 사랑
하산과 샤라자드 이야기 / 49

진심으로 마음을 얻은 열정적 사랑
아르다시르 왕자와 누후스 공주 이야기 / 75

고난 속에 지켜 낸 지조 있는 사랑
딘과 쟈리스 이야기 / 125

Neverending story
Arabian nights

신비한 모험 속에서
피어난 사랑

운명을 걸고 되찾은 불멸의 사랑
미나르 공주와 하산 이야기 / **159**

신들이 맺어준 신비로운 사랑
자만 왕자와 브두르 공주 이야기 / **235**

신분을 뛰어 넘은 지고지순한 사랑
알리와 미리암 공주 이야기 / **287**

Neverending story
Arabian nights

비극으로 끝난
슬픈 사랑

죽음이 갈라놓은 애달픈 사랑
박카르와 나하르 이야기 / 331

천생배필의 나무
오트바와 라이야 이야기 / 357

뒤늦게 깨달은 아픈 사랑
아지즈와 아지자 이야기 / 375

Neverending story
Arabian nights

천일야화, 그 후의 이야기
영원히 끝나지 않을 사랑 이야기 / **406**

만약 신께서 우리 두 사람을 맺어주실 계획이라면
반드시 만나게 될 거예요.
그러니 두려워 마세요.

– '고난 속에서 지켜낸 지조 있는 사랑' 중에서

Neverending story
Arabian nights

천일야화의 시작
샤리야르 왕과 샤라자드 이야기

인도와 중국의 여러 섬을 다스리던 사산왕조의 한 왕이 있었다. 그는 밖으로는 직접 전쟁을 진두지휘할 만큼 용맹하여 주변 국들의 위협으로부터 나라를 안전하게 지켰으며, 안으로는 너그럽고 공명정대하여 백성들의 신망이 두터운 왕이었다. 그의 이름은 샤리야르. 스무 해가 넘도록 그의 태평성대는 계속 되었다. 그러던 어느 날, 샤리야르 왕은 자신이 다스리고 있는 나라에서 멀리 떨어져 있는 사마르칸드의 왕 샤자만이 못 견디게 그리워졌다. 그는 동생의 나라를 방문하기로 결심하고 대신을 불렀다.

"동생 샤자만과 만나지 못한 지 여러 해가 지났소. 그래서 동생의 나라로 여행을 떠날까 하는데, 대신께서 일정을 세워 준비해주면 좋겠소."

"왕이시여, 요즘 나라 안팎으로 사정이 여의치 않으니 직접 여행길에 나서시는 것보다는 동생께서 이곳으로 오시도록 하는 것이 더 좋을 듯합니다."

대신의 말에 샤리야르 왕은 그렇게 하는 것이 좋겠다고 생각하였다. 그는 동생에 대한 그리움을 가득 담아 정성껏 편지를 썼다. 그 편지를 대신에게 직접 건네주고, 갖가지 진기한 보물과 선물을 함께 준비하여 동생의 나라로 보냈다. 대신은 왕의 마음을 잘 알고 있었기에 샤자만 왕의 나라로 서둘러 출발했다.

대신의 방문 소식에 샤자만 왕은 기쁨을 감추지 못했다.

"먼 길 오시느라 고생하셨소. 형님은 무고하시오?"

"왕께서 직접 보내신 편지를 가지고 왔습니다."

대신은 형의 편지와 선물을 동생 샤자만 왕에게 전했다. 마음이 담긴 형의 편지를 천천히 읽은 샤자만 왕은 그리움에 눈물을 흘렸다. 그리고 자신의 충직한 대신에게 명을 내려 형님의 나라로 떠날 채비를 하도록 하였다. 형님의 나라 대신을 환영하는 만찬을 열고, 여행 채비를 하는데 사흘이 걸렸다. 도성 밖에 천막을 치고 수백 마리의 말과 낙타에 형님에게 드릴 엄청난 양의 선물과 보물들을 싣는 것으로 여행 준비를 모두 마쳤다. 샤자만 왕은 아침이 밝는대로 출발할 작정으로 천막에서 야영을 하기로 했다.

그날 밤, 형님에게 꼭 드리고 싶었던 선물을 왕궁에 놓고 온 것을 알게 된 샤자만 왕은 다른 사람들 모르게 왕궁으로 들어갔다. 이 방 저 방을 다니며 두고 온 선물을 찾던 샤자만 왕은 왕비가 혼자 자고 있을 침실로 들어갔다.

그런데 이게 무슨 일인가? 분명히 혼자 잠들어 있어야 할 왕비가 지저분하기 짝이 없는 흑인 노예의 품에 안긴 채로 함께 누워 있는 것이 아닌가. 샤자만 왕은 이 믿을 수 없는 광경에 눈앞이 캄캄해지고 정신이 아득해졌다.

'아직 내가 도성 안에 있고, 성 안이 훤히 보일 정도로 가까운 곳에 있는데도 이런 짓을 저지르다니! 만약 내가 형의 나라에 오랜 시간 머무르게 되면 이 더럽고 추악한 왕비가 어떤 짓을 할지 모르겠구나!'

샤자만 왕은 머리 끝까지 화가 나서 견딜 수 없었다. 결국 칼을 뽑아 단칼에 두 사람을 네 동강 낸 후 시체를 그대로 둔 채 천막으로 돌아왔다. 그리고 이 사실을 아무에게도 말하지 않았다.

날이 밝자 샤자만 왕은 대신에게 명령을 내려 형님의 나라로 출발하였다. 그러나 샤자만 왕은 왕비의 부정에 대한 생각으로 머릿속이 어지러웠다.

'어째서 왕비는 그런 짓을 저질렀을까? 어째서? 도대체 왜?'

샤자만 왕은 마치 무언가에 씌인 사람처럼 계속해서 혼잣말을 중얼거렸다. 그리곤 깊은 슬픔에 빠져 몸도 마음도 쇠약해져 갔다. 여정이 길어지면서 샤자만 왕의 안색은 날이 갈수록 나빠져만 갔다. 대신이 각별히 신경을 써서 보좌했지만 왕의 상태는 나아지지 않았다.

그렇게 시간이 흐르고 어느덧 샤자만 왕 일행은 샤리야르 왕의 도성에 도착하게 되었다. 형제는 서로를 부둥켜안고 기쁨의 눈물을 흘렸다.

"우리가 이렇게 다시 만나게 된 것이 얼마만인가?"

샤리야르 왕은 벅찬 마음을 주체하지 못했다. 샤자만 왕 역시 가슴 속에는 왕비의 부정에 대한 근심이 가득했지만 형님을 만난 기쁨만은 감출 수가 없었다.

"부르시기 전에 먼저 찾아뵈었어야 하는데, 이제야 뵙게 되어 송구합니다. 형님!"

"이제라도 만났으니 얼마나 좋으냐! 그런데 네 안색이 왜 이리 안 좋은 것이냐?"

오랜만에 만난 기쁨도 잠시, 몰라보게 수척해진 동생의 모습에 샤리야르 왕은 몹시 놀랐다. 그러나 샤자만 왕은 왕비의 부정을 있는 그대로 이야기 할 수 없었다.

"여정이 길어 여독이 쌓인 모양입니다. 며칠 쉬면 괜찮아 질 것이니 걱정하지 마세요."

동생의 말에 안심한 샤리야르 왕은 샤자만 왕 일행을 성대한 환영식장으로 안내했다. 샤자만 왕은 환영식 내내 다른 생각으로 머리가 복잡했다. 진귀한 음식과 아름다운 무희들의 공연에도 즐겁지 않았다. 샤리야르 왕은 동생의 어두운 표정이 조금 신경 쓰이기는 했지만 여독이 쌓인 탓이겠거니 생각하며 기쁜 마음으로 축제를 즐겼다.

동생 샤자만 왕의 안색은 며칠이 지나도 전혀 나아지지 않았다. 샤리야르 왕은 나라 안의 용하다는 의사를 모두 불러들여 동생을 치료하도록 하였다. 그러나 한 달이 지나도록 동생의 병은 나아질 기미가 보이지 않았다.

그러던 어느 날, 형 샤리야르 왕은 동생의 기분도 풀어줄 겸해서 숲으로 사냥을 나서자고 했다.

"기분 전환 겸 사냥을 가면 네 병도 낫지 않겠느냐?"

"형님, 저는 영 내키지 않습니다. 몸도 무겁고요. 그냥 성 안에서 쉴 터이니 즐겁게 다녀오십시오."

샤리야르 왕 일행이 사냥을 떠나자 샤자만 왕은 또다시 왕비의 부정을 떠올리며 창가에 앉아 상심에 빠졌다. 아무리 생각해도 이해할 수도 용서할 수도 없었다. 혼자서 감당하기에는 너무 큰 상처였다.

그때였다. 방 창문에서 내려다보이는 후원 뒷문으로 스무 명의 여자 노예들과 함께 형님의 부인인 왕비가 들어서는 것이 보였다. 형수는 보기 드문 미인으로 기품과 우아함이 넘쳤다. 샤자만 왕은 혹시나 왕비의 일에 방해가 될까 싶어 창 아래쪽으로 몸을 낮추었다.

그런데 놀라운 일이 벌어졌다. 왕비와 스무 명의 노예들은 후원 한가운데 있는 분수대로 걸어가더니 저마다 입은 옷을 훌훌 벗어 던졌다. 더욱 놀라운 것은 그들 중 몇몇은 노예가 아니라는 사실이었다. 그 중 열 명은 형 샤리아르 왕의 후궁들이었고, 게다가 나머지 열 명은 백인 남자 노예들이었다. 백인 노예들과 후궁들은 짝을 지어 서로 부둥켜안고 뒹굴었다.

"어디 있느냐! 사이드!"

왕비가 누군가를 부르자 수풀 속에서 험상궂은 얼굴을 가진 건장한 흑인 노예가 큰 눈을 치켜뜨며 나타났다. 그리고 달려들듯 다가가 왕비를 와락 끌어안았다. 왕비 역시 흑인 노예의 목을 힘껏 끌어안았다. 두 사람은 정신없이 입술을 맞추며 서로의 몸을 탐했다. 탐욕의 뜨거운 공기가 후원 전체를 가득 메웠다.

샤자만 왕은 자신의 눈앞에서 펼쳐진 광경에 정신이 아득해졌다.

'나의 불행은 이에 비하면 아무것도 아니구나! 이제 형님은 어떻게 한단 말인가?'

후원에서 벌어지는 왕비의 음탕한 파티는 해가 질 무렵까지 계속되었다. 그리고 해가 완전히 진 후에야 왕비를 비롯한 후궁들과 남자 노예들은 다시 여자 옷을 갖춰 입고 들어왔던 문으로 돌아갔다.

샤자만 왕은 그제서야 몸을 일으켰다. 때마침 저녁 식사 시간이 되었고, 방 안에 저녁상이 차려졌다. 갑자기 극심한 허기를 느낀 그는 순식간에 그릇을 비웠다. 지금껏 맛보지 못한 훌륭한 음식들이었다. 그리고 그날 밤, 형님의 나라에 여장을 푼 뒤 처음으로 깊고 편안한 잠을 잤다. 꿀 같은 잠이었다.

다음 날, 샤자만 왕은 일찍 눈을 떴다. 그 어느 때보다도 상쾌한 아침이었다. 맛있는 음식을 먹고 충분한 수면을 취하며 며칠을 보내고 나니 차츰 기력이 회복되고 혈색도 전과 같이 돌아왔다. 열흘 후 사냥을 떠났던 샤리야르 왕이 돌아왔을 때는 전과 같이 늠름하고 권위 있는 샤자만 왕의 모습을 완전히 회복할 수 있었다.

건강해진 동생을 본 샤리야르 왕은 기쁨을 감출 수 없었다. 그날 저녁 샤리야르 왕은 조심스레 동생에게 그간의 사정에 대해 물어보았다. 샤자만 왕은 잠시 망설이다가 이내 마음을 먹은 듯 그간의 일들을 자세히 이야기하였다.

"제가 이곳에 도착했을 때 안색이 좋지 않았던 이유는 바로 저의 아내, 왕비의 부정을 목격했기 때문이었습니다. 왕비의 부정을 도저히 용서할 수가 없어서 그 자리에서 두 사람을 단칼에 베어 버리고 곧장 여행길에 올랐습니다."

모든 이야기를 들은 샤리야르 왕은 동생에 대한 안쓰러운 마음에 눈물이 날 것 같았다. 그는 어깨를 다독이며 동생의 쓰라린 마음을 위로했다.

"그런데 아우야, 그토록 시름에 빠져 있던 네가 내가 사냥을 떠난 지 열흘 만에 어찌 이리 훤한 모습으로 돌아오게 되었느냐? 그 이유 또한 궁금하다."

그러자 샤자만 왕은 다시 한 번 망설이는 표정을 짓더니 결심한 듯 큰 숨을 한 번 쉬고는 이야기를 시작했다.

"형님께서 사냥을 떠나신 그 날 오후, 저는 제 방 창가에서 후원을 무심히 내려다보고 있었습니다. 때마침 형수님께서 여자 노예 스무 명을 거느리고 궁전 뒷문을 이용해 후원으로 들어오셨지요."

"네 형수는 그 후원에서 시간을 보내며 놀기를 즐긴단다."

"그것이 다가 아니었습니다. 잠시 뒤 후원의 분숫가로 노예들이 다가가 옷을 벗기 시작하는 것이었습니다. 그런데 스무 명의 노예들 중 열 명은 남자 백인 노예들이었고, 나머지 열 명은 형님의 후궁들이었습니다. 그리고 그들은 저마다 짝을 지어 차마 입에 담기 어려운 음탕한 짓을 벌였습니다."

동생의 이야기에 샤리야르 왕은 기가 막혀 말조차 나오지 않았다.

"그런데 형님, 그것에서 끝나지 않았습니다. 왕비께서 누군가를 부르시자······."

샤자만 왕은 더 이상 말을 잇지 못했다. 분노로 금방이라도 폭발해 버릴 것 같은 샤리야르 왕의 표정을 보았기 때문이었다.

"계속 말해 보거라."

"해가 저물 무렵이 되어서야 그들은 왔던 모습 그대로 후원을 빠져 나갔습니다. 저보다 훨씬 더 훌륭한 왕이신 형님께 일어난 일을 보고 제 불행은 그에 비할 수도 없이 작은 일임을 깨달았습니다. 그렇게 생각하고 나니 입맛도 되살아나고 밤에 잠도 잘 수 있게 되었습니다."

샤자만 왕이 이야기를 마쳤을 때 샤리야르 왕은 분노로 온몸을 부들부들 떨고 있었다. 금방이라도 칼을 들고 뛰쳐나갈 것만 같은 무서운 살기가 그를 감쌌다. 그러나 현명한 샤리야르 왕은 이내 마음을 추스르고는 샤자만 왕에게 말했다.

"네 말에 거짓이 있다고는 생각하지 않는다. 그러나 그대로 믿는 것 또한 굉장히 어렵구나. 내 눈으로 직접 확인을 해야겠다."

그리하여 두 형제는 다음 날 아침 일찍 사냥을 떠나는 척하고 궁을 나섰다. 그러나 얼마 가지 않아 샤리야르 왕의 피로를 핑계로 천막을 치고 야영을 하기로 했다. 그리고 두 형제는 신하들 몰래 야영지를 벗어나 궁으로 돌아갔다. 그리고 후원이 보이는 곳에 몸을 숨기고 왕비 일행을 기다렸다.

잠시 뒤 왕비는 지난 번과 똑같은 모습으로 열 명의 노예를 이끌고 후원의 뒷문으로 들어섰다. 샤리야르 왕은 숨이 멎는 것 같았다. 이번에도 그들은 모두 분숫가로 모이더니 이내 옷을 벗어 던졌다. 그들이 뒤엉겨 서로의 몸을 탐하는 순간 왕비도 수풀 속에 숨어 있던 흑인 노예를 불렀다.

"어디 있지? 사이드?"

이 모든 광경을 확인한 샤리야르 왕은 타오르는 분노에 몸을 떨었다. 얼마 뒤 왕은 중대한 결심을 한 듯 몸을 일으켰다.

"우리 여기를 떠나자꾸나. 너와 내가 겪은 똑같은 크기의 불행은 더는 현실에 발붙이기 힘들게 하는구나. 모든 걸 버리고 멀리 여행을 다니며 세상과 연을 두지 말고 살아야겠다."

형의 한탄 섞인 결심에 동생은 고개를 끄덕였다. 형제는 그 길로 궁전을 빠져나와 정처 없이 걸었다. 얼마나 걸었을까. 한참을 걸어 한적한 바닷가에 위치한 목장에 도착하게 되었다. 목장 초입에는 첫눈에 띌 정도로 커다란 나무가 한 그루 있었는데 그 곁에는 깨끗하고 맑은 물이 나오는 샘도 있었다. 형제는 그 나무 밑에서 물도 마시고 숨도 고르며 잠시 휴식을 취했다. 얼마쯤 지났을까. 갑자기 바다 한가운데서 하늘이 흔들리는 듯한 음산한 소리가 울리더니 커다란 소용돌이가 일기 시작했다. 그리곤 시커먼 기둥이 하늘을 향해 솟아올랐다. 무시무시한 기둥은 천천히 형제가 쉬고 있던 나무쪽으로 다가오기 시작했다. 샤리야르 왕과 샤자만 왕은 겁에 질려 나무 꼭대기에 올라가 몸을 숨겼다. 시커먼 기둥은 바닷가를 지나 이내 목장의 나무 밑에 자리를 잡았다. 그 기둥은 몸집이 우람하고 억세며 살갗이 검은, 재앙을 몰고 오는 마신이었다.

나무 밑에 털썩 주저앉은 마신은 머리에 이고 있던 수정 궤짝을 내려놓았다. 그 궤짝에는 일곱 개의 강철 자물쇠가 채워져 있었다. 그는 허리에 차고 있던 열쇠꾸러미를 차례대로 꺼내 일곱 개의 자물쇠를 모두 풀어 궤짝을 열었다. 그러자 눈부시게 아름다운 젊은 여인이 그 안에 몸을 웅크리고 있다가 일어났다.

마신은 자신의 옆에 여인을 앉히고 사랑스런 눈길로 여인을 바라보았다.

"내 사랑! 당신을 사랑해. 누구도 당신의 순결함을 해칠 수 없게 당신을 꼭꼭 숨겨두었지. 당신과 사랑을 나누고 함께 살 수 있는 자는 오직 나뿐이야. 오! 나의 사랑."

마신은 말로 할 수 있는 모든 찬사를 여인에게 보내고 그녀의 무릎을 베고 잠이 들었다. 마신이 코를 골 정도로 깊이 잠이 들자 여인은 마신의 머리를 살며시 바닥에 내려놓았다. 그리고 나무

위를 올려다보며 말했다.

"두 분 모두 어서 내려오세요."

여인은 이미 이들이 숨어 있다는 것을 알고 있었던 것이다. 형제는 멈칫멈칫 망설이며 나무에서 내려왔다. 거대한 마신의 모습에 겁이 질린 형제는 쉽사리 여인을 쳐다보지 못했다. 그러나 여인은 아무렇지도 않다는 듯 말했다.

"두 분은 지금부터 제 말을 반드시 따르셔야 합니다. 그렇지 않으면 마신을 깨우겠어요. 그러면 두 분의 목숨을 보장할 수 없습니다."

샤리야르 왕과 샤자만 왕은 여인의 말에 조금 어리둥절했지만 여인이 마신을 깨울까 두려워 어떤 말도 할 수가 없었다. 여인은 그런 두 형제의 모습과 마신의 모습을 번갈아 보며 말을 이었다.

"지금부터 두 분은 저의 욕정을 채워주셔야 해요."

여인의 말에 형제는 깜짝 놀라 할 말을 잃었다. 그러나 여인은 대수롭지 않다는 듯 말을 이어갔다.

"어서요. 마신이 잠에서 깨어나기 전에 두 분 모두 저를 안아주셔야 해요."

"저희는 그럴 수 없습니다."

여인의 재촉에 샤리야르 왕이 말했다. 그러자 여인은 눈을 치켜떴다.

"만약 제 말대로 하지 않으면 마신을 깨워서 두 분께서 저를 강제로 농락했다고 거짓으로 말하겠어요."

여인의 엄포에 형제는 하는 수 없이 여인의 요구를 들어줘야 했다. 여인을 안고 시간을 보낸 뒤 몸을 일으킨 형제가 옷매무새를 가다듬자 여인이 말했다.

"두 분은 참으로 훌륭한 사내들이시군요! 이제 두 분의 반지를 저에게 주세요."

형제는 다시 한 번 어리둥절한 표정으로 여인을 바라보았다. 여인은 자신의 지갑에서 실로 매듭지어진 뭉치를 하나 꺼냈다. 그것은 바로 도장이 새겨진 반지들이 엮여 있는 뭉치였다.

"어서요. 두 분의 반지를 저에게 주세요."

여인의 재촉에 형제는 자신들의 도장 반지를 빼내어 여인에게 건네주었다. 여인은 형제의 반지도 매듭에 엮으면서 말했다.

"저는 결혼 첫날밤에 마신에게 납치되었답니다. 그리고 이 궤짝에 갇혀 지내고 있지요. 자신만이 나를 차지하기 위해서 궤짝을 일곱 개의 자물쇠로 채우고 바다 한가운데 띄워 놓았답니다. 이 반지들은 마신의 머리맡에서 저의 욕망을 채워 준 570명 남자들의 도장 반지랍니다."

형제는 놀라움에 입이 다물어지지 않았다. 그러나 여인은 아무렇지 않은 듯 마신의 머리를 다시 조심스럽게 무릎에 올려놓고 다음 말을 이었다.

"어서 도망치세요. 조금 있으면 마신이 깨어날 거예요. 그렇지 않으면 두 분의 목숨을 지킬 수 없답니다."

형제는 여인의 말대로 뒤도 돌아보지 않고 그곳을 떠났다. 그리고 사흘을 걸어 다시 사냥터의 야영지로 돌아왔다. 그들은 맹세하였다. 다시는 여인이라는 존재를 믿지 않겠다고.

샤리야르 왕은 다시 도성으로 돌아갈 것을 신하들에게 명령하였다. 도성에 도착한 왕은 대신을 불러 왕비를 체포하여 처형할 것을 명령하였다. 대신은 왕의 명령을 곧 실행하였다. 샤리야르 왕은 직접 칼을 들고 후원으로 가 열 명의 후궁들과 백인 노예들을 모두 단칼에 베어 버렸다. 그리고 그 자리에서 맹세하였다.

"맹세코! 앞으로는 그 누구와도 결혼하지 않을 것이다! 밤이면 숫처녀를 맞이하고 다음 날 아침이 밝으면 곧바로 처형할 것이다. 그것이 여인의 부정으로 인해 왕의 명예를 더럽히지 않는 길이기 때문이다. 그렇게 행하는 이유는 예나 지금이나 절개가 곧고 정조를 지키는 여인은 이 세상에 단 한 사람도 없기 때문임을 밝혀둔다."

얼마 뒤 샤자만 왕은 형 샤리야르 왕의 허락을 받고 자신의 나라로 돌아갔다.

동생을 떠나보낸 샤리야르 왕은 대신을 시켜 하룻밤을 보낼 신부감을 데려오도록 명령하였다. 대신이 간택하여 데리고 온 처녀는 어느 지방 관리의 딸로 세상이 칭송하는 미인이었다. 왕은 그녀와 함께 환락의 하룻밤을 보낸 뒤 이른 새벽 대신을 불러 그녀를 처형하라고 명령하였다. 대신은 왕이 세상에 알린 자신의 맹세를 지키기 위해 처형을 지시했다는 사실을 알았지만 왕의 뜻을 차마 거역할 수 없어 그대로 행하였다.

그렇게 3년이라는 시간이 흘렀고 왕은 여전히 숫처녀를 데리고 하룻밤을 보낸 뒤 다음 날 아침이면 처형하는 일을 반복했다. 온 나라가 왕에 대한 원성으로 곡소리가 그치지 않는 날들이 계속되었다. 나이가 찬 처녀들은 두려움에 눈물을 흘렸고, 부모들은 딸들을 데리고 다른 나라로 도망쳤다. 마침내 온 나라를 뒤져도 숫처녀를 찾을 수 없는 지경에 이르게 되었다.

대신은 매일 밤 숫처녀를 왕 앞에 바치지 못하면 목숨을 내놓아야 했기에 근심에 쌓여 한숨만 쉬고 있었다. 이 모습을 본 대신의 큰딸 샤라자드가 아버지께 말했다.

"아버지, 무엇을 그렇게 고민하세요?"

"오늘 밤에도 숫처녀를 바쳐야 하는데, 이제 나라 안에 남아 있는 처녀가 하나도 없구나. 시간 안에 숫처녀를 바치지 못하면 목숨을 장담할 수 없는데, 이를 어쩌면 좋단 말이냐……."

아버지의 그늘진 얼굴에 샤라자드도 근심 어린 한숨을 내쉬며 말했다.

"아버지, 이 말도 안 되는 일이 언제까지 계속 될까요? 누군가는 임금님의 잘못을 일깨워 줘야 하지 않을까요?"

"글쎄다. 그것은 참으로 어려운 일이 될 것 같구나."

샤라자드는 깊은 고민에 빠졌다. 그리고 잠시 뒤 무언가 생각이 난 듯 아버지께 말했다.

"아버지, 지금 막 좋은 생각이 났어요."

"좋은 생각이라니?"

"지금과 같은 상황이 계속된다면 왕도 처녀들도 온 나라의 백성들까지 모두 불행해질 거예요. 누군가는 이 말도 안 되는 상황에서 모두를 구해 내야 해요."

"그건 그렇다만……. 방법이 없구나."

"제게 좋은 방법이 있어요."

"그래? 그게 무엇이냐?"

"임금님께 저를 바치세요."

"아니, 그게!"

얼토당토않은 딸의 말에 대신은 할 말을 잃었다. 딸을 왕에게 바친다는 것이 어떤 의미인지 누구보다도 잘 알고 있었기 때문이었다.

"도대체 무슨 소리를 하고 있는 게냐!"

대신은 샤라자드에게 큰소리로 화를 냈다. 하지만 샤라자드는 침착한 목소리로 말을 이었다.

"누구든 이 커다란 불행에서 임금님과 나라를 구해야 한다면 제가 힘을 보태고 싶어요. 저를 임금님께 바치세요! 아버지."

"얘야! 그건 절대로 안 된다!"

대신은 고개를 저었다. 그러나 샤라자드는 뜻을 굽히지 않았다.

"아버지, 저를 믿으세요. 제가 아버지를 실망시킨 일이 단 한 번이라도 있었나요? 전 반드시 살아남을 거예요! 그리고 이 모든 불행으로부터 임금님과 나라를 구할 거예요."

"하지만 애야……."

대신은 딸의 확고한 의지를 꺾을 수 없다는 사실을 깨달았다. 그러나 아버지의 손으로 딸을 죽음으로 몰아넣는 것 같아 마음이 편치 않았다.

그 날 밤, 샤라자드는 동생 두냐자드에게 한 가지 당부를 했다.

"잘 들어. 내가 임금님과 잠자리에 들고 나서 잠시 뒤에 너를 들어오도록 할 거야. 그러면 넌 나에게 재미있는 이야기를 하면서 밤을 보내자고 조르는 거야. 알겠지?"

"언니, 재미있는 이야기를 할 수 있도록 임금님이 허락하실까?"

"허락하시도록 해야지. 그러니 너는 반드시 잠이 들지 말고 기다려야 해. 알았지? 꼭! 그래야만 나도 너도 목숨을 구할 수 있어.

"알았어."

"꼭! 꼭이야! 잊어버리면 안 돼!"

샤라자드는 동생에게 신신당부한 뒤 아리따운 신부의 모습으로 치장을 시작했다. 대신은 샤라자드가 준비하는 내내 안절부절했다. 치장이 모두 끝나고 샤라자드는 왕이 기다리는 궁으로 대신과 함께 향했다.

샤라자드는 안타까운 눈으로 자신을 바라보는 아버지를 뒤로하고 샤리야르 왕과 함께 침실에 들었다. 왕은 자신이 아끼는 대신의 딸인 것이 마음에 걸렸지만 샤라자드의 미모와 품위에 반하여 그녀를 쉽게 돌려보내지 못하였다. 샤라자드를 침대에 눕힌 뒤 입을 맞추려는 순간 샤라자드가 훌쩍이며 눈물을 흘리기 시작했다. 왕은 몸을 일으켜 그녀를 내려다보았다.

"왜 우느냐?"

"폐하, 제게는 눈이 오나 비가 오나 한시도 떨어지지 않은 동생이 하나 있습니다. 그런데 오늘 밤이 지나면 다시는 동생을 볼 수 없다고 생각하니 눈물이 멈추지 않습니다. 원하옵건대 동생을 들게 하여 이 밤을 함께 보낼 수 있게 해주십시오."

샤리야르 왕은 아끼는 대신의 딸이 하는 마지막 소원인지라 물리치지 못하고 그렇게 하도록 허락하였다. 곧 동생 두냐자드가 왕의 침실로 들어섰다. 왕은 특별히 두냐자드를 왕과 샤라자드가 누운 침대 발치 의자에 앉도록 허락하였다.

밤이 깊어 왕이 설핏 잠에 든 듯 싶자 샤라자드는 동생 두냐자드에게 신호를 보냈다. 그러자 자는 척 하고 있던 두냐자드가 왕이 잠에서 깰 만큼 큰 목소리로 말했다.

"언니, 밤이 깊어도 잠이 오지 않으니 재미있는 이야기나 해 줘. 그래야 이 긴 밤을 보낼 수 있을 것 같아."

두냐자드의 말에 샤라자드는 막 잠이 깬 척하며 침대의 휘장을 걷었다. 그리고 왕의 눈치를 살피며 말했다.

"글쎄, 인자하신 임금님께서 잠에 방해가 되지 않는다고 하신다면……."

마침 샤리야르 왕도 잠이 오지 않아 뒤척이고 있었기에 귀가 솔깃했다.

"어디, 재미있는 이야기가 무엇인지 들어나 보자꾸나."

"예, 그럼 아름답고 신비로운 이야기를 들려 드리지요."

그렇게 천일 동안 이어질 샤라자드의 길고도 환상적인 이야기가 시작되었다.

Neverending story
Arabian nights

운명 같은 사랑

Neverending story
Arabian nights

목숨을 건 용기 있는 사랑

하산과 샤라자드 이야기

　아브 알 하산은 근면 성실했던 아버지 덕분에 막대한 재산과 상단을 가진 대부호였다. 하지만 하산은 아버지가 남긴 엄청난 재산만을 믿고 술과 여자에 빠져 세월을 낭비하였다. 게다가 불량한 친구들과 어울려 도박에 손을 대면서 순식간에 모든 재산을 탕진하였다. 결국 하산은 살고 있던 집만 덩그러니 남은 처지가 되고 말았다. 어머니는 귀에 딱지가 앉을 정도로 잔소리를 했지만 하산은 들은 척도 하지 않았다. 결국 참다못한 어머니가 근심 어린 목소리로 하산에게 말했다.

　"이 집마저 남에게 넘어가는 것을 두고 볼 수는 없다. 그러니 집만이라도 건질 수 있게 이 집을 나에게 팔아라."

　아들과 이야기를 마친 어머니는 하산에게 5,000디나르를 주었다. 어머니는 혹시나 숨겨둔 재산이 더 많이 있을 것이라고 아들이 헛된 기대를 할까 봐 돈의 출처까지 이야기해 주었다.

　"이 돈은 네 아버지의 유산이 아니다. 결혼할 때 네 외할아버지가 내게 남겨 주신 유산이다. 만일의 일에 대비해 여태껏 아껴 왔던 돈이다."

하산은 어머니에게 받은 집값 5,000디나르마저 방탕한 생활로 모두 탕진했다. 그러고는 집을 다른 사람에게 팔겠다고 아우성했다. 그러자 이번에는 어머니가 가구 등 모든 집기들을 자신에게 팔라고 했다. 집안의 모든 살림을 어머니가 맡는다는 조건이었다. 그렇게 집안의 모든 권한을 가지게 된 어머니는 하산에게 장사 밑천을 대주고 가게를 시작하도록 하였다.

하산은 다음 날부터 시장에 작은 점포를 열고 환전과 고리대금 일을 시작했다. 아는 사람들과 친구들이 찾아와 거래를 시작하면서 가게는 제법 자리를 잡을 수 있게 되었다.

아들이 어느 정도 제자리를 찾은 모습을 확인하고 어머니는 숨겨 두었던 재산을 정리해 잃어 버렸던 가산과 재산을 모두 되찾았다. 집안의 재산은 예전 아버지가 살아 계실 때 정도로 회복이 되었다. 그럼에도 불구하고 뒤늦게 일하는 즐거움에 빠진 하산은 여전히 자신의 가게에 따로 방을 마련해 머물며 가게 일에 전념하였다.

어느 날 한 처녀가 하산의 가게에 찾아와 조심스럽게 물었다.

"이곳이 아브 알 하산님께서 운영하시는 가게가 맞습니까?"

여자의 미모는 믿어지지 않을 정도로 아름다웠다. 눈꽃처럼 아름다운 자태에 하산은 그만 첫눈에 반해 버렸다. 처녀는 아름다운 입술로 속삭이듯 말했다.

"하산 님, 제게 300디나르만 빌려 주시겠어요?"

하산은 아무런 담보도 받지 않고 돈을 빌려 주었다. 처녀는 돈을 받아들더니 아무 말 없이 가게를 나가 버렸다. 사환이 그녀가 어디 사는 누구인지 아느냐고 묻자 하산은 모른다고 대답했다. 깜짝 놀란 사환이 처녀를 뒤쫓아갔다. 가게로 돌아온 그의 얼굴은 퉁퉁 부어 있었다.

"아니, 어쩌다 얼굴이 그리 되었느냐?"

"제가 쫓아간 것을 알아챈 여자가 저를 때렸어요."

그렇게 사라진 처녀는 아무 소식 없이 한 달째 모습을 보이지 않았다. 하산은 그 여인의 아름다운 얼굴이 잊혀지지 않아 괴로운 나날을 보냈다. 그런데 다시 며칠이 지난 후 그녀는 첫 만남때와 마찬가지로 불쑥 가게로 들어섰다. 그리고 너무도 아무렇지 않게 말했다.

"아마도 당신은 내가 돈을 가지고 도망간 사기꾼이나 도둑이

라고 생각했겠죠."

"아니요, 그렇지 않아요. 오히려 그 반대입니다. 당신이 보고 싶어 애태우고 있었답니다."

하산의 말을 들은 처녀는 베일을 벗고 잠시 의자에 걸터앉았다. 그녀의 얼굴과 몸은 아름답고 귀한 장신구들로 빛을 발하고 있었다. 잠시 말이 없던 처녀는 다시 입을 열었다.

"300디나르만 다시 내어 주세요."

이번에도 하산은 아무 말도 하지 않고 돈을 내주었다. 여인은 지난번과 마찬가지로 돈을 받아들고 아무런 말도 없이 나가 버렸다. 사환이 또다시 쫓아나가 뒤를 밟았으나 역시나 퉁퉁 부은 얼굴로 돌아왔다. 그렇게 또다시 처녀는 한참동안 하산 앞에 나타나지 않았다.

그러던 어느 날, 예고도 없이 불쑥 처녀가 가게에 모습을 나냈다. 그녀는 이번엔 500디나르를 빌려달라고 했다. 처녀에게 첫눈에 반해 이성을 잃은 하산은 군말 없이 또 돈을 내주었다. 하산은 그녀를 대할 때마다 온몸이 떨리고, 얼굴이 굳어 말도 제대로 붙이지 못할 정도로 설레었다. 그러나 매번 이렇게 그냥 보낼 수는 없었다. 하산은 이번에는 자신이 직접 처녀의 뒤를 밟기 시작했다.

하산의 가게를 나선 처녀는 어느 보석가게로 들어가더니 목걸이를 하나 골랐다. 그러다 문득 뒤를 밟고 있는 하산을 발견하고는 다가와 이렇게 말하였다.

"이리 오셔요. 보석상에게 500디나르를 지불해 주세요."

처녀의 말에 이끌리듯 가게 안으로 들어간 하산에게 보석상이 인사를 했다. 하산은 보석상에게 말했다.

"목걸이를 부인에게 주시오. 값은 내가 지불하겠소."

여자는 목걸이를 받아들고는 그대로 나가 버렸다. 그는 계속해서 처녀의 뒤를 쫓았다. 그녀는 티그리스 강가로 나가더니 작은 배에 올라탔다. 배가 강 건너편으로 미끄러져 가기 시작했다. 하산은 허망한 마음에 한 손으로 땅을 가리키며 처녀를 향해 손짓했다.

'난 이 자리에서 당신에게 무릎을 꿇겠소.'

여자는 알 수 없는 웃음을 보내고 멀어져 갔다. 그는 물끄러미 그녀가 타고 간 배를 바라보았다. 그러자 배는 강 건너편의 강둑에 여인을 내려주었다. 배에서 내린 여자는 이 나라 최고의 권력자 알 무타와킬 칼리파의 궁전으로 들어가 버렸다. 순간, 하산은 세상이 무너지는 것 같은 절망을 느꼈다. 눈앞에서 궁전 안으로 사라져 버린 그녀를 바라볼 수밖에 없었던 하산은 여자에 대한 사랑에 미칠 것만 같았다.

집으로 돌아와 어머니에게 모든 이야기를 털어 놓은 하산은 끓어오르는 사랑에 몸부림쳤다. 이런 아들의 모습이 걱정된 어머니는 혹시나 집안에 또다시 위기가 찾아올지 모르니 각별히 조심하라고 신신당부하였다.

때마침 부친의 친구였던 약재상이 집에 들렀다. 어머니는 그에게 하산이 겪은 일들을 모두 이야기했다. 약재상은 꽤 심각한 표정으로 입을 열었다.

"아마도 그 여인은 칼리파의 하녀이거나 후궁임에 틀림없네. 그러니 빌려간 돈은 그저 세금으로 내었다 생각하고 그냥 잊어버리게. 그리하는 게 신상에 좋을 게야."

하산은 약재상의 말에 상심했다. 돈을 돌려받지 못하는 것은 상관없었다. 하지만 그녀를 다시는 볼 수 없을지도 모른다는 사실은 그를 절망하게 했다.

한 달 뒤, 여자가 다시 하산 앞에 나타났다. 하산은 하늘을 날 것처럼 기뻤다. 여자는 조금 실망한 표정으로 이야기했다.

"지난번에 왜 저를 미행하신 거죠?"

하산은 미행했다는 사실을 들킨 것이 부끄러웠지만 자신의 마음을 알릴 수 있는 좋은 기회라고 생각하고 속내를 털어놓았다.

"사실 당신을 본 순간 첫눈에 사랑에 빠져 버렸습니다. 당신을 보지 않고는 살아도 사는 것 같지가 않습니다. 그래서 당신이 누군지 알고 싶은 마음에……."

자신의 마음을 고백한 하산은 복잡한 감정에 사로잡혀 엉엉 소리내어 울었다. 그런데 놀랍게도 여인도 함께 눈물을 흘리는 것이 아닌가.

"당신 가슴 속에 타오르는 감정은 당신을 향한 저의 감정에 비하면 아무 것도 아니에요. 제 가슴은 이미 새까맣에 타버렸어요. 그렇지만 어쩌면 좋죠? 제가 당신을 만날 기회는 한 달에 한 번뿐이에요."

여자는 슬픈 눈으로 하산에게 쪽지를 건넸다.

"저의 대리인이 운영하는 가게에요. 그곳에 가면 제가 빌려간 돈을 받으실 수 있을 거예요."

"돈 같은 것은 필요 없습니다. 저의 재산도 목숨도 모두 당신을 위해 바칠 준비가 되어 있으니까요."

하산은 애절한 마음으로 여인에게 매달렸다. 여자는 멀지 않은 때에 다시 만날 수 있을 거라는 말을 남기고 홀연히 사라졌다.

여인을 다시 만난 이야기를 약재상 노인에게 자세히 털어놓은 하산은 함께 강 건너편으로 가보았다. 아무리 둘러보아도 그 근방에는 칼리파의 궁전 이외에는 아무것도 없었다. 여자가 들어간 곳은 칼리파의 궁전이 확실했다. 만약 그녀가 정말로 궁전 안에 사는 여인이라면 이는 결코 쉽게 이루어질 수 없는 관계였다. 약재상과 하산은 황망함에 말을 잃었다.

잠시 뒤 약재상 노인은 마음을 추스르고 주위를 둘러보았다. 그리고 궁전 바로 앞에 있는 한 가게를 가리켰다. 재봉사가 조수들과 함께 열심히 일하고 있는 고급 양장점이었다. 약재상 노인은 무언가 좋은 생각이 난 듯 하산에게 말했다.

"궁전에 들어가기 위해서는 먼저 재봉사와 친해져야 하네. 우선 작은 호주머니 하나를 찢어서 그걸 수선해 달라고 해보게나. 수선비를 후하게 주면서 이야기를 섞으면 안면을 트게 될 게야."

하산은 노인이 시키는 대로 하였다. 그리고 얼마 뒤 아주 귀한 그리스 산 비단 두 필을 들고 가서 소매가 긴 옷 두 벌, 소매가 없는 옷 두 벌을 만들어 달라고 주문하였다. 며칠 뒤 옷이 완성되었다는 소식에 다시 양장점에 들른 하산은 옷이 마음에 든다고 하며 제작비를 후하게 주었다. 그리고 재봉사의 조수들에게 그 옷들을 선물로 주었다.

이런 방법으로 하산은 양장점에 자주 들러 옷을 주문하고, 가게에 앉아 재봉사와 이런 저런 이야기를 나누며 친분을 쌓아갔다. 주문한 옷이 완성되면 양장점에 진열할 수 있도록 해주고 진열된 옷을 마음에 들어하는 사람에게는 누구든 가리지 않고 옷을 선물하기도 했다. 그러다 보니 궁전의 문지기에게까지 값비싼 옷을 선물하고 안면을 틀 수 있었다.

어느 날 재봉사가 물었다.

"젊은 나리, 이제 말씀해 보시지요. 당신의 진짜 마음을요."

"진짜 마음이라니요?"

하산은 짐짓 모르는 척하며 시치미를 떼었다.

"벌써 값비싼 옷들을 100벌이 넘게 주문하셨어요. 그리고 하나같이 훌륭하게 지어졌는데, 모두 다 다른 사람들에게 선물하셨어요. 이건 도무지 이해할 수 없는 일입니다. 필시 무언가 다른 이유가 있으신 것이지요. 무슨 사연인지 솔직히 말씀해 보세요. 제

힘이 닿는 한 성심으로 돕겠습니다."

그제야 하산은 궁전으로 사라져 버린 한 처녀와 사랑에 빠졌다는 사실을 고백했다. 하산은 그녀의 모습을 재봉사에게 자세히 설명해 주었다. 그러자 재봉사는 비명에 가까운 소리를 지르며 매우 난처한 표정을 지었다.

"이런! 이를 어쩐담! 그 여인은 알 무타와킬 칼리파의 궁전에서 비파를 연주하는 여인이에요. 임금께서 굉장히 총애하시는 후궁으로 이름은 샤라자드 알 두르라고 하지요."

재봉사의 말에 하산은 온몸의 기운이 쭉 빠지는 것 같았다. 이 무모한 사랑의 뻔한 결말에 가슴이 아파왔다. 그렇다고 포기할 수도 없었다. 쉽사리 놓아 버리기에는 자신의 사랑이 너무 깊었기 때문이다. 하산의 간절한 마음을 읽은 재봉사는 다시 말을 이었다.

"그 여인에게는 곁에서 시중을 드는 백인 노예가 한 명 있습니다. 그를 통해 여인을 만날 방법이 있을지도 모르니 그 사내와 사귀어 두세요."

때마침 그 앞을 지나던 백인 노예가 양장점 안으로 들어와 옷들을 구경했다. 재봉사가 눈짓을 보내자 하산이 그에게 다가가 말을 걸었다. 낯선 이의 상냥함에 낯설어하던 백인 노예도 다정한 하산의 말과 행동에 조금씩 경계를 풀었다. 백인 노예는 몇 벌의 옷을 마음에 들어 했고 하산은 그 자리에서 그 옷들을 선물했다. 그의 선물에 백인 노예는 완전히 경계를 풀고 하산에게 호의를 보이기 시작했다.

"당신은 누구십니까?"

백인 노예가 하산에게 물었다.

"나는 그저 상인일 뿐입니다."

"혹시 당신이 후라산의 환전상 아브 알 하산이라는 분이신가요?"

놀랍게도 그가 하산을 알아보는 것이 아닌가! 백인 노예의 말에 깜짝 놀란 하산은 울음을 터뜨리고 말았다.

"울지 마세요. 신께 맹세하는데 당신이 미치도록 그리워하는 그 분은 지금 당신이 흘리는 눈물의 수백, 수천 배의 눈물을 흘리고 계십니다. 당신이 그리워서 말이죠. 두 분의 안타까운 이야기는 궁전 여인들 사이에 모르는 사람이 없을 정도지요. 그런데 당신이 원하는 것이 무엇이길래 저에게 이리 귀한 선물들을 주시는 것입니까?"

하산은 여인을 만날 수 있도록 도와달라고 간청했다. 백인 노예는 뜻밖에도 내일 자기를 찾아오라고 선선히 말했다.

이튿날, 하산은 백인 노예가 가르쳐 준 그의 방을 찾아갔다.

"어젯밤 부인께 우연히 당신을 만났다고 말씀드렸습니다. 그랬더니 부인께서 눈물을 흘리시며 당신을 꼭 만나고 싶다고 하셨어요. 그러니 해가 질 때까지 제 방에 숨어 계셔야 합니다."

하산은 그렇게 백인 노예의 방에 온종일 숨어 있었다. 이윽고 해가 지자 백인 노예는 금실로 짠 속옷과 칼리파의 어의 한 벌을 가지고 와 하산에게 입혀 주고 그가 즐겨 피우는 향을 가져다주었다. 하산의 모습은 흡사 칼리파의 모습처럼 보였다. 백인 노예는 하산을 데리고 방들이 양쪽으로 늘어서 있는 회랑으로 갔다.

"이곳은 지체 높은 후궁들의 처소입니다. 칼리파 님은 저녁마다 이 회랑을 한 번씩 지나시는데 그때마다 방문 앞에 콩을 한 알씩 놓아둡니다. 그게 관례이니 그대로 하십시오. 그러다가 오른쪽 두 번째 통로로 들어서서 대리석 문지방이 있는 문이 보이면 그곳에 손을 대십시오. 부인께서 당신이라는 것을 알아채게 되면 손을 붙잡아 방 안으로 들여보내 주실 것입니다. 나가실 때는 큰 궤짝에 몸을 숨기시면 제가 궁전 밖까지 모셔다 드리겠습니다.

반드시 신께서 보살피실 것이니 걱정 마세요."

그렇게 백인 노예는 회랑의 한쪽 끝에 하산을 두고 돌아갔다. 하산은 백인 노예가 일러준 것들을 빠짐없이 되새기며 천천히 회랑 안으로 걸음을 옮겼다. 하산은 후궁들의 방문 앞에 조심스럽게 콩 한 알씩을 놓으며 앞으로 나아갔다.

그때였다! 회랑 반대쪽에서 말소리가 들리더니 갑자기 주위가 밝아졌다. 칼리파의 일행이 다가오고 있는 것이었다. 후궁들이 속삭였다.

"이상하다. 아까 칼리파 님이 향을 피우며 내 방 앞에 콩 한 알을 놓고 지나가셨는데, 다시 오신 모양이네."

그 순간 하산의 가슴은 쿵 하고 내려앉았다. 다행히도 하산을 발견하지 못한 칼리파 일행은 대리석 문지방이 있는 방 앞에서 멈추었다. 하산이 그토록 그리던 여인의 방이었다.

"샤라자드, 칼리파 님께서 친히 행차하셨다."

잠시 후 여인이 나오더니 칼리파의 발에 입을 맞추었다. 이윽고 칼리파 일행은 그녀의 방으로 들어갔다.

그토록 그리운 여인의 얼굴을 본 하산은 잠시 굳은 듯 그 자리에 서 있었다. 그때 한 처녀가 하산의 곁으로 다가와 손을 붙잡아 끌고 자신의 방으로 들어갔다.

"당신은 누구시길래 들어와서는 안 되는 이곳에 들어와서 서성이시는 것이죠? 당신의 목숨은 두 개인가요?"

여자의 추궁에 하산은 이제 죽었구나 생각했다.

"제발 목숨만 살려주십시오."

그러나 처녀는 하산이 도둑이라 생각했는지 계속해서 의심의 눈초리를 보냈다. 그러자 하산은 눈물을 흘리며 애원했다.

"저는 정말 제정신이 아닌 놈입니다. 그저 사랑 때문에 이런 큰일을 저질러 버린 멍청한 사내입니다."

그의 말에 처녀는 눈을 동그랗게 뜨고 한참을 생각하더니 밖으로 나갔다. 처녀가 사람을 부르러 나간 것으로 생각한 하산은 절망했다.

'이제 정말 죽었구나! 그녀의 이름 한 번 불러보지 못하고, 이렇게 불운하게 죽다니······.'

하산의 예상과는 달리 처녀는 혼자 돌아왔다. 하산은 안도의 한숨을 내쉬었다. 처녀는 하산에게 여자 옷을 입히고 자리에 앉을 수 있게 해주었다. 그리고 말했다.

"여긴 제 방이에요. 아무도 들어올 사람이 없으니 안심하셔도 돼요. 당신은 후라산의 환전상인 아브 알 하산 님이시죠?"

처녀의 예상치 못한 질문에 하산은 깜짝 놀랐다.

"저는 샤라자드 언니의 동생 화티르예요. 어쩜 이리 무모한 짓을 저지르신 것이에요."

"그저 샤라자드의 얼굴을 보고, 그녀의 이름을 한 번 불러보고 싶었을 뿐 다른 생각은 없었소이다. 그녀의 명예를 더럽히려거나 다른 의도가 있었던 것은 절대로 아니오."

"제가 당신을 발견했으니 망정이지 다른 사람 눈에 띄었다면 당신은 분명 죽었을 거예요."

화티르의 말에 하산은 고개를 끄덕이며 감사를 표했다. 화티르는 하산의 얼굴을 요리조리 살피더니 슬며시 미소를 지었다.

"언니는 당신의 이름을 입에 달고 살았어요. 아무 조건 없이 돈을 빌려준 이야기도 해주고, 강가에서 무릎을 꿇었다는 이야기도 해주었지요. 언니가 그토록 누군가를 그리워하는 모습은 처음 봤어요. 아마도 당신이 언니를 생각하는 마음은 아무것도 아닐 거예요."

화티르는 시녀를 보내 샤라자드를 불렀지만 칼리파의 시중을 드느라 틈을 낼 수가 없다는 전갈만 돌아왔다. 하산은 속이 바짝

바짝 타들어 가는 것 같았다. 화티르는 다시 한 번 시녀를 보내 비밀리에 의논할 것이 있으니 꼭 와달라고 속였다. 화티르의 급한 전갈에 샤라자드는 온갖 핑계를 대어 겨우 칼리파를 돌려보냈다. 마침내 샤라자드가 화티르의 방으로 들어섰다. 벽장에 숨어 샤라자드가 들어오길 기다리던 하산은 그녀가 들어서는 소리가 들리자 뛰쳐나와 그녀를 와락 껴안았다. 그리고 뜨거운 눈물을 흘렸다. 그의 품에 안긴 샤라자드의 눈에서도 쉴 새 없이 눈물이 흐르고 있었다.

"우린 법도에 어긋나는 일은 절대로 하지 않기로 서로 맹세했지."

샤라자드는 동생 화티르를 바라보며 말했다.

"그런데 나 말이야. 이 분과 부부의 연을 맺고 싶어. 허락받지 못한 사랑이라는 것도 알고 그래서는 안 된다는 것도 아는데 난 이 분과 꼭 결혼하고 싶어. 무엇보다도 나를 위해 이렇게 목숨까지 건 이 분의 사랑을 지켜주고 싶어."

샤라자드의 말에 화티르는 눈시울이 붉어졌다. 샤라자드는 자신의 방으로 하산을 데리고 갔다.

그런데 그때 멀리서 묵직한 발소리가 들려왔다. 칼리파가 다시 발길을 돌려 샤라자드의 방으로 돌아온 것이다. 샤라자드는 급하게 하산을 지하 공간에 숨긴 후 시치미를 떼고 칼리파를 맞이했다.

사실 칼리파에게는 사랑하는 여인이 따로 있었다. 그녀의 이름은 카비하. 그런데 칼리파와 카비하는 사소한 다툼으로 인해 사이가 소원해져 있었다. 그리스인으로 뛰어난 미모에 지혜까지 갖춘 카비하는 여간해서는 꺾이지 않는 도도함 때문에 칼리파에게 먼저 용서를 구하려고 하지 않았다. 칼리파 역시 먼저 화해를 청할 생각이 추호도 없었다. 그러나 그녀에 대한 그리움은 점점 더 커져 갔다. 칼리파는 다른 후궁들의 방을 드나들며 마음을 풀어보려고 하였다. 그러다보니 마음이 울적할 때마다 듣곤 했던 샤라자드의 비파 소리가 더욱 간절해져 자주 그녀의 방을 찾았던 것이다.

이 날도 다시 돌아온 칼리파는 샤라자드에게 비파 연주를 들려 달라고 청하였다. 샤라자드는 비파를 뜯으며 노래를 불렀다. 마음을 담은 노래를 구성지게 부르는 그녀의 목소리에 칼리파는 흡족한 표정을 지었다. 카비하에 대한 그리움과 사랑, 화해하고 싶은 마음을 감추고 있는 괴로움……. 이 모든 감정을 잊을 수 있

었다. 기분이 한결 나아진 칼리파가 샤라자드에게 말했다.

"샤라자드, 네가 원하는 것이 있으면 무엇이든 말해보라. 내가 들어주겠노라."

샤라자드는 잠시 망설이는 듯한 표정을 짓더니 이내 결심한 듯 칼리파에게 청하였다.

"자유의 몸이 되어 궁전 밖으로 나가 살고 싶습니다."

샤라자드의 말에 칼리파는 조금 당황했지만 이내 온화한 표정으로 샤라자드의 청을 들어주었다. 너무도 기쁜 나머지 샤라자드는 비파를 뜯으며 노래를 불렀다. 헤어진 연인의 애타는 마음을 담은 가사를 듣고 있던 칼리파는 방 밖으로 황급히 뛰어나갔고, 그 길로 카비하의 방으로 달려가 화해를 청하였다. 그리움에 잠을 설치고 있던 카비하 역시 칼리파가 먼저 달려와 화해를 청하자 그의 품 안으로 파고들며 눈물을 흘렸다.

칼리파가 카비하에게 달려가자 지하 공간에서 나온 하산을 향해 샤라자드가 들뜬 목소리로 소리쳤다.

"당신께서 저를 위해 목숨을 걸고 이곳에 오신 덕분에 저는 자유의 몸이 되었어요! 이제 정식으로 당신과 결혼할 수 있게 되었다고요!"

하산도 뛸 듯이 기뻤다. 두 사람은 서로를 꼭 끌어안고 기쁨을 나누었다. 이제 남은 문제는 하산이 궁전을 무사히 빠져나가는 것이었다. 백인 노예와 화티르의 도움으로 하산은 시녀로 변장한 후 샤라자드의 방을 빠져나왔다.

하산이 조심스럽게 주위를 살피며 궁전 한가운데를 지날 때였다. 카비하와 화해한 칼리파가 더없이 밝은 표정으로 시종들과 함께 궁전 한가운데에 앉아 있는 것이 아닌가! 하산은 꼼짝없이 칼리파에게 들키고 말았다.

"여봐라! 저기 허겁지겁 밖으로 나가고 있는 시녀를 이쪽으로 데리고 오라!"

하산은 칼리파 앞으로 끌려왔다. 베일을 벗기자 남자임이 드러났고, 칼리파는 불같이 화를 내며 연유를 물었다. 이미 죽은 목숨이라 생각한 하산은 샤라자드에 대한 자신의 사랑을 가감 없이 이야기하였다. 칼리파는 잠시 생각에 잠겼다. 그러고는 아무 말 없이 샤라자드의 방으로 발길을 옮겼다. 방으로 들어서자마자 칼리파는 샤라자드를 책망했다.

"그대는 어찌하여 나를 버리고, 일개 상인인 그 자를 선택한 것이오?"

당황한 샤라자드는 칼리파의 발밑에 엎드려 눈물을 흘렸다. 그리고 그간의 일들을 모두 이야기하며 하산에 대한 자신의 사랑을 고백했다. 칼리파는 깊은 생각에 잠겼다. 젊고 아름다운 두 연인이 이루어질 수 없는 사랑에 애태웠을 것을 생각하니 측은한 마음이 들었다. 그리고 카비하를 사랑하면서도 자존심 때문에 잠시 소원해졌던 자신의 못난 마음을 떠올렸다. 그러자 노여움이 조금씩 가라앉았다. 칼리파는 샤라자드의 죄를 용서해 주기로 하였다.

"그대의 사랑을 지켜주고 싶구나."

칼리파의 말에 샤라자드는 눈물을 멈추고 칼리파를 올려 보았다. 칼리파는 다시 밖으로 나와 하산을 보았다. 여전히 엎드린 채 꼼짝도 하지 않고 있는 그에게 칼리파가 물었다.

"그대는 어찌 이리 무모하단 말인가? 여기가 칼리파의 궁전인 것은 알고 숨어든 것인가?"

"제 눈에는 아무 것도 보이지 않았습니다. 오직 한 여인에 대한 사랑만이 있었을 뿐입니다. 그 사랑 앞에서 목숨은 너무도 보잘 것 없었습니다."

두 사람의 지극하고도 깊은 사랑에 칼리파의 마음이 움직였다. 칼리파는 두 사람을 용서해 주기로 했다. 그리하여 즉시 법관을 불러 두 사람의 혼인계약서를 작성하도록 하였다. 더불어 샤라자드에게 내렸던 보물과 패물들을 혼수품으로 허락하고 그녀의 방에서 피로연을 베풀어 주었다.

그렇게 사흘을 궁에서 보낸 샤라자드와 하산은 샤라자드의 물건들과 칼리파가 하사한 혼수품들을 챙겨서 하산의 집으로 돌아왔다. 두 사람은 너무도 행복했다. 세상 모든 것들이 아름답게만 보였다.

그날 이후, 샤라자드의 애절한 비파 소리와 구성진 노래 소리가 그리워 질 때마다 칼리파는 가끔씩 그녀를 궁전으로 불렀다.

그러던 어느 날, 궁에 불려갔던 샤라자드가 옷이 찢기고 피투성이가 되어 돌아온 것이 아닌가! 깜짝 놀란 하산이 자초지종을 물으니 샤라자드는 눈물만 흘렸다. 잠시 아내가 진정되기를 기다렸다가 다시 하산이 물었다. 그러자 샤라자드는 눈물을 머금은 소리로 말했다.

"칼리파 님이 돌아가셨어요. 한창 잔치가 무르익을 무렵 아드님이신 알 문타시르가 군사들을 이끌고 들이닥쳐서는 칼리파 님을 시해했어요. 순식간에 흥겹던 잔치가 지옥이 되었어요. 시녀들과 저는 가까스로 도망칠 수 있었답니다."

아내의 이야기를 들은 하산은 즉시 밖으로 나가 궁의 소식을 수소문했다. 그리고 궁에서 참담한 살육이 일어났으며, 후계자의 자리를 두고 싸움이 일어났다는 소식을 들었다. 이루어질 수 없었던 자신들의 사랑을 관대함으로 맺어준 알 무타와킬 칼리파의 은혜를 죽을 때까지 잊지 않겠다고 다짐하며 눈물을 흘렸다.

그 후에도 하산과 샤라자드는 자신들의 기적 같은 사랑 이야기를 대대손손 전하며 오래도록 행복하게 살았다.

진심으로 마음을 얻은 열정적 사랑

아르다시르 왕자와 누후스 공주 이야기

　옛날 옛적 페르시아만 연안에 인접한 국가 시라즈 도성의 대왕 사이후 알 아쟘 샤는 늦은 나이까지 왕위를 이을 후사가 없어 걱정이 태산이었다. 좋다는 약은 모조리 구해서 먹어 보고, 용하다는 점성술사를 데려다 치성을 드리기도 해보았지만 별로 효과가 없었다.

　왕의 근심이 극에 달할 무렵 여러 명의들과 학자들은 머리를 맞대고 함께 후사를 얻을 방법에 대해 연구를 하기 시작하였다. 그리고 오랜 연구 끝에 드디어 왕과 왕비에게 약을 지어 바칠 수 있게 되었다. 온 나라 백성들의 염원과 수많은 사람들의 노력이 깃든 명약을 복용한 지 얼마 지나지 않아 왕과 왕비는 잉태 소식을 알렸고, 마침내 왕자를 얻게 되었다. 왕실 뿐만 아니라 온 나라의 백성들은 기쁨에 넘쳐 환호했다.

　왕자의 이름은 '아르다시르'로 지어졌다. 아이는 무럭무럭 자라 빛나는 외모를 자랑하는 열다섯 살의 아름다운 소년이 되었다.

한편 이라크의 왕 압드 알 카디르에게는 딸이 하나 있었는데, 하야트 알 누후스 공주였다. 공주는 보름달처럼 새하얀 피부에 선홍빛 볼이 발그레한 얼굴, 아름다운 자태와 빼어난 품위로 모든 사람들의 마음을 사로잡았다. 뿐만 아니라 모든 방면의 지식이 박학하여 어느 자리에서도 주눅 들지 않는 당당함까지 갖춘 재원이었다.

그러나 이렇게 완벽한 공주에게도 한 가지 문제가 있었다. 바로 남자를 경멸하고, 남자에 대한 적대심이 크다는 것이었다. 남자의 '남' 자만 들어도 불같이 화를 내고, 청혼의 '청' 자만 들어도 기절할 정도였으니 아버지 카디르 왕에게는 여간 큰 걱정이 아니었다.

그럼에도 불구하고 누후스 공주의 미모와 지력에 대한 소문은 날이 갈수록 멀리 퍼져 시라즈 도성의 아르다시르 왕자에게까지 전해졌다. 누후스 공주에 대한 소문을 접한 아르다시르 왕자는 공주에 대한 환상을 키우며 사랑에 빠지고 말았다. 한 번도 보지 못한 공주였지만 전해 들은 수많은 소문만으로도 왕자의 마음을 사로잡기에 충분했다.

아르다시르 왕자는 부왕에게 달려가 당장 누후스 공주와 결혼할 수 있게 해달라고 졸랐다. 시라즈 왕은 하나밖에 없는 왕자의 소원을 들어주기 위해 충직한 대신을 시켜 이라크에 보냈다. 정식으로 청혼을 하기 위한 사절이었다. 그러나 누후스 공주는 청혼을 받아들이기는커녕 청혼 사절이 공주가 있는 궁으로 들어오지도 못하게 문 앞에서 돌려보냈다. 대신이 아무런 소득도 없이 돌아오자 시라즈의 왕은 크게 분노하여 당장 군사를 일으켜 이라크를 공격하려고 하였다. 그러자 아르다시르 왕자는 화들짝 놀라며 부왕을 진정시켰다.

"아바마마, 이런 일로 군사를 일으키는 것은 국가적 낭비입니다. 또한 막강한 군사력을 가진 시라즈가 작은 나라 이라크를 공격한다면 순식간에 폐허가 될 것이고, 그렇게 되면 자존심 강한 공주는 모든 것을 자신의 탓으로 여기고 자결하려고 할지도 모릅니다. 그렇게 되면 저는……."

왕은 아르다시르 왕자의 말에 고개를 끄덕였다. 부왕이 평정심을 되찾은 모습을 확인한 왕자는 자신의 결심을 말했다.

"전 이 문제를 스스로 해결해 보고자 합니다."

"스스로 해결한다?"

"예, 제가 직접 나서 공주의 마음을 돌려 보려고 합니다. 그리고 그렇게 해야만 공주를 온전히 저의 여인으로 만들 수 있을 것입니다."

부왕은 아들의 결심에 감복했다. 그토록 의젓하게 자란 아들이 자랑스러웠다.

"제가 직접 이라크로 가서 공주를 만나 마음을 전할까 합니다. 허락해 주십시오."

아르다시르 왕자는 자신의 계획을 밝히며 부왕께 허락을 구했다. 왕은 하나밖에 없는 귀한 아들이 고국을 떠나 타지를 여행한다는 것이 불안하고 걱정되었지만 아들의 굳건한 의지와 든든한 모습에 허락을 하게 되었다. 왕은 금화와 많은 보물들을 내려 여장을 든든하게 꾸리도록 하고, 믿음직한 대신을 함께 보내 왕자를 잘 보필하도록 지엄하게 명령하였다. 그렇게 아르다시르 왕자 일행은 상단으로 위장하여 이라크까지 여행길에 올랐다.

멀고 험한 길을 재촉하여 드디어 아르다시르 왕자의 상단은 이라크의 수도 바그다드에 도착하였다. 그리고 부유한 상인들이 모이는 여관에 여장을 풀었다. 대신과 왕자는 여러 가지 방법을 고민한 끝에 번화한 시장 한복판에 고급 잡화점을 열기로 했다.

대신은 시장 감독을 찾아가 목이 좋은 넓은 점포 하나를 얻어

깨끗이 청소를 하고 진귀한 물건들을 정리해 진열했다. 사람들은 가게를 정리하고 물건들을 진열하는 아르다시르 왕자의 모습에 넋을 잃었다. 눈부실 정도로 영롱한 왕자의 외모 때문이었다. 가게 안은 호화롭고 진귀한 잡화들로 가득 채우고 고급스럽게 단장했다.

다음 날 이른 아침, 아르다시르 왕자의 고급 잡화점이 문을 열었다. 사람들은 환상적이고 신기한 물건들을 구경하러 오기도 했지만 눈부시게 아름다운 왕자의 모습에 더 관심이 많았다. 왕자를 한 번이라도 보기 위해 가게 안으로 들어오는 사람들이 있을 정도였다. 사람들에게 대신과 왕자는 부자지간이라고 자신들을 소개했다. 모든 사람들이 대신을 부러움 가득한 눈으로 바라보았다.

가게는 날로 번창했다. 사람들은 구름처럼 모여들었고, 잡화점의 매상도 나날이 높아져 큰 부를 축적할 수 있었다. 왕자는 모여드는 사람들 가운데에서 왕궁에 출입하는 사람을 만날 수 있을 거라는 기대에 눈을 크게 뜨고 사람들을 살폈지만 왕궁 사람을 만나기란 쉽지 않았다. 하루하루가 지날수록 왕자의 실망은 커져 갔다.

그러던 어느 날, 고상한 품위가 느껴지는 노파가 보름달처럼 환한 얼굴의 시녀를 데리고 나타났다. 노파는 바로 누후스 공주의 유모였다. 왕자의 수려한 외모에 반해 한참을 바라보던 노파는 곧 정신을 차리고 누후스 공주에게 어울릴 만한 최고급 상품을 보여 달라고 했다. 공주의 이름을 듣는 순간 왕자는 심장이 멎는 듯했다. 옷을 보여주는 왕자의 손은 설레임과 흥분으로 떨리고 있었다.

"이 옷은 어떠십니까?"

왕자는 가게에서 가장 비싼 옷을 보여주며 떨리는 목소리로 말했다.

"오! 아름답군요. 가격은?"

"제가 누후스 공주님께 드리는 선물입니다."

"아니, 젊은이, 그게 무슨 소리입니까? 이렇게 귀한 것을……."

노파는 계속해서 옷의 가격을 물었지만, 왕자는 한사코 선물이라며 가격을 알려주지 않았다. 그러자 노파는 왕자의 마음을 꿰뚫고 있는 듯한 목소리로 왕자에게 물었다.

"젊은이, 이렇게 귀한 것을 그저 선뜻 선물이라고 내어 놓을 때는 무언가 사연이 있을 듯한데, 그 사연을 내게 말해 주실 수 있겠습니까?"

"사연이라니요. 그저……."

"젊은이, 진심은 언제나 통하는 법입니다. 내가 느끼기에 나의 힘이 조금이나마 보탬이 될 것 같기도 한데……."

노파의 말에 힘을 얻은 왕자는 그제야 자신의 심정을 털어놓았다. 신분을 감춘 것만 빼면 자신의 공주에 대한 절절하고 애끓는 사랑을 진심을 담아 이야기했다. 그러나 노파는 고개를 천천히 저었다.

"젊은이, 예로부터 '오르지 못할 나무는 쳐다보지 말라'고 하지 않았습니까? 젊은이가 부유하다고는 하나 그래도 상인일 뿐입니다. 그런데 어떻게 공주님을 마음에 품으시는 것입니까?"

노파의 말에 왕자는 크게 실망했다. 그렇다고 어렵게 만든 이 기회를 그냥 놓칠 수는 없었다. 왕자는 간절한 마음을 담아 노파를 설득했다.

"그럼 저는 어쩐단 말입니까? 오로지 공주님에 대한 사랑 하나로 여기까지 왔습니다. 제발 도와주세요. 공주님을 단 한 번만 만날 수 있다면 제 마음을 전할 수 있을 것 같습니다. 할머니의 말씀대로 진심은 통하는 것이 아니겠습니까?"

왕자는 눈물로 노파에게 호소했다. 왕자의 눈물에는 사랑과 그 사랑으로 인해 상처받은 마음이 함께 흐르고 있었다. 왕자의 눈물에 노파도 가슴이 아팠다. 노파는 애써 왕자를 외면하며 고개를 돌렸다. 그러자 왕자가 노파의 손을 잡으며 다시 한 번 부탁했다.

"제발 부탁드립니다. 저의 편지를 공주님께 전해 주십시오. 그리고 저의 애틋한 마음도 함께 전해 주십시오."

마음 여리고 인정 많은 노파는 왕자의 눈물에 마음이 흔들렸다. 측은한 마음에 결국 노파는 왕자의 청을 받아들였다. 희망에 들뜬 왕자의 표정은 금세 밝아졌다. 아름다운 왕자의 기대에 찬 얼굴을 보자 노파도 함께 마음이 흐뭇해졌다. 왕자는 단숨에 누후스 공주를 향한 애틋하고 절절한 사랑이 담긴 편지를 써내려 갔다.

아름다운 공주여!
오직 그대를 향한 마음 하나로
먼 길을 달려 여기까지 왔습니다.
끝없이 타오르는 그대에 대한 사랑의 불꽃은

온 마음을 다 태워 가눌 길이 없습니다.

아침에 뜨는 해가 반갑지 않고

저녁에 지는 해가 아름답지 않으니

이는 그대에 대한 나의 사랑이

세상의 모든 기쁨과 환희를

나로부터 빼앗아 갔기 때문입니다.

그대에 대한 사랑과 이루지 못한 슬픔으로

나의 육신은 점점 병들어 가고

나의 영혼은 점점 메말라 가니

이 가련한 사내의 마음을 헤아려

부디 그대의 마음을 열어 주십시오.

    노파는 왕자의 편지를 받아 들고 궁으로 돌아왔다. 궁으로 돌아오자마자 왕자에게서 선물로 받은 옷을 공주에게 펼쳐 보여 주었다. 옷의 아름다운 빛깔에 온 궁전이 환하게 빛나는 것 같았다. 옷의 곳곳에 촘촘히 박혀 있는 갖가지 보석에 사람들의 눈이 휘둥그레졌다.

    공주 역시 황홀한 표정으로 한참이나 옷을 바라보았다. 아버

지의 나라에서 걷어지는 세금을 모두 합쳐도 살 수 없을 정도로 화려하고 아름다운 옷이었기 때문이었다.

"유모, 이 옷 어디에서 난 거야?"

"시장 한복판에 새로 문을 연 고급 잡화점에서 샀지요."

공주가 호기심을 보이자 노파는 이때다 싶어 입에 침이 마르도록 상인을 칭찬했다. 젊은이는 매우 부유할 뿐만 아니라 예의가 바르고 누구나 돌아볼 정도로 아름다운 외모를 지녔다고 추켜세웠다.

"뿐만 아니에요. 이 옷도 공주님께 드리는 선물이라고 했습니다."

"선물이라고? 정말? 이렇게 귀한 옷을?"

"예, 정말 그랬답니다. 이 옷에 어울리는 사람은 오직 공주님뿐이라며 아름답게 입으셨으면 좋겠다는 말도 함께 전했습니다."

"세상에!"

노파의 말에 공주는 젊은 상인에 대한 호기심이 일었다. 그의 넓은 마음 씀씀이가 인상 깊었던 것이다.

"그런데 말이야 유모. 혹시 이 귀한 옷을 나에게 선물한 일로 그 분에게 난처한 일이 생기지는 않을까? 이를테면 물건의 제작비를 감당하지 못한다거나 하는…….."

"글쎄요."

노파는 짐짓 모른 척하며 딴청을 피웠다. 그러나 공주는 여전히 젊은 상인에 대한 호기심과 고마움에 쉽사리 마음을 진정시키지 못했다.

"유모, 혹시 그 분이 소원이 있다고 말하던가? 내가 들어줄 수 있다면 들어주고 싶은데……."

그때서야 노파는 왕자에게서 받은 편지를 슬며시 내밀었다. 그리고 조심스럽게 말했다.

"이 편지를 공주님께 전해 달라고 했습니다."

의아한 표정으로 편지를 받아든 공주는 그 내용을 천천히 끝까지 읽었다. 그리고 곧 편지를 한 손에 움켜쥐며 불같이 화를 냈다.

"유모는 대체 정신이 있는 거야, 없는 거야. 자신의 신분도 생각하지 않은 채 일국의 공주인 내게 감히 상인 따위가 이런 편지를 보내다니!"

자존심이 크게 상한 공주는 분한 마음을 삭히지 못해 방 안을 왔다갔다 하며 흥분했다. 두려움으로 얼굴이 하얗게 질린 노파는 온몸이 얼어붙은 것처럼 꼼짝도 하지 않았다.

"무례한 내용이라도 있는 지요?"

노파는 모른 척 공주를 떠보았다. 그러자 아직 분이 풀리지 않은 공주는 노파를 쳐다보며 버럭 소리를 질렀다.

"말이 된다고 생각해? 상인 주제에 공주에게 사랑을 품다니! 말이 되냐고!"

"공주님 고정하시지요. 아무래도 제정신이 아닌 듯하니 크게 마음 쓰지 마시고 따끔하게 나무라시지요. 정신을 차리지 않으면 당장 가게 문을 닫게 하고 목숨을 내놓아야 한다고 엄포하시고요."

"하지만 답장을 써주면 오히려 득의양양해지지 않을까? 더 불손한 마음을 먹을지도 모른단 말이야."

"그런 생각조차 하지 못하게 아주 단호하게 쓰세요."

노파의 거듭되는 설득에 공주는 답장을 쓰기 시작했다. 분한 마음이 가득 담긴 답장이었다.

자신의 주제를 망각한 채 눈먼 사랑에 빠진 젊은이여

그대의 처지를 깨달아야 할지어다.

그대의 사랑이 얼마나 허무하고

얼마나 무모한지

그대 스스로 깨달아야 할 것이라.

아무리 사리 분별이 미흡한 비천한 신분이라 할지라도

어찌 그대가 감히 나를 두고 그런 마음을 품는단 말인가.

그대의 목숨이 두 개가 아니라면

즉시 그 마음을 거두어 스스로 단념하고 물러날지어다!

신께 맹세코

또 한 번 나를 업신여겨 능멸할 시에는

그대의 목숨을 내가 직접 거둘 것이다.

    노파는 공주의 답장을 받아들고 한달음에 왕자에게 달려갔다. 공주의 답장을 받아든 왕자의 얼굴에는 기쁨의 미소가 번졌다. 두근거리는 마음으로 편지를 펼쳐 본 왕자는 크게 실망하여 눈물을 흘렸다. 자신의 마음을 몰라주는 공주의 서늘한 경고에 큰 상처를 받았기 때문이었다.

    그러나 노파는 공주가 답장을 써 준 것만도 대단한 일이라며 왕자를 위로했다. 노파의 위로에 힘을 얻은 왕자는 다시 한 번 편지를 전해 달라고 부탁했다. 왕자의 가련한 사랑에 측은한 마음이 움직인 노파는 다시 한 번 왕자의 편지를 전해 주기로 하였다.

여전히 분한 마음이 남아 있던 누후스 공주는 노파가 또다시 편지를 들고 오자 화가 머리끝까지 났다.

"유모! 지금 대체 무슨 짓을 하고 있는 거야? 유모가 편지 전하는 심부름꾼이야? 이런 편지가 오가는 사실을 아바마마께서 아시기라도 해봐!"

"절대로 비밀이 새어 나가는 일은 없을 것입니다."

"그나저나 정말 화가 나서 죽겠는데 이걸 어떻게 한담."

"다시 한 번 답장을 쓰세요. 이번엔 아예 처형을 하겠다고 단단히 겁을 주세요."

"아니야. 답장을 쓰지 않는 편이 더 좋을 것 같아."

그러나 노파는 공주의 마음을 살살 달래며 끈질기게 설득하여 답장을 쓰도록 했다.

다시 공주의 답장을 받아 든 왕자는 떨리는 마음으로 편지를 읽어내려 갔다. 하지만 또다시 고개를 떨굴 수밖에 없었다. 공주의 경고가 너무나 무시무시했기 때문이다. 그러자 이번에는 노파가 왕자의 손을 꼭 잡으며 위로했다.

"너무 실망하지 마세요. 저는 당신 편입니다. 무슨 일이 있어도 두 분이 맺어질 수 있도록 도울 테니 힘내세요."

왕자는 노파의 말에 힘을 얻어 다시 한 번 편지를 썼다.

이번에도 편지를 받아 든 공주는 노발대발하며 당장 부왕의 궁전으로 뛰어갔다. 그러나 마침 사냥을 나간 부왕을 만날 수는 없었다. 자신의 궁전으로 돌아온 공주가 여전히 화가 나서 펄펄 뛰자 노파는 천천히 다가가 어딜 다녀왔느냐고 물었다. 아직도 분이 풀리지 않아 씩씩거리던 공주는 노파를 노려보며 말했다.

"당장 그 자를 찾아내 처형해 달라고 청할 작정으로 아바마마께 다녀왔지. 뿐만 아니라 시장에 있는 모든 외국 상인들을 처형하고 가게를 봉쇄하게 할 참이었어."

"그건 안 될 일입니다. 공주님."

"어째서지?"

"만약 그 자를 처형하시고, 외국 상인들을 내쫓아 버리시면 온 시장에는 공주님에 대한 이상한 소문이 나돌게 될 것입니다. 매우 음탕하고 지저분한 소문일 테지요. 본시 여자의 정조란 우유와 같아서 아주 작은 먼지에도 모두 썩어 버리고, 유리처럼 약해서 한 번 깨어지면 다시 붙이기 어려운 법입니다. 이 일은 임금님 뿐만 아니라 세상의 그 누구도 알아서는 안 됩니다."

노파의 말을 곰곰이 생각해 보니 그 말이 맞는 것 같았다. 잠시 후 평정심을 되찾은 공주가 노파에게 말했다.

"유모 말이 맞아. 너무 분한 나머지 분별력을 잃었었나봐."

공주의 마음이 가라앉자 노파는 다시 한 번 공주에게 답장을 쓰도록 설득했다. 이번에는 다정하면서도 단호한 글로 그를 얼러 보라고 했다. 공주는 노파가 시킨 대로 어린 아이를 달래듯 다정하고 친근한 문투로 정중한 거절의 말을 남겼다. 그리고 노파에게 신신당부했다.

"유모, 이번에는 제발 그 사람이 단념할 수 있도록 잘 타일러 줘."

노파는 공주에게 알았다고 고개를 끄덕였다. 그리고 왕자에게 달려가 편지를 전했다. 이번에도 거절의 편지를 받아든 왕자는 눈물을 흘리며 주저앉고 말았다. 그런 왕자의 모습에 노파는 마음이 아팠다.

"조금만 더 힘을 내십시오. 분명히 신께서 당신을 보살피실 것입니다."

왕자는 노파의 격려에 다시 한 번 힘을 얻어 더욱 절절한 편지를 썼다. 편지를 받아 든 공주는 금방이라도 달려나가 왕자의 목을 베어 버릴 정도로 화를 냈다.

"유모! 당장 사실대로 고백해! 유모가 이 자를 돕고 있는 것이지? 이 자를 도와 나를 설득해서 편지를 쓰게 하는 거지? 처음부터 유모가 편지를 들고 오지 않았으면 이런 성가신 일은 생기지도 않았을 거야! 뿐만 아니라 유모는 잔꾀를 부려 이 자를 돕고 있어! 그렇지? 나를 속인 것이지? 이런 괘씸한! 여봐라! 이 계집을 결박하여 매우 쳐라!"

불같이 화가 난 공주는 시종들을 시켜 노파에게 매질을 했다. 온몸이 피투성이가 되도록 매를 맞은 노파는 쇠약해진 몸으로 궁전 밖에 내쳐졌다.

정신을 잃은 채 궁전 밖에 버려진 노파는 몸을 추스르자마자 아르다시르 왕자의 가게로 달려갔다. 편지를 들고 나선 노파가 돌아오지 않아 안절부절하던 왕자는 노파를 보자 반가운 마음에 달려나가 맞이했다. 그러나 공주에게 매질까지 당한 노파의 이야기를 듣자 실망과 함께 미안한 마음에 눈물을 흘렸다.

노파는 큰 결심을 한 듯 깊은 한숨을 내쉬었다. 그러고는 공주가 남자에 대해 그토록 강한 적개심을 갖게 된 이유에 대해 이야기하기 시작했다.

"하루는 공주님이 잠에서 깨어나 마구 울기 시작했습니다. 그래서 왜 그러냐고 묻자 아주 슬픈 꿈을 꾸었다고 했지요. 꿈의 내용은 이랬습니다. 새 몰이꾼이 그물을 쳐서 주위에 곡식을 뿌려 놓고 멀찍이 숨어 새들이 그물에 걸리기를 기다리고 있었습니다. 그때 마침 수비둘기 하나가 그물에 걸려 몸부림을 쳤답니다. 다른 새들은 그물을 발견하고 도망치듯 날아가 버렸지만 암비둘기만은 다시 날아와 수비둘기 발에 걸린 그물을 주둥이로 쪼고 발로 밟아대며 그물을 찢어 마침내 남편 수비둘기를 구해 냈습니다. 그런데 얼마 가지 않아 또 다른 새 몰이꾼이 쳐 놓은 그물에 암비둘기가 걸리고 말았답니다. 도망치려고 아무리 몸부림을 쳐도 그물은 점점 더 암비둘기의 몸을 휘감았습니다. 그런데 수비둘기는 다른 새들과 함께 달아나서는 다시 돌아오지 않았답니다. 결국 암비둘기는 새 몰이꾼에게 잡혀 죽임을 당했다고 합니다."

여기까지 이야기를 하고 노파는 큰 한숨을 내쉬었다. 아르다시르 왕자는 숨을 죽인 채 그 다음 이야기를 기다렸다. 노파가 천천히 다시 입을 열었다.

"꿈 이야기를 마친 공주께서 이렇게 말하더이다. '여자는 남자가 위험에 처하면 목숨을 걸어 구하는데 남자는 자기 아내가 불행에 빠져도 구해줄 생각조차 하지 않아. 결국 여자의 헌신적인 사랑은 버려지는 것이지. 아무리 헌신적으로 남자를 섬기고 공경해도 남자들은 은혜를 원수로 갚고 말지. 남자는 절대 믿을 수 있는 존재가 아니야.' 라고 말이지요. 그 뒤로 공주께서는 남자를 심하게 적대시하기 시작하셨습니다. 자신이 꾸었던 꿈의 내용을 믿어 버리게 된 것이지요."

노파의 이야기를 들은 왕자는 공주의 마음을 돌리기 어려울지도 모르겠다는 생각에 마음이 아파왔다. 그때 노파가 한 가지 좋은 방법이 있다며 입을 열었다.

"공주님께는 아주 훌륭한 정원이 하나 있습니다. 나무 열매가 무르익는 계절이 되면 그 정원에 나가 바람을 쐬고 별장에서 하룻밤을 묵곤 하지요. 앞으로 한 달 후면 정원에 열매가 익는 때가 돌아옵니다. 그러니 그 전에 그 정원지기와 친분을 쌓아 두십시오. 공주님이 기거하는 궁전의 뒷문과 정원의 문이 연결되어 있기 때문에 정원지기는 사람을 들이지 않습니다. 제가 공주님이 정원에 행차하기 이틀 전에 알려드릴 테니 그 전까지 정원지기와 반드시 친분을 쌓아 두세요. 그리고 정원 안에 몸을 숨기고 계십시오. 공주님의 모습이 보이거든 당신의 얼굴을 한 번만 살짝 보여 드리면 됩니다. 궁전에서만 자란 공주님은 아직까지 한 번도 당신처럼 아름다운 남자를 본 적이 없으니 반드시 첫눈에 반해 버리고 말 것입니다. 그리고 그 다음은 당신의 몫입니다."

왕자는 자신을 위해 진심을 다해 노력하는 노파의 마음에 감동해 사례금을 듬뿍 주고 갖가지 귀한 물건들도 함께 선물했다.

노파가 돌아간 뒤 왕자는 대신과 이 일에 대해 의논을 했다. 그리고 다음 날, 대신이 100디나르의 돈을 가지고 정원으로 갔다. 대신은 정원지기 노인에게 금화 2디나르를 주면서 정원 구경을 부탁했다.

평생 가도 못 만져본 큰돈을 얻은 정원지기 노인은 흔쾌히 두 사람을 정원 안으로 안내했다. 정원은 둘러보아도 좋지만 구석에 있는 작은 문 가까이에는 가지 말라는 당부와 함께. 왕자는 그곳이 공주가 드나드는 문이라는 것을 알아챌 수 있었다. 대신은 또다시 돈을 주며 먹을 것과 마실 것을 가져다 달라고 정원지기 노인에게 청했다. 대신은 노인이 준비해 온 음식을 함께 먹고 마시며 이야기를 나누었다.

그때 대신의 눈에 낡은 정자가 하나 보였다. 심하게 낡아서 회칠이 벗겨지고 그림도 모두 색이 바랜 정자였다. 대신은 정원지기에게 넌지시 물었다.

"영감님, 이 정원은 참으로 훌륭한데 저 가운데 서 있는 정자가 너무 낡아서 흉측하군요. 금방이라도 쓰러질 것 같아요. 제가 수리를 해드려도 괜찮을까요?"

"수리요?"

"네, 칠도 새로 하고 그림도 새로 그려 넣고, 또 낡은 기둥들도 새로 짜 넣고 말이지요."

정원지기가 잠시 고민을 하자 대신은 생활비에 보태라며 500디나르를 손에 쥐어 주었다. 꿈도 꿔본 적 없는 큰돈을 받게 된 정원지기는 대신 손에 입을 맞추며 감사의 인사를 했다.

"주인께서 어떻게 정자를 수리했느냐고 물으시면 사비를 들여 했다고 하세요. 그러면 주인께서 크게 기뻐하시며 들인 비용의 배를 쳐주실 것입니다."

이렇게 말한 대신은 다음 날 일꾼들을 데리고 정원을 다시 찾았다. 선불로 재료비와 임금을 지불했기에 일꾼들은 흥이 나서 일을 시작했다. 기둥을 새로 세우고 회칠을 새로 했다. 어느 정도 정자의 외관이 수리되자 대신은 화공을 불러 벽화를 그리도록 했다. 누후스 공주가 꾸었다는 꿈의 내용을 고스란히 담은 벽화였다. 꿈의 마지막 장면은 수비둘기가 암비둘기가 있는 곳으로 되돌아오다가 그만 매에게 잡아 먹혀 돌아오지 못하는 내용으로 심혈을 기울여 그리도록 하였다. 그리고 화공들에게 매의 강한 인상을 강조하여 그리고, 수비둘기는 아주 슬프고도 안타까운 모습으로 그려 넣도록 주문하였다.

다음 날, 완성된 정자의 모습을 보기 위해 정원에 들른 아르다시르 왕자는 벽에 그려 있는 그림을 보고 깜짝 놀랐다. 그리고 그 그림의 내용을 알아챈 왕자는 기쁨의 탄성을 질렀다. 공주의 마음을 돌릴 수 있을 것 같은 예감이 들었기 때문이었다. 왕자는 그 길로 곧장 대신에게 달려가 새로 그려진 벽화에 대해 이야기했다. 그러자 대신은 빙그레 웃으며 왕자에게 말했다.

"사실 그 그림은 제가 화공을 시켜 그려 넣었습니다. 공주께서 벽화를 눈여겨보신다면 그동안 가지고 있던 남자에 대한 오해를 풀고 새로운 마음을 가지게 될 것이라고 생각했기 때문입니다."

"역시! 대신은 훌륭한 지략을 가지고 있소! 진심으로 그대를 존경하오!"

왕자는 대신의 번뜩이는 기지와 놀라운 묘책에 탄복했다. 그리고 그토록 마음을 써주는 대신에게 고마움을 느꼈다.

과일이 익을 무렵이 되자 공주는 문득 유모가 그리워졌다. 정원을 함께 둘러보며, 일일이 나무며 꽃에 대해 설명해 주고 이야기해 주던 자상한 유모의 모습이 떠올랐던 것이다. 어쭙잖은 외국 상인 때문에 길러준 은혜를 그토록 모질게 버린 것 같아 미안한 마음이 솟구쳤다. 공주는 그 길로 시녀들을 보내 유모를 궁으로 데리고 오도록 하였다.

"절대로 돌아가지 않을 게다! 수많은 어린 시녀들 앞에서 내가 당한 수모를 잊을 수가 없다. 그러니 공주님께 전하거라. 나는 두 번 다시 궁으로 돌아가지도 않을 것이고, 공주님을 뵙고 싶지도 않다고 말이다!"

그러나 유모를 데리러 온 시녀들은 끈질기게 유모를 설득했다. 공주님이 마음 깊이 뉘우치고 있다는 말까지 덧붙이자 유모는 못 이기는 척 시녀들과 함께 궁으로 들어갔다. 유모가 궁에 들어서자 공주는 한걸음에 달려 나가 유모를 맞이했다. 그러나 유모는 여전히 공주의 얼굴을 외면하며 섭섭함을 드러냈다. 공주는 유모의 손을 꼭 잡으며 말했다.

"유모, 내가 잘못했어. 아무리 화가 났어도 유모는 나를 길러 준 어머니인데 내가 너무 무례하게 굴었어. 유모, 정말 미안해. 그러니 나를 용서해 줘."

공주의 진심 어린 말에 유모는 마음이 풀렸다. 미우나 고우나 유모는 공주를 길러낸 어머니였기 때문이다. 그렇게 유모와 공주는 화해를 했다. 주위를 지키던 시녀들도 모두 두 사람의 화해를 기뻐했다.

"유모, 지금 정원의 나무들에는 열매가 얼마나 맺혔을까?"

"제가 지금 정원으로 나가 알아보고 공주님께서 산책하실 수 있도록 준비를 시키겠습니다."

노파는 공주를 궁전에 남겨 두고 부리나케 아르다시르 왕자에게 달려갔다.

"내일이면 공주님께서 정원으로 행차하실 것입니다. 그러나 공주님께서 행차하실 때는 아무도 정원에 들어설 수 없답니다. 그러니 반드시 누구의 눈에도 띄지 않도록 몸을 숨기고 계셔야 합니다. 제가 '은혜로운 자여! 우리가 두려워하는 것들로부터 구하소서!'라고 외치거든 나무들 사이로 조금씩 모습을 보여 주세요. 공주님께서 스치듯 당신을 보게 되면 궁금증을 이기지 못하고 당신을 제대로 보고 싶어하실 것입니다. 그리고 당신을 가까이에서 본 순간, 공주님은 당신에게 반해 버리실 것입니다. 그러니 아름다운 모습을 하고 계셔야 합니다."

노파가 돌아가자 아르다시르 왕자는 목욕 재개를 하고 자신이 가지고 있는 가장 화려하고 아름다운 옷으로 갈아입었다. 그리고 천천히 걸으며 자신의 맵시를 꼼꼼히 살펴 보았다. 달빛처럼 영롱하고 아름다운 자태가 아닐 수 없었다.

왕자가 정원에 나타나자 정원지기가 반갑게 맞이했다. 그 역시 아름답게 치장한 왕자의 모습에 잠시 넋을 잃었다.

"어쩐 일이십니까?"

"사실 오늘 아버지와 말다툼을 했습니다. 그래서 집을 나왔는데 다시 돌아가기가 좀……. 타향이라 찾아갈 친구도 없고, 마땅히 갈 곳이 없어서 왔습니다. 괜찮으시다면 오늘 밤을 여기서 보내고 싶습니다."

정원지기는 잠시 곤란한 표정을 지어 보였다. 어느 누구에게도 정원에서 밤을 보내는 것은 허락될 수 없는 일이었기 때문이다. 그러나 정원지기는 차마 아름다운 청년을 추운 곳에서 재울 수는 없다고 생각했다. 그래서 자신의 집으로 가자고 했으나 왕자는 정원에서 혼자 밤을 보내겠다고 고집을 부렸다.

하는 수 없이 정원지기는 왕자에게 양탄자와 이불을 가져다 주었다. 그런데 정원을 나서려는 찰나 공주의 유모에게서 소식이 왔다. 내일 아침 공주님께서 정원으로 행차하실 것이라는 기별이었다. 화들짝 놀란 정원지기는 다시 안으로 들어가 왕자를 흔들어 깨웠다.

"정말 미안한데 지금 당장 정원을 나가주셔야겠습니다."

"무슨 일이십니까?"

"내일 아침 공주님께서 행차를 하신다고 합니다. 사실 여긴 아무도 들어와서는 안 되는 곳이랍니다."

"하지만……. 어떤 일이 있어도 공주님의 눈에 띄지 않게 할 터이니 저를 내쫓지 말아 주십시오."

왕자는 애원하듯 부탁하며 정원지기에게 슬쩍 500디나르의 돈을 쥐어 주었다. 또다시 큰돈을 받아든 정원지기의 표정은 순식간에 바뀌었다.

"대신 아무데나 돌아다녀서는 안 됩니다. 절대로 공주님의 눈에 띄어서는 안 된단 말입니다!"

"잘 알겠습니다. 걱정하지 마세요."

정원지기의 신신당부에 왕자는 안심하라는 말을 되풀이하며 그를 돌려보냈다. 왕자는 그날 밤을 뜬눈으로 보냈다. 공주를 직접 볼 수 있다는 생각에 도무지 잠이 오지 않았던 것이다.

왕자는 설렘과 초조한 감정이 뒤섞인 아침을 맞이했다. 정원지기의 말대로 들키지 않고 몸을 잘 숨기고 있어야 하는 것도 걱정되었고, 노파의 신호를 제대로 알아채고 알맞은 때에 얼굴을 드러내야 하는 것도 긴장되었다.

이런저런 걱정으로 안절부절하고 있을 때 마침내 정원의 한쪽 문이 열리면서 공주 일행이 들어섰다. 왕자는 황급히 몸을 숨겼다. 앞장 서서 들어서는 여인이 누후스 공주라는 것은 한 눈에 알 수 있었다.

공주는 한 번만 보아도 마음이 흐트러질 정도로 눈부신 자태와 바보조차 용기를 내어 다가가고 싶을 정도로 빛나는 눈빛을 가지고 있었다. 정원으로 들어선 공주는 나무에 매달려 있는 과일들을 따먹기도 하고, 화초들을 다가가 바라보기도 하며 산책을 즐겼다. 시종들과 시녀들이 공주의 뒤를 따르며 행복해 하는 공주를 바라보았다. 공주가 정원 가운데 있는 분수에 멈추어 물장난을 하자 노파가 공주에게 말했다.

"따르는 이가 너무 많은 것도 번잡하니 공주님과 저 이렇게 둘만 오붓하게 다니는 것이 어떨런지요?"

"하긴 너무 많이 다니면 웅성거려서 시끄럽긴 하지. 유모만 남기고 모두 궁으로 돌아가 기다리거라!"

공주는 노파의 말에 시종과 시녀들을 모두 궁으로 물리고 단둘이 남아 정원 이곳저곳을 돌아다녔다. 이윽고 공주와 노파가 정자에 다다랐다. 공주는 정자가 말끔히 수리되어 있는 것을 보고 깜짝 놀랐다.

"누가 이곳을 이렇게 아름답게 수리해 놓은 것이지?"

공주가 만족스러운 듯 정자를 둘러보며 말했다. 그러자 노파가 기다렸다는 듯 대답했다.

"정원지기 영감이 공주님께서 오실 날을 기다리며 사비를 털어 수리해 놓았다고 합니다."

"정말? 그렇게 갸륵한 생각을 하다니……. 상을 내려야겠는 걸."

깨끗하게 수리된 정자가 마음에 든 공주는 당장 재무관을 불러 정원지기에게 사비로 들인 수리비의 2배를 하사하라고 명령했다. 정원지기는 대신의 말대로 된 것이 너무도 놀랍고 기뻐 어쩔 줄 몰랐다.

공주 일행은 새롭게 단장된 정자의 구석구석을 둘러보며 감탄을 금치 못했다. 그러다 공주의 눈이 한쪽 벽에 고정되었다. 바로 대신이 화공을 시켜 새롭게 그려 놓은 벽화였다. 벽화에는 자신이 꿈에서 본 암수비둘기가 금방이라도 날아오를 것처럼 생생하게 그려져 있었다.

그런데 더욱 놀라운 것은 그 꿈의 마지막 장면이었다. 암비둘기가 그물에 걸리자 그대로 날아가 버린 줄 알았던 수비둘기가 매에게 물려 피를 흘리며 죽어가는 모습이 너무도 실감나게 그려져 있는 것이 아닌가. 수비둘기가 위험에 처한 암비둘기를 구하러 오지 못한 이유가 있었던 것이다.

순간 공주의 머릿속에 많은 생각들이 스쳐갔다. 그리고 그동안 수비둘기에 대해 오해하고 그로 인해 세상의 모든 남자들을 매도했던 경솔함이 후회스러웠다.

"유모, 내가 크게 오해를 하고 있었나 봐."

노파는 지금이야말로 공주가 가지고 있는 남자에 대한 적개심을 없앨 수 있는 절호의 기회라고 생각했다.

"무릇 수컷이 암컷에게 주는 사랑은 신께서 주신 은총 가운데 하나이지요. 특히 인간 세상의 사내는 더욱 그렇답니다. 사내들은 여인에게 사랑을 주기를 아까워하지 않으며, 그 사랑을 위해 목숨을 버리는 것을 마다하지 않지요. 또한 그 사랑을 지키기 위해서라면 자신을 낳고 기른 부모를 거역하기도 하는 것이 바로 사내들이랍니다."

노파의 말에 공주는 깊은 생각에 빠졌다. 노파는 아내가 죽자 함께 따라서 세상을 저버린 한 남자의 이야기를 해주며 부부의 금슬은 무엇과도 비할 수 없는 소중한 것임을 강조했다. 그 순간 공주는 자신의 마음에서 남자에 대한 적개심이 눈 녹 듯 사라져 버린 것을 느꼈다.

공주의 마음이 평온한 강물처럼 잔잔해진 것을 알아 챈 노파는 공주를 데리고 나무들 사이로 천천히 거닐기 시작했다.

점점 다가오는 공주의 모습에 왕자의 가슴은 주체못할 흥분으로 뜨겁게 달아올랐다. 공주가 왕자가 숨어 있는 곳에 가깝게 다가올수록 왕자는 정신이 아득해졌다. 잠시 멍한 상태가 계속되었을 때 노파가 약속한 신호를 보냈다.

"은혜로운 자여! 우리가 두려워하는 것들로부터 구하소서!"

신호와 함께 왕자는 숨어있던 곳으로부터 나와 나무들 사이를 걷기 시작했다. 공주의 눈에 보일 듯 말듯 천천히 나무들 사이를 거닐었다.

나무들 사이에서 아름다운 남자를 발견한 공주는 그 모습에 그만 넋을 잃고 말았다. 공주는 무언가에 이끌린 듯 남자의 뒤를 쫓았다. 남자의 자태는 품위에 넘쳤고, 언뜻 보이는 얼굴은 눈이 부실 정도로 빛났다. 공주는 남자가 누구인지 궁금해 견딜 수 없었다. 그러자 노파가 조심스럽게 공주에게 말했다.

"저 분이 바로 공주님께 편지를 보낸 그 젊은 상인이랍니다."

노파의 말을 들은 공주는 자신의 귀를 의심하며 놀라움을 감추지 못했다. 그러나 이내 밝은 미소를 지으며 노파에게 말했다.

"궁에서만 자란 나는 세상 물정을 잘 몰라. 저 젊은이의 진가를 잘 몰라서 잠시 실수를 했나 봐."

그러고는 노파에게 젊은 상인과 만날 수 있는 방법을 알려달라고 졸랐다. 그러나 노파는 뜸을 들이며 공주의 애를 태웠다. 그러자 공주는 단 한 번이라도 좋으니 만나서 이야기할 수 있게 해 달라고 계속해서 재촉했다.

잠시 후 노파는 왕자를 공주 앞으로 인도했다. 왕자는 가슴이 콩닥거려 걸음을 걷는 것조차 힘이 들었다.

"하야트 알 누후스 공주님이십니다. 예를 갖추십시오."

아르다시르 왕자는 무릎을 굽히고 공손히 예를 갖추어 인사했다. 그러자 공주가 왕자를 일으켰다. 그리고 두 사람의 눈빛이 마주치는 순간! 왕자와 공주는 불길에 덴 듯 뜨거운 열정이 가슴 가득 차 올라 서로를 부둥켜안았다. 노파가 다른 사람 눈에 띌까 두려워 둘을 정자 안으로 인도했다. 노파가 정자 입구를 지키는 사이 왕자와 공주는 그동안 아껴 두었던 사랑을 불태웠다. 그리고 잠시 잠이 들었다.

잠에서 깨어난 왕자는 자신의 품에 잠들어 있는 공주를 보고 꿈결인 듯한 착각에 빠져 자신의 볼을 꼬집어보았다. 꿈은 아니었다. 그러나 꿈처럼 황홀했다. 왕자의 품에서 깨어난 공주 역시 연인의 얼굴을 바라보며 이 시간이 멈추기를 바랐다.

두 연인은 손을 맞잡고 서로에 대해 이야기를 하기 시작했다. 지난 날 있었던 일들을 속삭이고, 사랑의 밀어를 나누었다.

왕자는 자신의 신분을 밝히며 자신이 여기까지 오게 된 이유가 모두 공주에 대한 사랑 때문이었음을 고백했다. 왕자의 사랑에 감복한 공주는 눈물을 흘렸다.

그러나 그들이 함께 할 수 있는 시간은 길지 않았다. 공주는

부왕이 찾는다는 전갈을 받고 정원을 나서야 했다. 왕자 역시 이제 그만 정원을 나가야 할 때였다.

두 연인은 떨어지기 아쉬워 잡은 손을 놓지 못했다. 그러나 부왕의 부름에 응하지 않아 누군가 정원으로 공주를 찾으러 온다면 왕자가 정원에 들어온 것이 발각될까 걱정되어 공주는 서둘러 궁전으로 돌아갔다.

왕자와 헤어진 공주는 왕자에 대한 그리움으로 하루하루를 눈물로 지새웠다.

"유모, 왕자님을 다시 뵐 수 있는 방법이 없을까? 청혼 사절을 보내달라고 아바마마께 부탁드려볼까?"

노파는 하루도 빼놓지 않고 눈물을 흘리는 공주의 모습이 안쓰러워 방책을 생각해냈다.

"공주님, 며칠만 시간을 주십시오. 제가 방법을 마련하여 왕자님을 모시고 오겠습니다."

노파는 공주로부터 사흘의 말미를 얻어 궁전 밖으로 나왔다. 왕자의 가게로 찾아가니 왕자 역시 공주에 대한 그리움으로 눈크게 상심해 있었다. 노파는 왕자에게 여인의 자세와 몸가짐을 가르쳤다. 왕자는 혹시나 공주를 만날 수 있을지도 모른다는 희망으로 노파의 말대로 열심히 연습했다.

사흘 뒤, 노파는 왕자에게 여장을 하도록 하였다. 왕자는 진짜 여자로 착각을 할 정도로 아름다운 여인이 되었다. 노파는 앞장서 걸으며 여장한 왕자를 데리고 궁으로 향했다.

궁에 도착하자 문을 지키는 시종장이 노파를 불러 세웠다. 노파는 공주의 유모로 궁전의 출입이 자유로웠으나 그 외의 사람들은 반드시 표식이 있어야 궁전에 출입을 할 수 있었기 때문이었다.

"뒤에 있는 여인은 누구인가?"

"공주님께 이야기를 들려드릴 제 여동생입니다."

노파는 왕자를 여장시킨 것이 들통날까 마음을 졸이며 대답했다. 시종장은 공주가 아무도 몰래 궁전 밖으로 나갔다 오는 것이 분명하다고 생각했다. 그러나 공주의 불같은 성격을 익히 잘 알고 있었으므로 더 추궁하지는 못했다. 노파에게 계속 물었다가 공주가 화를 내서 일을 크게 만들기라도 한다면 자신의 목숨이 위태로울 수 있었기 때문이다. 노심초사했던 노파는 한숨 돌리고 공주의 거처로 걸음을 재촉했다.

노파가 들어서자 풀이 죽어 있던 공주가 반색하며 물었다.

"그 분은? 모셔온 거야?"

"오늘은 공주님께 재미있는 이야기를 들려드릴 제 여동생을 데리고 왔습니다."

"왕자님을 모셔오라니까!"

"공주님, 일단 한 번 보시고 마음에 드시면 가까이 두시고, 그렇지 않으면 물리겠습니다."

노파의 말에 공주는 마음을 누그러뜨리고 베일 속의 여인에게 눈길을 주었다. 노파가 베일을 걷어 올리자 하얀 얼굴과 빛나는 눈빛이 드러났다.

"왕자님!"

아르다시르 왕자임을 한 눈에 알아 본 공주는 왕자에게 달려가 와락 안겼다. 왕자 역시 영문도 모르고 노파를 따라왔다가 공주를 만나게 되자 기쁨의 눈물을 흘렸다. 꿈같은 재회에 두 연인은 구름을 걷는 것처럼 들뜬 마음이 되었다.

두 연인은 밤새도록 사랑의 황홀경을 넘나들었다. 만나지 못했던 안타까운 시간들과 그 마음의 크기만큼 서로를 탐닉했다. 아침이 밝으면 궁전의 가장 깊숙한 방에 왕자를 숨어 있도록 하고, 밤이면 사랑의 열기로 들뜬 시간을 보내기를 며칠. 이렇게 숨어서 사랑을 할 수만은 없다고 생각한 왕자가 공주에게 말했다.

"고국으로 돌아가 정식으로 청혼 사절을 보내겠소. 그러니 잠시만 기다려 주시오."

그러나 한시도 왕자 곁에서 떨어질 수 없었던 공주는 왕자의 제안을 거절했다.

"아니, 그럴 수 없어요. 왕자께서 멀리 떨어진 고국으로 돌아가시면 분명 저 같은 건 잊으실 거예요. 또 아바마마께서 청혼 사절을 거절하여 돌려보내신다면……. 생각만 해도 끔찍해요. 그냥 이대로 이렇게 오붓하고 행복한 시간을 함께 보내요."

공주의 말에 왕자도 고개를 끄덕였다.

그러던 어느 날, 달콤한 술맛에 취해 버린 두 연인이 오후 늦게까지 잠에서 깨지 못하고 있었다. 그런데 마침 외국의 사절단이 보내온 진귀한 진주를 본 부왕이 시종을 시켜 공주를 데리고 오도록 하였다.

시종이 공주의 궁전으로 가보니 문 앞에서는 공주의 유모가 인사불성으로 술에 취해 여전히 잠을 자고 있었다. 이상한 생각이 들어 공주의 방 안으로 들어간 시종은 침대 위에 공주와 한 남자가 벌거벗은 채 잠들어 있는 모습을 보고 놀라지 않을 수 없었다. 마침 잠에서 깨어난 공주와 눈이 마주친 시종은 눈길을 둘 곳을 찾지 못해 난감했다.

"지금 본 것을 아무에게도 발설치 말라!"

공주는 시종에게 엄한 목소리로 명령했다. 그러나 시종은 이 일이 그리 간단한 문제가 아니라고 생각했다. 일국의 공주가 아무도 몰래 침대 위로 남자를 끌어들인 것은 그냥 지나칠 일이 아니었기 때문이다.

"죄송합니다. 공주님! 저는 그렇게 할 수 없습니다."

그러고는 곧 공주의 방을 박차고 나가 또 다른 시종에게 공주의 방을 단단히 지키라고 시키고는 카디르 왕에게 달려갔다.

"폐하, 민망하고 송구한 말씀입니다만 지금 공주님께서 신분을 알 수 없는 한 남자와 함께 침상에서 주무시고 계십니다."

시종이 공주의 방에서 본 것을 그대로 이야기하자 카디르 왕은 불같이 화를 냈다. 그리고 벌떡 일어나 소리치며 명령했다.

"시종장은 어서 가서 공주와 그 사내를 끌고 오라!"

시종장은 시종들 몇을 끌고 가 침상 위에 있는 그대로 두 연인을 둘둘 말아서 왕 앞으로 끌고 왔다. 왕이 시트를 벗겨 내자 공주가 벌떡 일어섰다. 믿기지 않는 모습에 화가 난 카디르 왕은 칼을 들어 공주를 베려 했다. 그러자 아르다시르 왕자가 공주를 막아서며 말했다.

"죄를 지은 것은 공주가 아니라 공주를 사랑한 저입니다. 그러니 공주의 목숨을 살려주시고, 저를 베십시오!"

카디르 왕은 새빨갛게 충혈된 눈으로 왕자를 노려보다 칼을 들어 당장 베어 버리려 했다. 그러자 이번에는 공주가 왕자를 막아서며 말했다.

"아바마마, 이 분은 멀고도 광활한 영토를 다스리는 대왕의 아들입니다. 부디 그 목숨을 살려주시어요!"

그러나 이미 화가 머리끝까지 난 왕은 두 사람을 용서할 수가 없었다. 더욱이 이 모습을 보고 있던 대신들이 이대로 용서를 한다면 이 나라의 정조가 타락할 것이라며 두 사람의 처형을 종용했다. 이성을 잃은 왕은 사형 집행인을 불러 당장 도성의 광장에서 사내를 처형하고, 공주는 감옥에 가두라고 명령했다.

왕자가 도성의 광장으로 끌려오자 많은 사람들이 구름처럼 모여들었다. 사람들은 공주가 사랑한 아름다운 왕자의 처형에 저마다 안타까운 눈길을 보냈다. 누군가 나타나 왕자를 구해주길 바랐지만 그럴 수 있는 사람은 없는 것 같았다. 이윽고 사형 집행인이 칼을 들었다. 시퍼렇게 날이 선 칼이 아르다시르 왕자의 목을 향해 내려치는 순간!

사방에서 뽀얀 먼지 구름이 일어났다. 사람들은 일순 모든 행동을 멈추었다. 천둥 같은 소리가 사방에 울려 퍼지더니 먼지 구름이 천천히 걷혔다. 궁에 있던 카디르 왕이 이 기이한 현상에 대해 전해 듣고 재상을 보내 먼지 구름의 정체를 알아오도록 하였다. 먼지 구름 속에는 수를 헤아릴 수 없는 군사가 금방이라도 전투에 임할 태세를 갖추고 있었다. 겁에 질린 재상은 자신이 이 나라의 재상임을 밝히고 책임자를 만나게 해달라고 하였다.

"그대가 이 나라의 재상인가?"

"그렇습니다. 카디르 왕께서 사건의 진상 파악을 위해 저를 보내셨습니다."

"난 시라즈의 대왕 사이후 알 아쟘 샤이다. 그대의 왕에게 전하라. 나의 외아들 아르다시르 왕자가 이 나라의 공주를 만나러 수개월 전에 이곳으로 왔다. 그러나 아직까지 아무런 소식도 들리지 않아 내가 직접 군사를 일으켜 왔으니 한시라도 빨리 왕자의 행방을 찾아내야 할 것이다. 또한 혹시라도 내 아들의 신변에 이상이 생겼다면 그대와 그대의 나라는 폐허만이 남게 될 것이다."

겁에 질린 재상은 혼비백산하여 카디르 왕에게 달려갔다. 그리고 시라즈 왕의 말을 그대로 전하였다. 카디르 왕의 이라크는 시라즈에 비한다면 아주 작은 나라였다. 만약 시라즈 왕이 이끌고 온 군사들이 이라크와 전투를 벌인다면 그 누구도 살아남지 못할 것이 분명했다.

왕은 대신들에게 명령하여 아르다시르 왕자를 찾아오라고 하였다. 그 순간! 자신이 누후스 공주와 함께 처형하라고 한 젊은이에 생각이 미쳤다. 누후스 공주가 자신과 함께 있었던 젊은 남자의 신분을 '광활한 영토를 지배하는 대왕의 아들'이라고 말했던 것이 떠오른 것이다.

카디르 왕은 사형이 집행되는 광장으로 대신을 보내 남자를 처형했는지를 확인했다. 사형 집행인은 일이 지체된 것에 대한 죄를 물을까 두려워 이미 처형했다고 거짓을 고했다. 카디르 왕은 눈앞이 캄캄해졌다. 이제 이라크의 파멸은 시간 문제였다.

"그대는 진실을 말해야 한다! 정말로 그 사내의 처형을 집행하였느냐?"

카디르 왕은 희망의 끈을 놓고 싶지 않았기에 간절한 목소리로 집행인에게 다시 한 번 물었다. 거짓을 고한 것이 들통 나면 더욱 큰 벌을 받게 될 것이 두려워진 사형 집행인이 우물쭈물 대답하였다.

"사실은 폐하! 먼지 구름이 일어 아직 집행하지 못하였사옵니다."

사형 집행인의 말에 카디르 왕은 안도의 한숨을 쉬었다.

"어서 가서 그 남자를 데리고 오라!"

왕자가 들어서자 왕은 전과는 달리 정중한 태도로 왕자를 맞이했다.

"그대의 부왕께서 지금 도성 밖에 와 계시네. 그대에게 행한 무례는 나의 오해였음을 사과하네. 나의 체면을 생각하여 부왕께 잘 말씀드려 주게."

"먼저 저와 공주님이 품위를 떨어뜨릴 행동을 하지 않았음을 밝히고 싶습니다. 그래야만 공주님과 저의 명예가 바로 세워질 것이기 때문입니다. 산파를 불러 확인해 보십시오. 저는 공주님과 부끄러운 짓을 저지르지 않았습니다."

왕자의 말에 깜짝 놀란 카디르 왕은 당장 감옥에 있는 공주에게 산파를 보내 조사해 보도록 하였다. 공주를 샅샅이 살핀 산파가 카디르 왕에게 공주가 깨끗하고 순결한 처녀임을 알려 주었다. 그러자 왕의 얼굴이 전에 없이 환해졌다. 왕은 왕자에게 예를 갖추었다. 또 왕자가 목욕을 하고 새로운 옷으로 갈아입을 수 있도록 하였다.

깨끗한 모습으로 다시 나타난 왕자의 용모에 사람들은 입을 다물지 못했다. 왕자는 카디르 왕에게 인사를 한 뒤 부왕께 달려갔다.

한편 감옥에 갇혀 있던 공주는 시라즈 왕이 왕자를 구하기 위해 군사를 일으켜 이라크에 도착했다는 이야기를 전해 듣고 자신의 처지가 어떻게 될지 몰라 애를 태우고 있었다. 혹시라도 부왕을 만나 죽음의 위기에서 벗어난 것이 기쁜 나머지 자신을 잊고 고국으로 돌아가 버릴까 걱정이 되기도 했다. 그대로 기다릴 수만은 없었던 공주는 가까이서 지키고 있던 시녀를 불렀다.

"왕자님께 전해다오. 제발 나를 잊지 마시라고, 버리지 마시고 꼭 데려가 달라고 말이다. 밤을 새워 하셨던 사랑의 맹세를 잊지 마시라고, 그렇게 전해다오."

시녀는 왕자에게 달려가 공주의 말을 전했다. 공주의 애타는 심정을 전해들은 아르다시르 왕자는 가슴이 찢어질 듯 아파왔다.

"내가 어찌 공주님을 잊겠느냐. 어떻게 공주님을 두고 떠날 수 있단 말이냐. 가서 전하거라. 걱정하지 말고 기다리시라고. 부왕께 청하여 정식으로 청혼 사절을 보낼 터이니 거절하지 마시라고 전하라. 또한 공주와 혼인하여 함께 하지 않는 한 절대로 고국으로 돌아가지 않을 것이니 걱정하지 말고 계시라고도 전하거라."

왕자의 말을 전해들은 공주는 기쁨의 눈물을 흘렸다. 왕자의 변치 않는 사랑에 가슴이 벅찼다.

한편 그동안 있었던 모든 일을 부왕께 털어 놓은 아르다시르 왕자는 정식으로 공주와 혼인할 수 있도록 허락을 구했다. 고국을 떠날 때의 아들의 약속을 잊지 않고 있었던 왕은 아르다시르 왕자가 자신의 결심을 이루어낸 것을 대견해하며 공주와의 혼인을 허락하였다. 그 허락의 증표로 많은 선물과 보물을 준비하여 정식으로 카디르 왕에게 청혼 사절을 보내주었다. 카디르 왕은 시라즈 왕의 청혼 사절을 정중하게 맞이하며 왕자의 청혼을 기꺼이 받아들였다.

그리하여 카디르 왕과 시라즈 왕이 함께 자리하고, 수많은 증인이 함께 자리한 가운데 눈처럼 아름다운 누후스 공주와 별처럼 빛나는 아르다시르 왕자의 혼인식이 거행되었다. 재판관이 혼인 계약서를 작성하고, 혼인을 선포하자 곧 성대한 축하연이 열렸다. 온 나라가 이 아름다운 연인의 혼인을 축하하였다.

고난 속에서 지켜 낸 지조 있는 사랑
딘과 쟈리스 이야기

　바소라의 왕, 무함마드 빈 슬라이만 알 자이니에게는 알 파즈르와 알 무인이라는 충직한 대신이 두 명 있었다.

　알 파즈르는 신분의 고하를 막론하고, 현자에게서는 지혜와 덕을 배우고, 착한 사람에게는 용기와 희망을 주며, 모든 사람을 진심과 사랑으로 대하는 성품을 지닌 관대하면서도 강직한 대신이었다. 그와 반대로 알 무인은 신분을 중시하여 지위에 따라 사람을 차별하여 대하고, 백성들을 착취하여 사사로이 부를 축적하는 교활하면서도 패악스러운 성품을 지닌 대신이었다.

　어느 날 왕은 알 파즈르에게 금화 1만 디나르를 주고 세상에서 가장 빛나는 외모에 다재다능한 재능까지 갖춘 아름다운 처녀 한 명을 구해오라고 명령했다. 왕의 명령에 알 파즈르는 중매인에게 특별히 부탁하여 처녀를 고르게 되었다. 수많은 처녀들을 만나고, 또 만난 끝에 금화 1만 디나르를 주고 왕이 말한 조건에 걸맞는 아리따운 처녀를 살 수 있었다. 그 처녀는 바라보기만 해도 장미 가시에 찔린 듯 화끈거리고, 오랜 시간이 지나도 사라지지 않을 향기처럼 매혹적인 미인이었다. 또한 세상의 어떤 학문에 대하여 질문을 해도 세련되고 능숙한 답변을 하고, 학자들과 토론해도 뒤지지 않을 정도로 학식이 풍부할 뿐만 아니라, 시와 그림 등 예술에도 조예가 깊었다. 그 처녀의 이름은 아니스 알 쟈리스였다.

쟈리스의 원래 주인은 페르시아인이었는데 세상살이에 시달린 흔적이 역력한 노인이었다. 노인은 처녀를 알 파즈르에게 보내며 충고를 하나 남겼다.

"쟈리스를 지금 당장 왕에게 데려가면 안 됩니다. 긴 여행에 여독이 아직 안 풀려 심신이 몹시 상해 있습니다. 그러니 열흘쯤 댁에서 푹 쉬도록 선처해 주시고, 건강이 회복되어 쟈리스의 우아한 기품을 찾으면, 그때 왕께 데려 가십시오."

알 파즈르는 노인의 충고대로 자신의 집으로 쟈리스를 데리고 갔다. 먼저 목욕을 하도록 하여 여독을 풀어 주고, 좋은 음식을 준비해 기력을 회복하도록 하였다. 쟈리스는 알 파즈르의 배려에 진심으로 감사했다.

그런데 알 파즈르에게는 달처럼 빛나는 아들이 하나 있었다.

그의 이름은 누르 알 딘 알리로 지나가던 사람이 다시 돌아볼 정도로 그윽한 외모를 지니고 있었다. 딘은 쟈리스가 자신의 집안에 머물고 있다는 사실을 모르고 있었다.

"내 아들 딘은 외모는 출중하지만 인근의 모든 처녀들이 그 녀석한테 처녀를 빼앗겼다고 할 정도로 좀 못된 버릇이 있소. 그러니 그 아이의 눈에 띄어서는 절대로 안 되오. 명심하시오."

알 파즈르는 딘의 행실이 유별나다는 이야기를 쟈리스에게 해주며 조심하라고 단단히 일러 주었다.

그러나 며칠이 지난 어느 날, 쟈리스와 딘은 그의 방 앞에서 우연히 마주치게 되었다. 잠시 서로를 바라보던 두 사람은 단번에 서로에게 매혹되었다. 딘에게는 쟈리스가 이제까지 본 적이 없는 아름다운 여인이었고, 쟈리스에게 딘 역시 세상에 태어나 한 번도 본 적이 없는 미남자였다. 두 사람은 잠시 서로를 물끄러미 바라보았다.

술이 불콰하게 오른 딘은 쟈리스의 시중을 들고 있던 어린 시녀를 멀리 물리치고 쟈리스에게 바짝 다가섰다.

"아버지께서 나를 위해 데려오신 처녀가 바로 당신인 모양이군."

쟈리스의 미모에 빠져 버린 딘은 있지도 않은 거짓말로 쟈리스의 환심을 사려고 했다. 그러나 아무것도 모른 채 알 파즈르의 집에 머물고 있던 쟈리스는 딘의 말이 사실인 줄 알고 딘이 다가와 포옹하자 그대로 안겨 버렸다. 딘은 한 치의 망설임도 없이 가녀린 쟈리스의 허리를 휘어감아 안고 방으로 들어갔다. 두 사람은 서로의 몸을 깊이 탐닉하며 사랑의 절정에 숨가쁘게 올라섰다. 완전히 흥분한 두 사람은 그 어떤 것도 두렵지 않았다. 결국 시녀들이 말릴 틈도 없이 딘은 쟈리스를 자신의 여자로 만들어 버렸다.

이 사실에 너무 놀란 시녀들이 주인인 알 파즈르에게 달려갔다. 활활 타오른 욕정을 주체할 수 없었던 딘은 시녀들의 비명 소리에 정신이 번쩍 들었다. 그리고 곁에 누워 있는 여인의 얼굴이 희미하게 보이는 순간 뭔가 불길한 예감이 들었다. 아버지께 누가 될 커다란 일을 저질렀다는 사실을 깨달았지만 뒤늦은 후회였다. 딘은 서둘러 옷을 챙겨 입고 밖으로 뛰쳐나갔다. 아버지께 붙잡혀 받게 될 추궁과 벌이 두려웠기 때문이다.

알 파즈르 부부는 걱정이 태산이었다. 딘이 왕의 여자인 쟈리스를 범했다는 것을 정적인 알 무인이 알게 되는 날에는 어떤 해

코지를 할 지 알 수 없었기 때문이다. 알 파즈르 부부은 이 사실이 집 밖으로 새어 나가지 않도록 집안 사람들의 입을 단단히 단속시켰다.

한편 아버지의 노여움이 두려웠던 딘은 낮에는 집 밖에서 시간을 보내고, 밤에는 어머니 방에서 숨어 자며 아버지의 눈을 피했다. 딘의 모습을 안타깝게 지켜보던 어머니는 남편에게 아들을 선처해줄 것을 부탁했다. 아내의 간절한 청에 알 파즈르는 딘을 용서하기로 결정했다. 알 파즈르는 한 가지 약속을 하는 조건으로 딘이 저지른 잘못을 없던 일로 해주기로 하였다.

"앞으로 쟈리스 이외에는 어떠한 여인에게도 눈길을 주지 않을 뿐만 아니라 첩도 두지 않고 또 어떤 어려운 상황에 처해도 쟈리스를 지키겠다는 맹세를 하거라."

딘은 아버지의 말에 기뻐하며 반드시 그 맹세를 지키겠다고 약속하였다. 그렇게 하여 딘과 쟈리스는 신방을 꾸미고 함께 살게 되었다.

시간은 빠르게 흘러 어느새 1년이라는 시간이 지났다. 그 사이 왕은 알 파즈르에게 처녀를 구해 오라고 했던 사실을 까맣게 잊어 버리고 말았다. 불행히도 정적인 알 무인에게 이 같은 소문이 들어갔지만 알 파즈르에 대한 왕의 신임이 너무도 두터워 감히 공론화시키지 못하고 기회를 엿보고 있을 뿐이었다.

그러던 어느 날 알 파즈르가 신병에 걸려 자리에 눕고 말았다. 그의 병세는 날이 갈수록 악화되어 갔다. 죽음을 직감한 알 파즈르는 아들 딘을 불러 마지막 당부를 하였다.

"아들아, 사람에게 주어진 운명과 재물은 모두 신께서 주신 것이다. 그러니 너무 많은 욕심을 부려서도 아니 되며, 또 가지고 있는 것을 너무 헛되이 써버려서도 아니 되느니라. 무릇 신을 두려워하고 행실을 공손히 삼가라. 무엇보다도 쟈리스에 대한 스스로의 맹세를 잊지 말거라. 절대로 그 맹세를 어겨서는 안 된다."

아버지의 죽음에 충격을 받은 딘은 슬픔에 빠진 나날을 보냈다. 하루는 아버지의 절친한 친구가 찾아와 딘을 위로하며 말했다.

"자네가 어서 기운을 차려야 아버지도 기뻐하실 것이네."

아버지 친구의 충고에 딘은 지난 날을 잊고 새출발을 하는 의미의 연회를 열었다. 사람들을 만나 이야기를 나누고 즐거운 시간을 보내니 다시 예전의 모습으로 돌아간 듯한 기분이었다. 그러나 들뜬 분위기에 너무 취한 나머지 딘은 연회를 멈추어야 할

시기를 놓치고 말았다. 어느새 아버지의 죽음에 대한 슬픔은 사라지고 연회에 빠져 흥청망청 대는 날들이 계속되었다. 이렇게 1년이 지나자 재산은 모두 탕진하였고 일하던 노예들도 모두 떠나버렸다. 친구의 집으로 찾아가 도움을 청했지만 누구 하나 선뜻 나서는 이가 없었다. 하는 수 없이 딘은 집 안의 가재도구들을 팔아 약간의 돈을 마련했지만 그마저 금세 바닥이 나고 말았다. 딘은 절망했다. 남은 것이 아무것도 없었던 것이다. 곁에서 묵묵히 지켜보던 쟈리스가 조용히 말했다.

"저를 경매에 내 놓으세요."

"절대로 그럴 수 없소!"

"저를 경매에 내 놓으시면 충분한 돈을 받으실 수 있을 거예요."

쟈리스의 말에 딘은 잠시 마음이 흔들렸지만 아버지의 유언과 스스로의 맹세가 떠올라 절대로 그럴 수 없다고 하였다. 그러나 쟈리스는 이미 결심을 한 듯 더욱 확고히 딘에게 말하였다.

"만약 신께서 우리 두 사람을 맺어주실 계획이라면 반드시 다시 만나게 될 거예요. 그러니 두려워하지 마세요."

그렇게 두 사람은 함께 하는 마지막 밤을 보내게 되었다. 날이 밝으면 경매에 쟈리스를 내 놓기로 결정한 것이었다. 두 사람은 주체할 수 없이 흐르는 눈물로 밤을 지새웠다.

다음 날 딘은 쟈리스를 경매 시장에 데리고 가 절친한 중매인에게 맡겼다. 중매인이 쟈리스를 소개하자 한 사람이 4,500디나르를 불렀다. 그렇게 쟈리스에 대한 경매가 시작되었다. 때마침 시장을 지나던 알 무인이 이 광경을 목격하고 쟈리스를 4,500디나르에 사겠다고 말했다. 알 무인이 나타나 가격을 부르자 다른 사람들은 더 이상 가격을 부르지 못하고 자리를 떠나기 시작했다. 괜스레 알 무인에게 밉보였다가는 앞으로 살길이 막막해질 것이라는 것을 다들 알고 있었기 때문이다.

중매인이 딘에게 다가가 속삭였다.

"아무래도 알 무인이 자네의 급한 사정을 알고 일부러 골탕을 먹이는 게 틀림없는 듯하네. 쟈리스의 몸값도 분명 현금으로 주지 않고 수표로 끊었다가 차일피일 지불을 미루고 주지 않을 것이 뻔해. 그러니 이렇게 하세."

중매인은 쟈리스를 알 무인에게 빼앗기지 않을 방법을 딘에게 귀띔해 주었다.

딘은 경매장에 직접 나서 중매인의 손에서 쟈리스의 손을 낚

아챘다. 그리고 다짜고짜 때리기 시작했다.

"난 단지 너를 조금 혼내 주려고 했을 뿐이다! 내 말을 듣지 않으면 내다 팔겠다고 한 약속을 생각나게 하려고 말이지! 너를 판다고 내게 크게 득이 있을 줄 알았느냐? 이런 배은망덕한 것 같으니! 어서 집으로 돌아가거라! 한 번만 더 그런 일을 저지르면 네 목숨을 거둘 것이다!"

그때 알 무인이 끼어들었다.

"내가 지금 이 여인을 샀다! 당장 물러나지 못할까!"

"저는 쟈리스를 팔 생각이 없었습니다. 또한 아직 금액을 지불하신 것도 아니니 아직은 제 것이지요."

"이 놈이!"

알 무인은 버럭 화를 내었다. 두 사람이 옥신각신하는 모습을 본 주변 상인들은 처음에는 말리는 척 하다가 이내 두 사람의 다툼을 그저 바라보기만 했다. 상인들은 내심 딘을 응원하는 분위기였다. 사람들의 반응에 힘을 얻은 딘은 완력으로 알 무인을 말에서 끌어내렸다. 그러자 알 무인은 중심을 잃고 말에서 떨어져 시장의 흙바닥에 고꾸라졌다. 허둥지둥 몸을 일으키는 알 무인의 얼굴에 딘의 주먹이 날아들었다. 그러자 알 무인의 입에서 선홍

색 피가 흘러내렸다. 이를 본 부하들이 칼을 빼들고 딘에게 달려들었다. 그러자 주변의 상인들이 부하들을 막아섰다.

"한 사람은 대신이고, 한 사람은 대신의 아들이다! 너희들이 보호해야 할 사람이 누구라고 생각하느냐?"

그러자 부하들은 잠시 어리둥절했다. 상인들의 말이 틀린 것이 아니었기 때문이다. 결국 부하들이 이러지도 저러지도 못하는 사이 딘은 다시 한 번 알 무인을 공격하여 흠씬 두들겨 패주었다. 그러고는 쟈리스의 손을 잡고 집으로 돌아왔다.

온몸에 상처를 입고, 사람들에게 망신까지 당한 알 무인은 참을 수 없는 분노에 씩씩거리며 왕에게 달려갔다. 그리고 그 동안 자신이 알고 있었던 일들을 모두 왕에게 고했다.

"알 파즈르는 왕께서 내리신 금화 1만 디나르로 산 계집을 자신의 아들에게 주었습니다. 오늘 경매 시장에 나온 그 계집을 다시 사서 왕께 바치려고 했으나 알 파즈르의 아들놈이 저를 이렇게 두들겨 패고는 데리고 갔습니다."

왕은 크게 노하여 자객 40명을 딘의 집으로 보내 처형하라고 명령하였다.

그러나 불행 중 다행으로 지난 날 알 파즈르에게 은혜를 입었던 시종이 딘에게 달려가 이 사실을 알려주었다. 그리고 노잣돈을 쥐어주며 어서 빨리 도성 밖으로 도망가라고 재촉하였다. 딘과 쟈리스는 시종에게 감사 인사를 하고 급히 도성을 빠져나왔다. 두 사람은 막 출항하려는 배에 뛰어올랐다. 바소라의 왕은 딘과 쟈리스를 체포하기 위해 현상금까지 내걸었지만 그들의 행적은 어디에서도 발견할 수 없었다.

한편 딘과 쟈리스가 탄 배는 바그다드에 도착했다. 마땅히 갈 곳이 없어 거리를 헤매던 연인은 무언가에 이끌리듯 어느 정원으로 들어가게 되었다. 정원의 시원한 공기를 마시며 잠시 평상에 앉아 휴식을 취하던 딘과 쟈리스는 그만 잠이 들고 말았다.

이 정원은 '기쁨의 동산'이라는 이름의 정원으로 이라크의 칼리파 하룬 알 라쉬드가 즐겨 찾는 휴식 공간이었다. 칼리파는 이 정원에 행차할 때마다 80개의 창문을 모두 열어 놓고, 80개의 촛불과 램프를 환하게 밝히곤 했다. 그리고 마음이 가라앉을 때까지 친구들과 함께 술도 마시고 여흥을 즐겼다.

정원지기 이브라힘이 외출에서 돌아와 보니 평상에 처음 보는 남녀가 잠들어 있었다. 이방인들이 정원에 무단으로 침입한 것이 화가 난 이브라힘은 두 사람을 단칼에 베어 버리려고 했다. 허락 없이 정원에 들어온 사람은 베어도 좋다는 칼리파의 명이 있었으므로 망설일 필요가 없었다. 그러나 사람의 목숨을 그렇게 간단히 빼앗아서는 안 된다는 생각이 들었다.

'무언가 분명히 사연이 있을 게야.'

이브라힘은 칼을 거두고 두 사람의 모습을 살펴보았다. 찬찬히 보니 두 사람은 눈부시게 아름다운 외모를 가진 선남선녀였다. 잠시 뒤 인기척을 느낀 딘이 먼저 눈을 떴다. 그는 발치에서 자신들을 바라보고 있는 이브라힘의 모습에 깜짝 놀랐다.

"그대들은 누구이기에 주인도 없는 정원에 들어오셨소?"

이브라힘이 묻자 딘은 정원에 들어오게 된 경위를 자세히 설명했다. 이브라힘은 두 사람의 처지가 딱하고 안쓰러워 그대로 내쫓지 못하고 정원에 잠시 머물 수 있도록 해주었다. 또한 정원 곳곳을 안내하는 친절을 베풀었다. 딘과 쟈리스는 정원의 아름다운 정취에 눈이 휘둥그레지고 입이 다물어지지 않았다. 식사 때가 되자 이브라힘은 두 사람을 위해 맛있는 음식까지 대접하였다. 두 사람은 고마움에 어쩔 줄 몰랐다.

딘은 음식과 함께 나온 맛 좋은 술을 이브라힘에게도 권했다.

그러나 이브라힘은 정중히 거절하였다. 다시 한 번 권하자 이브라힘이 말했다.

"난 13년째 금주를 지키고 있는 사람이라오. 그러니 더 이상 권하지 마시게."

"영감님께서 드시지 않으니 영 흥이 나지 않습니다."

딘이 아무리 권해도 이브라힘은 좀처럼 술을 입에 대지 않았다. 어쩔 수 없이 딘은 쟈리스와 잔을 주거니 받거니 하며 술을 마셨다. 그러다 잠시 후 딘이 잠이 들자 이번에는 쟈리스가 이브라힘에게 술잔을 건넸다. 이브라힘은 쟈리스의 애교 넘치는 청에 어쩔 수 없이 한 잔을 받아 마셨다. 일단 한 잔을 마시자 두 잔, 세 잔…… 멈출 수가 없었다. 잠에서 깨어난 딘은 술을 마시고 있는 이브라힘을 보며 연신 놀라대었다.

"아니, 영감님. 제가 권할 때는 한사코 거절하시더니 아리따운 쟈리스가 권하니 마시는 것입니까? 너무 하십니다."

그렇게 이브라힘과 딘, 쟈리스는 밤이 새도록 술을 마시며 즐거운 시간을 보냈다. 이브라힘은 술에 취한 나머지 딘과 쟈리스가 창을 모조리 열고, 80개의 초와 램프에 불을 밝히는 것을 보고도 그대로 두었다. 세 사람이 먹고 마시며 떠드는 소리가 정원 밖까지 새어 나갔다.

마침 궁전의 창가에서 달빛을 즐기던 칼리파가 정원의 불빛을 본 것도 그때였다. 자신이 행차하지 않았는데도 정원의 촛불과 램프가 켜있는 것이 아무래도 이상했던 칼리파는 대신 자파르를 불러 자초지종을 알아 오라고 지시했다.

자파르는 정원에서 벌어진 믿을 수 없는 광경을 목격했다. 그러나 평소 정원지기 이브라힘의 곧은 성품을 잘 아는지라 분명 무슨 곡절이 있을 것이라고 생각하고 칼리파에게 아들의 할례 축하연을 베풀고 있는 것이라고 둘러대었다. 그러자 칼리파가 크게 화를 내며 자파르를 나무랐다.

"그대는 어찌 이리 무심한가. 이브라힘이 그런 축하연을 열었다면 응당 하사금을 준비하여 참석하는 것이 도리일 터인데 왜 이제서야 내게 그 말을 한단 말이냐. 늦었지만 지금이라도 들러 축하해 주어야겠다. 그리하면 이브라힘이 얼마나 기뻐하겠느냐. 또한 이브라힘은 신앙심이 깊으니 많은 수행자와 성직자들이 참석했을 것이다. 그들이 나와 이 나라를 위해 기도해 준다면 그 또한 얼마나 큰 기쁨이겠느냐. 어서 준비하라."

당황한 자파르는 너무 늦었다고 말했으나 칼리파의 고집을 꺾을 수는 없었다. 이미 평범한 상인으로 변장을 하고 나타난 칼리파의 모습을 보자 따르지 않을 수 없었다. 자파르와 호위무사 마스룰만이 칼리파를 따라 정원으로 향했다.

정원이 가까워 올수록 칼리파는 이상한 생각이 들었다. 성직자들이 기도하는 소리도 들리지 않았고, 많은 사람들이 웅성대는 소리가 들리는 것도 아니었기 때문이다. 게다가 모든 문이 활짝 열려 있는 것이 여간 이상한 일이 아니었다. 의아하게 생각한 칼리파는 높은 나무 위로 올라가 몸을 숨기고 정원 안을 들여다보았다.

그런데 이게 무슨 광경이란 말인가. 정원 안에는 정원지기 노인 이브라힘과 젊은 두 남녀 뿐이었다. 더욱이 이들은 진탕 먹고 마시며 정신없이 놀고 있는 것이 아닌가. 평소 이브라힘의 신앙심과 금욕적인 생활에 대해 칭찬이 마르지 않았던 칼리파는 여간 실망스러운 것이 아니었다. 오히려 이브라힘의 위선적인 모습에 화가 나서 참을 수가 없었다. 곁에 있던 자파르는 노여움에 가득 찬 칼리파의 모습을 보고 두려움에 떨었다.

'나는 이제 죽었구나.'

그런데 이상한 일이었다. 칼리파는 계속해서 나무 위에 몸을

숨긴 채 세 사람의 모습을 지켜 보는 것이었다. 그는 정원 안쪽에 있는 두 남녀에게서 눈을 떼지 못하는 듯했다.

칼리파는 눈부시게 아름다운 두 남녀의 모습에 관심이 쏠려 자신이 화가 났다는 사실을 조금씩 잊어버리고 있었다. 저들이 누구이며 도대체 어디서 온 사람들인지 궁금해서 참을 수가 없었다. 때마침 이브라힘이 비파를 들고 와 여자에게 노래를 불러 달라고 청하였다. 여자는 수줍은 듯 비파를 받아 들고 노래 부를 채비를 하였다.

칼리파가 자파르에게 말했다.

"만약 저 여인의 노래가 훌륭하면 세 사람과 함께 그대도 용서해주고, 만약 노래가 형편없으면 세 사람 뿐만 아니라 그대의 목숨도 거둘 것이다."

"그렇다면 저 여인의 노래가 형편없기를 바래야 할 것 같습니다."

자파르의 말에 칼리파가 질책하듯 물었다.

"그대는 어찌 그런 말을 하는가? 목숨을 구하고 싶지 않아?"

"물론 목숨을 구하고 싶지만 저승길에 길동무가 많아지면 외롭지 않을 것 같아 그렇습니다."

자파르의 재치 있는 대답에 칼리파는 그만 박장대소하고 말았다.

　여인이 노래를 시작했다. 여인의 비파 소리는 심금을 울렸고, 노랫소리는 옥구슬처럼 맑고 청아했다. 여인의 노래에 반한 칼리파는 저들과 함께 어울리고 싶은 생각이 간절했다. 그러나 지금 이대로 나타나면 이브라힘 때문에 칼리파라는 사실이 알려질 게 뻔했다. 그렇게 되면 흥은 깨지고 더 이상 애절한 여인의 노래도 들을 수 없을 터였다. 잠시 고민하던 칼리파는 정원 입구의 호수에서 그물을 치고 있는 어부를 발견했다. 본디 정원 입구의 호수에서는 고기잡이가 금지되었는데 정원 문이 열린 틈을 타서 몰래 들어 와 그물을 치고 있었던 것이다. 칼리파는 어부를 잡아 호되게 야단치고 그물 속의 물고기를 모두 사들였다. 그리고 그와 옷을 바꾸어 입고 당장 이 곳을 떠나라고 호통했다. 어부는 목숨을 잃지 않은 것을 다행으로 여기며 부리나케 도망쳤다.

　어부의 옷으로 갈아입고 어망을 들고 자파르에게 다가가자 자파르조차 그가 칼리파인 것을 알아채지 못했다. 칼리파는 어망을 든 채로 정원으로 들어섰다. 이브라힘은 칼리파가 정원을 드나들던 그 어부인 줄 알고 오늘만 눈감아 줄 터이니 물고기를 요리해오라고 하였다. 소리없이 뒤따르던 자파르가 자신이 요리를 하겠다고 했으나 칼리파는 직접 요리를 하여 그들에게 가지고 갔다.

요리를 들고 온 어부가 칼리파일 것이라고는 꿈에도 생각하지 못한 세 사람은 요리를 맛있게 먹고 그에게 금화를 지불했다. 그러자 어부로 변장한 칼리파는 금화를 거절하며 진짜 소원은 따로 있다고 하였다.

"저 여자 분의 노래를 듣고 싶습니다."

칼리파가 공손히 말하자 쟈리스는 즉흥해서 비파를 뜯고 노래를 불렀다.

칼리파는 쟈리스의 노래에 찬사를 아끼지 않았다. 칼리파의 눈빛은 쟈리스에 대한 사랑으로 넘쳐나고 있었다. 그의 눈빛을 놓치지 않은 딘이 물었다.

"이 여인이 마음에 드시오?"

"그녀의 노래에 마음을 빼앗기고 말았소."

"그렇게 좋으시면 이 여인을 당장 데려가도 좋소이다."

딘의 말을 들은 쟈리스는 사랑을 저버리고 다른 사람에게 쉽게 자신을 넘기려는 딘이 원망스러웠다. 쟈리스는 서글픈 심정을 담아 애절한 목소리로 노래를 불렀다.

　　사랑을 애태울 때 이토록 아플 줄 몰랐을까.
　　내 마음 가득 사랑으로 채워도 모르시려나
　　눈물로 이룬 강, 밤새워 건너리.
　　가슴 깊은 사랑, 흐르는 강처럼 넘치게 쏟았건만
　　다가선 이별! 마음속 깊이 자리한 당신
　　눈물겹도록 그리운 님이여!
　　이내 몸 하나 지키려 왕명 거역하고 멀리 타향 쫓겨 와
　　그대 후회 남지 않을까. 사내 중의 사내에게 이 몸 보내놓고.

　　쟈리스가 구슬픈 노래를 마치자 눈물을 머금은 딘이 처량한 노래로 답했다.

　　가련한 내 사랑.
　　다가선 이별에 눈물로 노래하네.
　　이 몸 떠날 제
　　그대 어찌할꼬.

목숨 남아 있으면 아실런가.

바소라의 왕에게 붙잡혀 언제고 잃게 될지 모르는 목숨이니 자신이 떠난 후 홀로 남겨질 쟈리스를 걱정하여 칼리파에게 그녀를 보내기로 작정한 것이었다.

칼리파는 쟈리스의 노래에 무척 흡족했다. 슬픈 사랑을 한탄한 내용이었지만 쟈리스의 아름다운 비파 소리와 청량한 목소리가 가슴을 울렸다. 무엇보다도 자신을 가리켜 '사내 중의 사내'라고 표현한 것이 썩 마음에 들어 그녀에 대한 마음이 더욱 크게 일렁였다.

그러나 안타까운 사랑의 노래를 주고받는 두 연인의 모습을 지켜 본 칼리파는 두 사람이 진심으로 서로를 사랑하고 있음을 느낄 수 있었다. 아무리 칼리파라고 해도 두 사람을 떼어 놓을 수도 막아설 수도 없다는 생각이 들었던 것이다. 뿐만 아니라 애달픈 노래에는 필경 무언가 사연이 있을 것이라고 직감한 칼리파는 두 사람에게 사연을 털어놓으라고 말했다.

딘은 쟈리스와 자신이 이곳까지 쫓겨 오게 된 사연과 자신들이 겪은 일들을 털어놓았다. 그러자 칼리파는 그 자리에서 편지

한 통을 적어 내려갔다.

나는 바그다드의 왕 하룬 알 라쉬드 칼리파이다.
그대는 이 편지를 받는 즉시 왕위에서 물러나야 하며
모든 왕권을 이 편지를 들고 간 누르 알 딘 알리에게
이양할 것을 명하노라.
추호의 어김이 없어야 할 것이다!

칼리파는 편지를 딘에게 주며 말했다.
"이 편지를 바소라의 왕에게 전해 주면 분명히 당신의 모든 소원을 들어줄 것입니다."
딘은 칼리파의 편지를 받아 들고는 의아한 표정을 지었다.
"당신은 그냥 어부일 뿐인데, 어찌 바소라 왕에게 청탁의 편지를 건넨단 말이오."
"아, 당신이 오해할 수도 있겠군요. 난 비록 어부이긴 하지만 바소라의 왕과는 어렸을 적 함께 자란 죽마고우요. 그는 수완이 좋아 왕이 되었는데 보시다시피 나는 그렇지 못해 어부가 되었지요. 어쨌거나 내 부탁이라면 열일 제쳐 놓고 들어줄 터이니 이 편지를 가지고 바소라로 돌아가 왕을 만나시오."

칼리파의 말에 용기를 얻은 딘은 곧바로 바소라로 떠났다. 딘이 떠난 뒤 칼리파는 다시 임금의 모습으로 단장하고 정원에 나타났다. 정원지기 이브라힘은 두려움에 벌벌 떨며 칼리파의 발밑에 엎드려 빌었다. 칼리파는 인자한 눈빛으로 이브라힘을 용서하고 쟈리스를 데리고 궁으로 돌아왔다. 쟈리스에게 거처를 마련해 주고 시중을 들 시녀들도 하사하였다. 그리고 쟈리스에게 말했다.

"딘이 바소라의 왕에 즉위하면 그 즉위식에 예복을 갖추어 치장한 뒤 당신의 나라로 돌려 보내 주겠소."

칼리파의 따뜻한 배려와 은혜에 쟈리스는 눈물을 흘리며 감사의 인사를 올렸다.

한편 칼리파의 편지를 들고 바소라로 돌아온 딘은 도착하자마자 왕을 만나기 위해 궁으로 갔다. 그리고 칼리파의 편지를 전했다. 칼리파의 사촌인 바소라의 왕은 칼리파의 친필 편지를 보자 벌떡 일어나 예를 갖추었다. 그리고 곧 명을 받들겠다고 맹세하였다. 그리고 네 명의 법관과 태수들을 불러 선위 절차를 밟았다.

그때 알 무인이 궁으로 들어섰다. 왕은 알 무인에게 칼리파의 편지를 보여 주며 칼리파의 명이니 그대로 행하라고 하였다. 칼리파의 편지를 끝까지 읽은 알 무인은 편지를 갈기갈기 찢어 입에 넣어 씹은 뒤 뱉어 버렸다. 법관과 태수들은 놀란 입을 다물지 못했고 왕은 크게 진노하였다. 그러자 알 무인이 말했다.

"저놈은 칼리파의 얼굴도 보지 못한 사기꾼입니다. 왕께서는 어찌 저런 사기꾼의 농간에 넘어가시는 것입니까!"

"칼리파의 친필이지 않느냐!"

"우연히 칼리파가 백성들께 보내신 포고문 등에서 본 친필을 흉내 낸 것이 분명합니다. 이 편지가 진짜 칼리파께서 보내신 것이라면 정식 서임장과 도장이 찍혀 있었을 것이고 시종과 대신들을 대동하여 보내셨을 것입니다. 그러나 저놈은 홀로 이 편지를 들고 왔습니다. 이를 어찌 칼리파께서 보내신 사절이라고 생각하시는 것입니까? 시종을 바그다드로 보내 직접 확인하도록 하겠습니다."

알 무인의 말에 마음이 움직인 바소라의 왕은 알 무인의 말대로 칼리파의 편지가 가짜라고 믿게 되었다. 그리고 딘의 처결을 알 무인에게 맡겼다. 예전에 당했던 모욕을 마음에 두고 있었던 알 무인은 딘을 집으로 끌고 와 심하게 매질했다. 그러고는 딘을 감옥에 가두고 족쇄와 사슬로 온몸을 묶었다.

그렇게 시간이 흘렀다. 딘은 이제 죽는 일만 남았다는 생각에 눈물이 흘렀다. 쟈리스를 보지 못하고 죽는다고 생각하자 슬픔이 북받쳤다.

딘이 바소라에 도착한 지 40일이 되는 날, 바그다드의 칼리파에게서 사절단이 도착했다. 신임 국왕을 축하하고 선물을 보내는 사절단이었다. 딘의 일을 까맣게 잊고 있던 바소라의 왕은 어찌할 바를 몰라 안절부절했다. 알 무인이 후환을 없애기 위해 딘을 처형하겠다고 하자 왕은 다급한 마음에 그의 청을 받아들였다.

딘이 처형장에 끌려 나오자 많은 사람들이 그를 기억하고 있었다. 그리고 딘의 죽음을 진심으로 안타까워했다. 그러나 그를 구해낼 방법이 없어 발만 동동 굴렀다. 사형 집행인의 서슬 퍼런 칼날이 허공을 가르고 딘의 목을 내리치려는 순간 멀리서 먼지 구름이 일었다.

"집행을 멈추라!"

칼리파가 보낸 자파르 일행이 바그다드에 당도한 것이었다.

사실 칼리파도 딘을 바소라로 보내 놓고 그 일을 까맣게 잊어

버리고 있었다. 칼리파는 우연히 쟈리스가 머물고 있는 별실 앞을 지나게 되었다. 그런데 쟈리스가 울어서 퉁퉁 부은 눈으로 딘의 소식을 묻는 것이 아닌가. 그제서야 딘의 일이 생각난 칼리파는 부랴부랴 자파르 일행을 바소라로 보냈다.

"가서 바소라의 왕이 내 명을 잘 이행했는지를 살피고, 만약 그리하지 않았다면 바소라의 왕과 대신들을 체포하여 내 앞으로 끌고 오라!"

왕의 명을 받은 자파르는 바소라에 들어서자마자 딘의 처형 소식을 듣고, 궁으로 향하기 전에 처형장에 먼저 들르게 된 것이었다. 조금이라도 지체했다면 딘의 처형이 집행되었을지도 모를 일이었다. 딘이 처형장에 묶여 있다는 것만으로도 모든 상황을 알아챌 수 있었던 자파르는 궁으로 달려가 바소라의 왕과 알 무인을 체포하여 감금했다.

마침내 누르 알 딘 알리는 바소라의 왕으로 즉위했다. 즉위식이 끝난 후 자파르는 바소라의 선왕과 알 무인을 호송하여 바그다드로 떠났다. 왕이 된 딘도 칼리파와 쟈리스를 하루라도 빨리 만나고 싶어 자파르 일행을 따라 함께 길을 나섰다.

칼리파는 딘을 반갑게 맞이해 주었다. 딘이 당도했다는 말에 쟈리스는 한달음에 달려 나와 딘의 품에 안겼다. 기쁨과 눈물이 뒤섞인 재회였다. 칼리파와 모든 사람들이 두 연인의 만남을 기뻐해 주었다.

    바소라의 선왕과 알 무인의 처형 시간이 되었다. 칼리파는 엄한 표정으로 그들의 죄목을 낱낱이 일러 주었다. 그리고 딘에게 칼을 쥐어 주며 직접 원한을 풀고 그들의 목숨을 거두라고 하였다. 그러나 딘은 차마 그들의 목을 베지 못하고 칼을 내려놓았다. 결국 무사 마스룰이 선왕과 알 무인의 목을 단칼에 베었다.

    칼리파는 쟈리스를 곱게 단장시켜 딘과 함께 바소라로 돌아갈 수 있도록 배려해 주었다. 그러나 딘은 바소라로 돌아가지 않겠다고 했다.

    "저는 이곳에 남아 칼리파님 곁에서 평생을 살고 싶습니다."
    "그리 해준다면 짐은 둘도 없는 친구를 얻게 되는 것이니 기쁘기 그지없구나!"

    칼리파는 무척 기뻐하며 딘에게 벼슬과 넉넉한 재산을 주고 바그다드의 한 궁전에 평생을 살 수 있는 거처를 마련해 주었다. 이후 칼리파와 두 연인은 함께 술과 음악을 나누며 오래도록 즐겁고 행복한 날들을 보냈다.

Neverending story
Arabian nights

신비한 모험 속에서 피어난 사랑

운명을 걸고 되찾은 불멸의 사랑

미나르 공주와 하산 이야기

　아주 먼 옛날 바소라에 한 상인이 살고 있었다. 그는 성실함과 근면함으로 많은 재산을 모았다. 그러나 행복도 잠시, 그는 그만 병에 걸려 시름시름 앓다가 세상을 뜨고 말았다. 그에게는 두 아들이 있었는데 형제는 우애가 좋아 아버지의 죽음 이후에도 재산을 두고 다투지 않고 공평하게 나누어 저마다 각자 가게를 하나씩 차렸다. 형제의 가게 모두 나날이 번창하여 여유로운 생활을 할 수 있게 되었다.

　큰 아들인 하산은 뛰어난 외모와 현명한 지혜를 갖춘 훌륭한 젊은이였다. 그러나 어느 정도 생활이 여유로워지자 나태해지기 시작했다. 친구들을 불러 연회를 베풀고 무희들과 가희들을 불러 여흥을 즐겼다. 이러한 날이 계속되자 재산은 빠른 속도로 줄었고, 남아 있는 재산이 하나도 없게 되었다. 실의에 빠져 절망 속에 시간을 보내던 하산에게 아버지의 절친한 친구가 찾아와 새로운 기술을 배워 보라고 권하였다. 그래서 하산은 그날로 아버지의 친구 집에 머물며 금세공 일을 배우게 되었다. 예전과 같은 과오를 저지르지 않기 위해 하산은 성실하게 배우고 일했다. 그리고 얼마 후 자신만의 가게를 차리고 독립할 수 있었다.

그러던 어느 날, 하산은 우연히 일곱 공주가 산다는 절벽 위에 있는 궁전에 가게 되었다.

하산의 금세공 기술이 탐이 난 '바람'이라는 자가 하산에게 연금술을 가르쳐 준다고 속여 깎아지른 절벽으로 하산을 데리고 간 것이었다. '바람'은 그 곳에 가면 구리를 금으로 만들 수 있는 약초가 있다면서 하산을 절벽으로 올려 보냈다. 그리고 하산이 약초를 구해 던져 주자 약초만 가지고 도망쳐 버렸다. 하산은 절벽에서 이러지도 저러지도 못하고 그 일대를 서성이다 우연히 일곱 공주의 궁전에 들어서게 되었다. 절벽에 홀로 버려졌단 생각에 두렵기도 하고, 온종일 헤매고 다녀 배도 고파진 하산은 궁전 안을 기웃거렸다. 그때 무심코 열어 본 한 방에서 장기를 두고 있는 두 처녀를 발견했다. 하산은 몰래 들어온 것에 대해 추궁당할까 머뭇거렸으나 오히려 처녀들은 거리낌 없이 하산에게 다가와 말을 걸었다.

"혹시 '바람'이 데리고 온 분인가요?"

두 처녀 중 더 어려보이는 한 처녀가 물었다. 두 처녀는 '바람'이라는 자가 해마다 젊은 미남자들을 이 절벽으로 보내 약초만 훔쳐간다는 사실을 알려 주었다.

"언니, 증인이 되어 주세요. 저는 오늘부터 이분을 제 오라버니로 모실래요. 너무 안타깝잖아요. 이분의 곁을 지키며 마음을 다해 돕는 친동생 같은 누이가 될래요."

그리고는 하산에게 깨끗한 옷을 내어 주고 맛있는 음식을 대접했다. 식사를 하는 동안 두 처녀는 자신들의 이야기를 들려주었다.

이 궁전에 사는 사람은 마왕의 딸들로 모두 일곱 공주였다. 아버지인 마왕이 딸들을 너무 아낀 나머지 누구에게도 시집을 보내려고 하지 않아, 이곳에 갇혀 살게 된 것이었다. '구름산' 위에 지어진 궁전은 현실과 너무 멀리 떨어져 있어 아무도 일곱 공주에 대해 알지 못했다. 그리고 마왕은 딸들이 보고 싶을 때면 북을 울려 알리고 마신을 보내 자신의 궁으로 데리고 오도록 했다.

하산의 누이 동생이길 자처한 공주는 마왕의 일곱 딸 중 막내로 위의 다섯 언니들은 사냥을 나가고 아래 두 공주가 남아서 저녁을 준비하고 있었던 참이었다. 공주들은 하산에게 방을 마련해 주고 편히 지낼 수 있도록 배려해 주었다. 하산은 일곱 공주와 함께 사냥도 하고, 잔치도 열며 즐겁고 행복한 나날을 보냈다.

그러던 어느 날이었다. 마왕이 딸들이 보고 싶다며 자신의 성으로 일곱 공주를 불렀다. 일곱 공주는 혼자 남은 하산이 적적하고 심심할 것 같아 궁전에 있는 모든 방을 둘러 볼 수 있는 열쇠를 주었다. 궁전 안을 빠짐없이 구경하다 보면 시간이 저절로 흐를 것이고 그리하면 일곱 공주가 다시 돌아오기를 기다리는 시간이 덜 지루할 것이라고 생각했기 때문이다.

"하지만 절대로! 금단의 방문은 열어서는 안 돼요!"

공주들이 건네 준 열쇠 꾸러미를 받아든 하산을 고개를 끄덕였다. 그날 밤 공주들은 마신을 따라 아버지 마왕을 만나러 길을 떠났다.

공주들이 떠난 후 하산은 궁전에 홀로 있다는 사실이 무척 쓸쓸하게 느껴졌다. 무엇을 해도 즐겁지 않았고, 혼자 있으니 적적하고 외로웠다. 때마침 공주들이 주고 간 열쇠 꾸러미가 눈에 띄어 궁전의 구석구석을 구경하기 시작했다. 모든 방은 흥미로운 것들로 가득 채워져 있었다. 난생 처음 보는 물건들이 쌓여 있는 곳도 있었고, 귀한 보석들로 장식되어 있는 방도 있었다. 그러나 그것도 잠시, 금세 모든 것이 싫증 났다.

그때 불현듯 '금단의 방'이 떠올랐다. 공주들은 절대로 들어가서는 안 된다고 하였지만 금지된 것이 불러일으키는 호기심은 그냥 지나칠 수 없을 정도로 강렬했다. 공주들의 당부가 떠올라 고개를 저으며 발길을 돌리려 했지만 하산의 발길은 어느새 다시 '금단의 방'으로 향하고 있었다. 하산은 이대로는 그냥 돌아갈 수 없다고 생각했다. 이 자리에서 숨이 끊어진다고 해도 방문을 열어 보고 싶어서 미칠 것만 같았다. 결국 하산은 '금단의 방' 문에 열쇠를 꽂았다. 부들부들 떨리는 손으로 열쇠를 돌렸다.

그러나 방 안에는 아무 것도 없었다. 진귀한 보물이나 신기한 재물들이 쌓여 있을 것이라고 어설프게 짐작했던 하산은 크게 실망했다. 방 안에 들어서니 한쪽 구석에 지붕이 달린 나선형 계단이 더 높은 곳으로 이어져 있을 뿐이었다.

금세 다시 호기심이 발동한 하산은 나선형 계단을 천천히 올라갔다. 계단의 끝은 궁전의 지붕인 것 같았다. 지붕에는 갖가지 꽃이 피어 있는 화원과 열매들이 넘쳐나는 과수원, 등나무가 우거진 숲이 있었고, 저쪽 계단에서는 시원하게 파도가 굽이치는 바다가 보였다. 지붕 위에 만들어진 정원을 둘러보던 하산은 정자 하나를 발견했다. 황금 벽돌과 은, 취옥 벽돌을 번갈아 쌓은 네 개의 기둥이 서 있고, 중앙에는 온갖 보석을 모자이크 모양으로 박아 넓게 깐 거실이 있고, 한가운데에는 인공 연못이 있었으며, 그 옆으로 순금으로 치장한 옥좌가 있었다. 눈이 부실 정도로 아름답고 화려한 정자였다. 하산은 정자의 곳곳을 자세히 둘러보며 그 화려함과 진귀함에 혀를 내둘렀다.

그때였다! 저 멀리서 정자 쪽으로 열 마리의 새가 날아오는 것이 보였다. 새들이 놀라 달아날 것이라 염려하여 하산은 급히 몸을 숨겼다. 새들은 커다란 나뭇가지에 앉아서 주위를 살폈다. 그 중 유난히 눈에 띄는 새가 한 마리 있었다. 유난히 몸집이 크고 아름다운 새였다. 나머지 아홉 마리의 새가 그 새의 시중을 드는 것처럼 보였다.

잠시 뒤 새들이 나뭇가지에서 내려와 정자 안으로 들어왔다. 그러더니 저마다 자신의 발톱으로 자기의 목덜미를 뜯어내는 것이 아닌가! 그런데 더욱 놀라운 일은 그 다음에 일어났다. 분명히 깃털로 뒤덮인 새들이었는데 찢어진 목덜미 안쪽부터 천천히 아름다운 여인들의 모습이 드러나는 것이었다. 도저히 믿을 수 없는 광경을 본 하산은 입이 딱 벌어졌다.

깃털 옷을 벗어던진 열 명의 처녀들은 완전히 알몸이 되어 모두 인공 연못으로 뛰어 들었다. 그리고 장난을 치며 '새하얀 살결에 물을 끼얹으며 목욕을 시작했다. 그제서야, 하산은 일곱 공주가 왜 이곳을 '금단의 방'이라고 했으며, 절대로 들어가지 말라고 했는지를 깨달았다. 하산은 완전히 이성을 잃고 열 명의 처녀에게 빠져 버렸다.

하산은 그 중에서도 우두머리로 보이는 여인에게 홀딱 반하고 말았다. 들끓는 욕정과 멈출 수 없는 사랑의 감정으로 하산의 속은 새까맣게 타들어 갔다.

목욕을 마친 처녀들은 다시 깃털 옷을 입고 치장을 했다. 우두머리로 보이는 여인만이 초록색 옷을 입고 사뿐히 걸었는데 그 아름다운 자태에 하산은 그만 정신이 아득해지고 말았다. 하산은 주체할 수 없는 욕정과 연모가 바로 '금단의 방'의 문을 연 대가라고 생각하니 고통스러웠다. 해가 중천에 떠오르는 정오가 되자 처녀들은 다시 깃털 옷을 입고 새가 되어 날아갔다.

새들이 날아간 뒤 하산은 몸을 일으켰다. 그리고 새들이 날아간 하늘을 바라보았다.

'아, 이제 어쩐단 말인가. 저 여인을 어떻게 다시 볼 수 있단 말인가.'

하산은 그 자리에 굳은 듯 한참을 서 있었다. 절망과 좌절에 한걸음도 뗄 수가 없었던 것이다. 금단의 방에서 나온 하산은 자기 방으로 다시 돌아갔지만 그 여인에 대한 생각으로 음식을 먹을 수도 잠을 잘 수도 없었다. 그렇게 밤을 지새우고 다음 날 아침, 하산은 해가 뜨자마자 다시 '금단의 방'으로 달려갔다. 그러나 아무리 기다려도 어제 그 새들은 날아오지 않았다. 하루가 천 년처럼 긴 기다림의 시간이 흘렀다. 하산은 그녀에 대한 그리움에 사무쳐 열병에 걸려 끙끙 앓기 시작했다.

그렇게 괴로운 며칠을 보내고 있을 때 일곱 공주가 돌아왔다. 막내 공주는 하산의 수척해진 모습을 보고 깜짝 놀랐다.

"오라버니, 왜 이리 수척해지셨어요?"

"그, 그게……."

하산은 자신의 마음을 추스를 길이 없어서 막내 공주에게 '금단의 방'에 들어가서 겪은 이야기를 모두 털어 놓았다. 그러자 막내 공주는 털썩 주저앉으며 한숨을 쉬었다.

"언니들에게는 절대로 비밀로 하셔야 해요. 언니들이 알게 된다면 저도 오라버니도 목숨을 잃을지 몰라요."

이때 나머지 여섯 공주가 사냥을 떠나기로 했다며 막내 공주에게 함께 가자고 했다. 그러나 막내 공주는 아픈 하산을 돌봐야 한다며 궁전에 남아 있겠다고 하였다. 그렇게 해서 막내 공주와 하산을 남겨 두고 나머지 여섯 공주는 20일 여의 일정으로 사냥을 떠났다.

하산은 막내 공주를 '금단의 방'에 있는 정자로 데리고 갔다.

그리고 자신이 본 아름다운 여인의 용모에 대해 설명했다. 하산의 설명을 들은 막내 공주는 안색이 창백해지더니 고개를 절레절레 흔들었다.

"오라버니, 어쩌면 좋아요. 이건 너무 무모한 사랑이에요."

"어째서?"

막내 공주의 안타까운 말에 하산은 정신이 아득해지는 것 같았다.

"그 처녀는 바로 대마왕의 딸입니다."

깃털 옷을 입었던 여인들 중에서도 우두머리로 보였던 초록색 옷의 여인은 대마왕의 딸 미나르였다. 대마왕은 인간 세상과 마신 세상을 모두 지배하는 마왕 중의 마왕으로 일곱 공주의 부친인 마왕도 대마왕의 부하였다. 대마왕의 권세는 워낙 막강하여 누구도 대적할 자가 없었다. 대마왕은 미나르 공주에게 자유롭게 드나들고 즐길 수 있는 광활한 영토를 주었는데 인간도 마신도 접근하기 힘든 곳이었다. 더욱이 하산이 보았던 나머지 아홉 명의 처녀들은 모두 출중한 무사들이었다.

막내 공주의 말에 하산은 실망하여 눈물을 떨구었다. 그러자 막내 공주가 한 가지 방법이 있다고 귀띔해 주었다.

"그 공주는 매달 초하룻날에 그 아홉 무사들과 함께 이 곳 '금단의 방'에 있는 정자에 옵니다. 오라버니는 그 정자 안에 몸을 숨기고 있다가 그들이 오면 잘 살펴보세요. 절대로 들키면 안 됩니다. 들켰다가는 그 즉시 아홉 무사에게 목숨을 잃게 될 거예요. 모두가 깃털 옷을 벗거든 오라버니가 사랑하는 공주의 깃털 옷이 어떤 것인지 잘 기억해 두세요. 그리고 모두 물속으로 들어간 사이 몰래 그 공주의 옷을 훔치세요. 깃털 옷이 없으면 공주는 새로 변신할 수 없어 고국으로 돌아가지 못합니다. 그 깃털 옷만 잘 간수하고 있으면 공주를 오라버니 마음대로 할 수가 있을 거예요. 하지만 아홉 무사가 모두 날아가기 전까지는 절대로 들키시면 안 돼요. 시간이 되면 아홉 무사는 깃털 옷을 입고 날아갈 것입니다. 아홉 무사가 모두 떠나면 그때 공주에게 다가가세요. 공주가 안타깝게 울며 깃털 옷을 찾아도 절대로 주시면 안 돼요. 옷을 돌려받자마자 공주는 다시 날아가 버릴 테니까요. 그리고 나서 혼자 남겨진 공주를 데리고 '금단의 방'을 나오세요. 그때부터는 오라버니가 원하시는 대로 될 것입니다. 단 절대로 깃털 옷을 숨겼다는 사실을 들키지 마세요. 아무도 찾지 못하도록 꽁꽁 감춰야 해요. 그것만 가지고 계시면 공주는 영원히 오라버니의 여인이 될 수 있을 거예요."

막내 공주의 이야기를 끝까지 들은 하산은 지난 며칠 동안의 고민과 괴로움이 씻은 듯이 사라졌다. 이제 새 달의 초하룻날이 되기만을 기다리면 되었다. 하산은 갑자기 허기가 느껴졌다. 오랫만에 식사다운 식사를 하고 잠도 깊이 잤다. 세상 모든 것을 얻은 것 같은 벅찬 기분이었다.

드디어 새 달의 초하룻날이 되었다. 막내 공주의 말대로 하산은 '금단의 방' 정자 안에 몸을 숨겼다. 잠시 뒤 깃털 옷을 입을 열 명의 처녀들이 정자로 내려앉았다. 전과 같이 그녀들은 모두 깃털 옷을 벗고 새하얀 알몸으로 인공 연못으로 뛰어들어 목욕을 했다. 하산은 눈여겨 봐두었던 공주의 깃털 옷을 훔치는데 성공했다. 정오가 다가오자 처녀들은 연못에서 빠져나와 깃털 옷을 입고 치장을 했다.

"악! 내 옷! 내 옷이 없어졌어!"

미나르 공주가 비명을 지르자 아홉 무사가 정자 안을 뒤지며 공주의 깃털 옷을 찾았다. 그러나 어디에서도 공주의 깃털 옷을 찾을 수 없었다. 답답한 마음에 공주는 눈물을 흘리며 자신의 가슴을 쳤다. 정오가 지나고 해가 저물녘이 되자 아홉 무사는 이내 결심을 한 듯 공주에게 말했다.

"공주님, 저희만이라도 돌아가야 합니다. 이곳에 모두 머물 수는 없습니다."

그러고는 아홉 무사는 깃털 옷을 마저 갖추어 입고 날아가 버렸다. 홀로 남겨진 공주는 눈물을 흘리며 그 자리에 주저앉았다. 그 틈을 타 하산은 공주를 자신의 방으로 끌고 왔다. 너무 순식간에 일어난 일이라 공주는 감히 저항도 하지 못했다.

미나르 공주를 자신의 방에 가두고 옷을 던져준 다음 하산은 막내 공주에게 달려갔다.

"공주를 나의 방에 가두었소."

하산의 말을 들은 막내 공주는 하산의 방으로 들어가 미나르 공주에게 정중히 예를 갖추고 인사했다.

"공주님, 너무 놀라셨지요. 이분은 정말 따뜻한 마음을 가지신 분으로 공주님을 해할 생각으로 모셔온 것이 아니랍니다. 우연히 보게 된 공주님의 모습에 반해 사모하게 되었을 뿐입니다."

막내 공주는 미나르 공주를 위로하면서 하산이 좋은 남자라는 점을 강조하며 이야기를 이어갔다. 공주의 마음이 조금씩 진정될 즈음 막내 공주는 공주가 입을 아름다운 옷을 준비해 주고 음식을 대접하며 미나르 공주의 마음을 풀어 주려 노력하였다.

밤새도록 비통한 눈물을 쏟으며 생각한 끝에 공주는 자신이 함정에 빠졌다는 것을 알게 되었다. 그리고 무엇보다도 이제 고국으로 다시 돌아갈 수 있는 방법이 없다는 사실을 인정해야 했다. 그렇게 미련을 버리고 나니 마음이 한결 차분해졌다.

막내 공주는 미나르 공주를 극진히 보살폈다. 온종일 미나르 공주와 시간을 함께 보내며 위로를 하기도 하고, 하산을 두둔하기도 했다. 무엇보다 이곳 생활에 대한 희망을 심어주기 위해 노력했다. 그러자 공주의 마음이 천천히 움직이기 시작했다. 공주가 조금씩 원기를 회복하면서 하산에게 보이던 적대심도 조금씩 느슨해졌다. 이제 때가 되었다고 생각한 막내 공주는 하산에게 지금이 공주에게 다가설 기회라고 일러 주었다.

하산은 공주가 있는 방으로 들어갔다. 전보다는 마음이 풀린 듯했지만 공주는 여전히 하산을 경계했다. 하산은 공주 앞에 무릎을 꿇고 말했다.

"이런 방법으로 모시고 와서 죄송합니다. 그렇지만 한시라도 당신을 보지 않고서는 살아갈 자신이 없었습니다. 제 온 마음을 다해서 사랑합니다. 예를 갖추어 정식으로 당신을 아내로 맞이하고 싶습니다."

공주가 대답을 하려는 찰나 나머지 여섯 공주가 사냥에서 돌아왔다. 서둘러 방에서 나온 하산은 여섯 공주를 반갑게 맞이했다. 그러나 어딘지 허둥대는 것처럼 보이는 하산의 태도가 석연치 않았다. 막내 공주의 행동도 무언가 어색했다. 여섯 공주는 두 사람에게 무슨 일이 있었는지 사실대로 털어놓으라고 재촉했다. 하는 수 없이 막내 공주가 하산을 대신하여 그간의 일을 모두 털어 놓았다.

깜짝 놀란 여섯 공주는 미나르 공주가 있는 방으로 달려갔다. 공주의 아름다운 모습을 본 여섯 공주는 아름다움과 놀라움에 넋을 잃었다. 그러고는 이내 공주의 발치에 무릎을 꿇고 말했다.

"이런 무례를 범하게 되어 송구합니다. 그러나 하산의 공주님에 대한 사랑이 너무도 지극하여 저희가 모른 척 할 수가 없었습니다. 공주님을 이렇게 모셔오기는 했으나 그저 욕망만을 채우려는 것이 아니라 신께서 허락하신 예의를 갖추어 정식으로 공주님을 아내로 맞이하고 싶어 하시는 것입니다. 뿐만 아니라 공주님의 깃털 옷도 이미 태워 버려 세상에 없다고 합니다."

여섯 공주는 하산의 남자다움과 따뜻함에 대해 칭찬하며 자신들도 하산을 매우 신뢰하고 있음을 고백하였다. 그리고 자신들이 증인이 되어 주겠다고 하였다. 그리하여 그날 밤, 하산과 대마왕의 딸 미나르 공주의 혼인계약서가 작성되었고, 두 사람은 부부가 되었다.

하산의 기쁨은 이루 말할 수 없었다. 자신이 간절히 바랐던 소원이 이루어진 것이다. 공주는 예의 여인들처럼 공손하고 차분한 자태로 하산을 맞았다. 두 사람은 신방으로 들어 첫날밤을 보냈다. 미나르 공주에 대한 하산의 사랑은 점점 더 뜨거워져 가고 있었다.

꿈에도 그리던 대마왕의 딸 미나르 공주를 아내로 맞이한 하산은 하루가 어찌 흐르는지 모를 정도로 행복한 나날을 보냈다. 미나르 공주도 모든 것을 체념한 듯 하산에게 마음을 열고 아내로서의 역할에 충실했다. 꿈 같은 나날들이었다. 그러던 어느 날, 하산은 잠에서 깨어나 가쁜 숨을 몰아쉬었다.

"서방님, 악몽을 꾸셨나요?"

곁에 잠들어 있던 공주가 물었다.

"꿈에서 어머니를 뵈었소. 나는 이렇게 행복한 나날을 보내고 있는데 어머니의 모습은 너무도 수척하고 비참해 보였소."

하산은 그제서야 고향에 두고 온 홀로 계신 어머니가 생각났다. 여태껏 어머니를 까맣게 잊고 지냈던 자신이 한없이 원망스러웠다.

  미나르 공주는 지난밤에 있었던 일을 일곱 공주에게 이야기하며 의논했다. 일곱 공주는 하산과 미나르 공주가 하산의 어머니가 계시는 고향으로 돌아갈 수 있도록 돕기로 했다. 일곱 공주는 수십 마리 낙타를 준비하고 낙타 한 마리마다 갖가지 보물과 귀한 선물들을 가득 실었다. 드디어 이별의 시간이 다가왔다. 하산을 오라버니로 삼겠다고 약속하고 미나르 공주와 결혼할 수 있도록 가장 큰 도움을 주었던 막내 공주가 눈물을 흘리며 하산에게 매달렸다. 그러나 그녀의 언니들이 하산을 보내 주어야 한다고 설득했다. 그러자 막내 공주가 말했다.

  "오라버니, 약속해 주셔요. 1년에 한 번은 꼭 이곳을 찾아주시겠다고요. 꼭이요."

  "물론이지. 약속하마. 1년에 한 번은 꼭 이곳을 찾아 그대들과 시간을 보낼 것이야. 그대들의 도움을 잊지 않을 것이니 걱정하지 말게."

  막내 공주가 작은 요술북을 하산에게 내밀었다.

"만약 아주 많이 슬프거나 곤란한 일이 생기거든 이 요술북을 두드리세요. 낙타가 나타나 이곳으로 모셔다 드릴 것입니다."

하산은 막내 공주가 건네 준 요술북을 받아 들고, 일곱 공주와 작별을 고했다. 하산은 아내와 함께 밤낮을 가리지 않고 달려 드디어 바소라의 집 앞에 도착하였다.

집 안에서는 어머니의 눈물 섞인 탄식 소리가 들렸다. 하산은 가슴이 미어졌다.

"어머니! 하산이 돌아왔습니다."

문 밖에서 어렴풋이 들리는 하산의 목소리에 어머니는 달려 나와 문을 열어 보았다. 정말 하산이었다. 믿을 수 없는 광경에 어머니는 정신을 잃었다. 잠시 뒤 정신을 차리고 보니 정말로 사랑하는 아들 하산이 눈앞에 있었다. 하산은 어머니에게 그간의 일들을 자세히 이야기하며 곁에 있는 아내 미나르 공주를 소개했다. 어머니는 며느리의 아름다운 외모와 단아한 자태에 너무도 기뻤다. 그러나 기쁨도 잠시 어머니는 고민에 빠졌다. 사라졌던 하산이 갑자기 나타난 것도 모자라 이토록 많은 재물이 있는 것을 안다면 분명 이웃 사람들이 하산을 가만히 두지 않을 것이기 때문이었다.

"그러니 얘야. 우리 이곳을 떠나자꾸나."

어머니의 말에 공감한 하산은 가산을 정리하여 바그다드로 향했다. 하산은 어머니와 아내와 함께 바그다드에 도착하자마자 아름다운 집을 장만하여 집 안을 새로운 살림살이들로 채웠다. 행복한 나날의 시작이었다.

그렇게 세월이 흘렀다. 하산의 가족에게는 늘 행운이 함께 했고 행복한 날들이 계속되었다. 그 사이 하산과 공주 사이에 나시르와 만스르라는 이름의 두 아들이 태어났다.

그렇게 3년이 지난 어느 날, 하산은 일곱 공주와 했던 약속이 문득 생각났다. 일곱 공주에게 받은 큰 은혜와 배려를 생각하니 그동안 너무 무심했다는 자책감이 들었다. 하산은 급히 여장을 꾸렸다. 그리고 어머니에게 당부의 말을 남겼다.

"어머니, 저는 잠시 구름산의 일곱 공주에게 다녀와야 할 것 같습니다. 아내의 깃털 옷은 창고 바닥에 묻어 두었습니다. 그러니 잘 감시하세요. 아내가 그 옷을 발견한다면 당장 아들들을 데리고 자신의 나라로 돌아가 버릴 것이에요. 그렇다면 전 한순간도 살 수가 없답니다. 아내의 부친은 대마왕으로 세상을 통치하는 절대 권력자예요. 아내 역시 '백성의 여왕'으로 섬김을 받던 사람입니다. 그러니 절대로 깃털 옷이 아내의 눈에 띄면 안 돼요. 아내와 아이들이 바깥 출입을 하는 것도 걱정스러우니 나가지 못하도록 잘 지켜 주셔야 해요."

하산은 어머니에게 신신당부했다. 어머니는 걱정하지 말라며 하산의 마음을 안심시켰다. 그러나 세상에 영원한 비밀은 없었다. 하산과 어머니의 은밀한 대화를 미나르 공주가 우연히 듣게 되었던 것이다. 그러나 하산과 어머니는 이 같은 사실을 꿈에도 상상하지 못했다.

하산은 요술북을 두드려 낙타를 불렀다. 그리고 그길로 일곱 공주가 기다리는 구름산의 궁전으로 떠났다.

하산이 떠난 지 사흘째 되던 날, 미나르 공주는 하산의 어머니에게 목욕을 하러 나가자고 졸랐다. 아들의 당부를 기억하고 있던 어머니는 안 된다고 하였지만 미나르 공주는 계속해서 졸랐다.

"오래도록 보지 못한 가족들이 그리워 너무나 마음이 아파요. 바깥 공기를 쐬며 이 답답한 마음을 달래고 싶어요. 함께 나가요. 어머니."

며느리의 간청에 마음이 움직인 어머니는 미나르 공주와 두 손자를 데리고 목욕탕에 갔다. 목욕탕 안의 모든 사람들의 시선이 미나르 공주에게 집중되었다. 공주의 외모가 세상 누구보다 아름다웠기 때문이다. 어머니는 내심 우쭐한 기분이 들었다. 목욕탕에는 칼리파의 시녀도 있었는데, 그녀 역시 미나르의 미모에 감탄했다. 시녀는 목욕을 마치고 집으로 돌아가는 미나르 공주의 일행을 뒤쫓아 집을 알아낸 뒤 곧바로 즈바이다 왕비에게 달려갔다.

"왕비님, 오늘 목욕탕에서 여태껏 제가 본 미인들 중에서도 가장 아름다운 여인을 보았습니다. 그런 미인이 칼리파 님의 눈에 띈다면 칼리파 님께서는 무슨 수를 써서라도 그녀를 가지려고 하실 것입니다. 이를 어쩌면 좋을까요?"

시녀의 말에 불안해진 즈바이다 왕비는 검객 마스룰을 시켜 그 여인과 가족을 궁으로 데리고 오라고 명령하였다. 마스룰은 시녀가 알려준 집으로 달려가 왕비의 명을 전했다. 하산의 어머니는 펄쩍 뛰며 말했다.

"하산은 출타 중입니다. 남편이 자리를 비운 사이 아내를 함부로 밖으로 내보낼 수는 없습니다."

그러나 왕비의 명을 받는 마스룰은 물러날 기세가 아니었다. 결국 어머니는 미나르와 두 손자를 대동하고 궁전으로 향했다.

왕비는 일행을 보고 짐짓 위엄 있는 자세를 갖추었다. 그리고 미나르의 베일을 벗기도록 하였다. 순간 주위의 모든 사람들이 미나르 공주의 눈부신 외모에 넋을 잃었다. 왕비는 질투심을 넘어 미나르의 미모에 경외하는 마음마저 들었다.

"그대의 미모가 정말로 눈부시구나!"

그러자 미나르 공주가 온화한 미소를 지으며 말했다.

"왕비님, 제게는 깃털 옷 한 벌이 있는데, 그 옷을 입으면 더욱 아름다운 모습을 보여드릴 수 있습니다."

"그래? 어디 보여다오."

"그러나 저는 지금 그 옷을 가지고 있지 않습니다. 제 남편이 어머님께 맡겨 두고 길을 떠났지요."

왕비는 하산의 어머니에게 당장 그 옷을 가지고 오라고 명하였다. 그러나 아들과의 약속을 지키고 위해 어머니는 모르는 일이라며 시치미를 떼었다. 궁금함을 견디지 못한 왕비는 하산의 어머니에게서 집 안의 열쇠들을 빼앗아 마스룰에게 넘겨 주고 깃털 옷을 찾아오라고 명하였다. 한달음에 하산의 집으로 달려간 마스룰은 미나르 공주의 깃털 옷을 찾아 돌아왔다. 하산의 어머니는 그제서야 깃털 옷의 존재를 알고 있던 며느리가 계획적으로 꾸민 일임을 깨달았다. 그렇지만 이미 엎질러진 물이었다.

마스룰이 찾아 온 깃털 옷을 본 미나르 공주는 뛸 듯이 기뻐했다. 왕비는 미나르 공주에게 깃털 옷을 건네며 말했다.

"이제 아름다운 모습을 보여줄 수 있겠느냐?"

미나르 공주는 두 아들을 품에 꼭 안고 깃털 옷을 입었다. 그리고 순식간에 새로 변한 공주는 하늘로 날아올랐다. 즈바이다 왕비와 하산의 어머니는 그만 넋을 잃고 말았다. 너무도 아름다운 자태는 물론 그 재주 또한 비상했기 때문이었다.

"그대의 재주가 참으로 놀랍구나. 이리 내려와 깃털 옷을 자세히 보여다오."

그러나 한 번 하늘로 날아오른 미나르 공주는 땅으로 내려오지 않았다. 그리고 하산의 어머니에게 소리쳤다.

"어머니! 이렇게 떠나는 것이 저도 괴롭습니다. 하지만 전 고국으로 돌아가야 합니다. 만약 서방님이 돌아와 저를 애타게 찾으신다면 와크 제도에 있는 미나르 공주를 찾아오라고 전해 주세요."

이 말만을 남긴 채 미나르 공주는 두 아들을 품에 꼭 안고 하늘 높이 날아가 버렸다. 하산의 어머니는 손자들의 이름을 부르며 울부짖다 그만 정신을 잃고 말았다. 잠시 뒤 시녀들의 보살핌으로 깨어난 하산의 어머니는 왕비를 원망했다. 왕비도 진심으로 자신의 과오를 사과했으나 이미 돌이킬 수 없는 일이었다.

석 달 동안 일곱 공주와 즐겁고 재미있는 시간을 보낸 하산은 집으로 돌아왔다. 하지만 아내는 집을 비우고 없었다. 더욱이 어머니는 눈물만 흘리고 있는 것이 아닌가. 가장 먼저 깃털 옷을 숨겨둔 곳으로 달려간 하산은 그간 일어난 모든 일을 알아챌 수 있었다. 하산은 넋이 나간 사람처럼 멍하니 주저앉았다. 아무것도 먹을 수 없었고 아무것도 할 수가 없었다. 삶이 끝나는 것 같았다. 크나큰 고통에 숨을 쉴 수조차 없었다. 아들의 딱한 모습에 가슴이 미어진 어머니는 미나르 공주가 남긴 말을 전했다.

"자신에 대한 그리움이 넘쳐서 살 수 없게 되거든 '와크 제도로 찾아오라'고 했단다."

어머니의 말에도 하산은 기력을 회복하지 못했다. 인정할 수도 인정하기도 싫은 현실이었다.

그렇게 한 달이라는 시간이 흘렀다. 하산에게는 마치 아침이

밝지 않은 어둠과도 같은 시간이었다. 그러다 문득 일곱 공주에게 도움을 청해 보면 방법이 있을지도 모른다는 생각이 들었다. 하산은 여장을 다시 꾸리지도 못한 채 요술북을 두드려 일곱 공주의 구름산 궁전으로 달려갔다.

초췌해진 모습으로 나타난 하산을 보고 일곱 공주는 놀라움을 금치 못했다. 걱정스러운 눈빛으로 공주들은 하산에게 자초지종을 물었다. 하산은 아내가 깃털 옷을 입고 떠나 버렸다며 그간의 사정을 모두 털어놓았다.

"와크 제도가 어디에 있는 곳이오?"

'와크 제도'라는 말에 일곱 공주는 모두 난처한 표정을 지었다. 그러고는 고개를 저었다.

"안타깝지만 와크 제도는 상상할 수조차 없이 먼 곳에 있어요. 당신의 손끝이 하늘 끝에 닿을 수 있는 정도의 엄청난 능력이 있다면 아내를 찾을 수 있을 거예요."

일곱 공주의 말에 하산은 절망했다. 일곱 공주는 하산을 위로하며 정성껏 돌보았지만 하산은 절망의 끝에서 헤어 나오지 못했다.

그때 일곱 공주 중 맏언니를 유난히 아끼는 숙부 압드 알 카투스가 일곱 공주를 찾아왔다. 숙부는 공주들의 소원을 들어주곤 했는데 이번에는 하산을 위한 소원을 말하기로 공주들은 작정했다. 일곱 공주는 숙부에게 하산의 안타까운 이야기를 들려주며 하산이 와크 제도에 갈 수 있는 방법을 물어 보았다. 잠시 생각에 잠긴 숙부는 고개를 절레절레 저으며 말했다.

"그건 불가능 할 것이네. 가슴이 찢어지겠지만 그냥 단념하는 편이 좋아. 그곳은 아무리 힘이 센 마신과 마왕이라고 해도 쉽게 닿을 수 없는 곳이야."

"하지만 저는 꼭 가야 합니다. 아내와 두 아들이 그곳에 있으니까요."

하산은 애원했다.

"그곳을 가려면 일곱 개의 골짜기와 일곱 개의 바다, 일곱 개의 큰 산을 지나야 하는데 그 먼 길을 무슨 수로 가겠는가? 그리고 누가 그 험한 길을 안내하겠는가? 안타깝지만 자네의 처자식은 다른 세상으로 갔다고 생각하게."

하산은 그만 정신을 잃고 말았다. 너무나도 큰 슬픔에 쉽게 정신을 차리지 못했다. 사랑을 잃고 아파하는 젊은이를 보는 숙부의 마음도 편치 않았다. 그리고 그 사랑이 가여웠다. 숙부는 뭔가를 골똘히 생각하더니 하산을 부축해 일으키며 말했다.

"만약 신께서 그대 부부를 이어주실 계획이 있으시다면 소원이 이루어 질 테니 나를 따라 나서게나."

그러더니 코끼리를 불러 하산을 태운 다음 사흘 밤낮을 달려 푸른 산기슭에 멈추었다. 감람빛을 띠는 바위가 곳곳에 있는 신비로운 산이었다. 산 중턱에 쇠로 만든 문이 있는 동굴이 있었다. 동굴 안은 넓고 텅 비어 있었는데 그 안으로 주욱 들어가니 넓은 광장이 있었다. 다시 걸음을 재촉하니 놋쇠로 만든 두개의 문이 나타났다.

숙부는 하산을 문밖에 세워 두고 혼자 문 안으로 들어갔다.

"절대로 들어 와서는 안 되네!"

하산은 잠시 기다렸다. 한 시간쯤 지났을까. 숙부는 새까만 종마를 하나 끌고 나왔다. 몸이 날렵한 준마로 고삐와 안장이 놓여 있었고, 우단으로 지은 말 옷까지 잘 갖추어 입고 있었다. 한 번 속도가 붙으면 마치 하늘을 나는 듯 달리는 최고의 준마였다. 숙부는 하산이 말에 오르도록 도와준 뒤 두 번째 놋쇠 문을 열었다. 눈앞에 광활한 사막이 펼쳐졌다. 숙부는 하산에게 까만 두루마리를 주며 말했다.

"이걸 가지고 이 말이 이끄는 끝까지 가게. 동굴이 나타나 말이 멈추면 말에서 내려 그대로 놓아 주게. 그러면 말이 제 스스로 동굴 안으로 들어갈 게야. 자네는 들어가지 말고 닷새 동안 입구에서 기다리게. 절대로 따라 들어가면 안 되네. 엿새 째가 되면 흰 수염을 길게 늘어뜨리고 흑표범 가죽으로 몸을 감싼 새까만 노인이 나올 게야. 그 노인의 두 손에 입을 맞추고 두 손을 머리에 얹고 눈물을 흘리게. 그러면 노인은 자네를 측은히 여겨 연유를 물을 게야. 그러면 이 두루마리를 보이게. 노인은 두루마리를 들고 동굴 안으로 사라질 게야. 그럼 또 닷새를 기다려야 하네. 엿새 째 날에 노인이 모습을 나타내면 자네의 소원이 이루어질 것이고 심부름하는 아이가 나오면 자네의 목숨을 지킬 수 없을 것이니 각오해야 할 것이야. 물론 여기까지 나섰을 때는 목숨 따위는 아끼지 않을 테지만……. 난 아직도 여기서 자네를 말리고 싶네. 멈출 수 있다면 멈추는 것이 좋아."

숙부가 마지막으로 만류했지만 하산의 결심은 확고했다.

"절대로 멈출 수 없습니다. 아내를 찾지 못한다면 전 죽은 것이나 다름없으니까요."

"이미 죽기로 작정한 마음이라면 그대의 마음이 움직이는 대로 가게. 신께서 도우실 게야."

숙부의 말에 하산은 용기를 얻어 주먹을 불끈 쥐었다. 하산의 단호한 결의에 숙부는 더 이상 그를 말릴 수 없다고 생각했다.

"자네가 지금 가려는 와크 제도는 일곱 개의 섬으로 이루어졌는데 숫처녀들만 살고 있는 섬이라네. 그곳이 바로 대마왕이 다스리는 곳으로 한 번 들어가면 살아나올 수 없는 곳으로 유명하지. 자네가 찾는 여인은 바로 그 대마왕의 딸이니 결코 쉬운 일은 아닐 게야."

숙부의 말에 하산은 고개를 끄덕였다.

"이 두루마리는 무인의 딸 비르키스의 아들 아브 알 루와이슈에게 보내는 편지일세. 자네를 도와달라는 간청을 담은 편지야. 이 사람은 나의 장로이자 스승으로 사람도 마신도 모두 그의 높은 지혜를 엎드려 경외한다네. 아무쪼록 신의 축복을 빌겠네."

그렇게 숙부와 하산은 헤어졌다.

하산은 숙부가 준비해 준 준마를 타고 열흘을 달려 동굴 앞에 이르렀다. 숙부가 일러준 대로 말에서 내리자 말이 제 갈 길을 이미 알고 있는 것처럼 동굴로 들어갔다. 하산은 동굴 입구에서 닷새를 기다렸다. 그리고 엿새 째 되는 날, 긴 수염의 노인이 나타났다. 하산은 숙부가 일러준 대로 그의 손에 입을 맞추고, 두 손을 머리에 올리고는 눈물을 흘렸다. 그러자 노인이 물었다.

"나에게 할 말이 있는가?"

하산이 노인에게 두루마리를 건넸다. 그러자 노인은 말없이 동굴 안으로 사라져 버렸다. 다시 닷새의 지루한 시간이 흘렀다. 노인을 기다리는 동안 하산은 초조함과 두려움으로 속이 바짝바짝 타들어가는 것 같았다. 엿새 째 되는 날, 노인이 모습을 나타냈다. 하산의 소원이 이루어질 수 있는 희망이 보이기 시작한 것이다. 노인은 하산을 안으로 들어오라고 했다.

노인의 안내로 안으로 들어서자 넓은 응접실이 나왔다. 네 명의 장로들에게 여러 제자들이 책을 읽어주고 있었다. 노인과 하산이 나타나자 장로들은 제자들을 물렸다. 하산이 따라온 노인이 바로 하산을 도와준 숙부의 스승인 루와이슈였다. 루와이슈 노인은 장로들에게 하산을 소개했다. 하산은 장로들에게 지금까지 겪은 일과 아내를 찾아 와크 제도로 가야 한다는 이야기를 했다. 하산의 이야기를 끝까지 경청한 장로들은 하산을 위로했다. 장로들은 루와이슈 노인에게 조언을 구했다.

"우리가 어떻게 저 젊은이를 도와줄 수 있을까요?"

그러자 루와이슈 노인이 말했다.

"글쎄요, 이제껏 이 젊은이처럼 무모한 사람을 본 적이 없습니다. 와크 제도는 살아서 들어갈 수도 또 들어간다고 해도 살아서 나올 수가 없는 곳인데……. 누가 이 젊은이를 그곳까지 안내하겠습니까?"

하산은 간절한 마음을 담아 루와이슈 노인과 장로들에게 애원했다. 그러자 장로들과 루와이슈 노인의 눈빛이 흔들리기 시작했다.

"이런 고집불통 같으니! 하지만 그 사랑은 높이 살만큼 지고지순하군요. 우리가 할 수 있는 한 힘껏 도와주도록 합시다."

하산의 청을 수락한 노인과 장로들은 하산을 위한 준비를 시작했다. 하산은 장로와 노인의 손에 일일이 입을 맞추며 감사의 인사를 했다.

루와이슈 노인은 향료와 불의 막대기와 그 밖의 필요한 것들을 자루에 담아 주며 당부했다.

"이 자루를 잘 간직하게. 어디서든 향료를 피우고 내 이름을 부르면 당장 자네 앞에 나타나 돕겠네."

그러고는 한 장로에게 부탁해 마신을 불러냈다. 그리고 봉인된 편지 한 통을 하산에게 주며 말했다.

"이 마신은 다나슈라고 하네. 하늘을 나는 마신이지. 이 마신이 자네를 어느 섬에 내려놓을 걸세. 거기서 한 열흘을 걸어가면 도시에 도착하는데, 그 도성의 핫슨 왕을 찾아가 이 편지를 전하게."

하산은 노인과 장로들에게 고개를 숙여 감사를 전하고 마신의 어깨에 올라탔다. 마신은 꼬박 하루 동안 하늘을 날더니 섬 초입에 하산을 내려놓았다. 하산은 노인의 말대로 열흘을 걸어 도성에 들어가서는 바로 핫슨 왕을 찾아갔다. 그리고 노인이 전한 봉인된 편지를 건넸다.

"이보게 젊은이, 나는 루와이슈 노인의 얼굴을 봐서 자네를 도와주는 것이네만 말리고 싶네. 어쨌거나 이곳까지 왔다는 것은 내가 말린다고 해도 듣지 않을 것이니 도와주는 수밖에 방도가 없지. 머지않아 와크 제도로 들어가는 배편이 올 것이네. 도착하는 대로 첫 배에 자네를 태워 주겠네. 누군가 그대가 누구인지를 묻거든 핫슨 왕의 친척이라고 하게"

하산이 고개를 끄덕이자 핫슨 왕은 말을 이었다.

"배가 자네를 해변에 내려 주면 부두에 늘어서 있는 의자들 중 하나를 골라 그 밑에 숨어 있게나. 날이 저물어 어두워지면 여자들이 나타나 자네가 숨어 있는 의자에 앉을 것이네. 그때 자네가 숨어 있는 의자에 앉은 여인을 붙잡고 간청해 보게. 그 다음은 그 여인의 결정에 달린 것이네. 그러나 애초부터 신께서 돕지 않았다면 여기까지 올 수도 없었을 테지. 이번에도 신께 의지하게나. 내가 도울 수 있는 것은 여기까지네."

하산은 핫슨 왕에게 거듭 감사의 인사를 올렸다. 그렇게 한 달을 기다리자 와크 제도로 건너가는 배편이 도착했다. 핫슨 왕은 선장을 시켜 하산을 배에 승선시킬 수 있는 방법을 찾았다. 그리고 커다란 궤짝에 하산을 넣어 배로 옮겼다. 핫슨 왕이 선장에게 당부했다.

"배 안의 누구도 그 젊은이가 승선한 것을 모르게 해야 한다. 해안에 내려 주고 그냥 돌아오라. 데리고 오지 않아도 된다. 만약 누군가 이 사실을 알게 된다면 제일 먼저 네 목숨을 거둘 것이니 각별히 비밀을 유지하는데 만전을 기하라!"

선장은 핫슨 왕의 명령대로 비밀을 유지한 채 열흘을 항해한 뒤 와크 제도에 도착하였다. 그리고 하산을 해안에 내려놓았다.

궤짝에서 나온 하산은 핫슨 왕의 충고대로 해안에 늘어선 의자 가운데 하나를 정해 그 밑에 몸을 숨겼다. 해가 지고 어두워지자 사슬 갑옷에 칼로 무장한 여인들이 하나 둘씩 해안에 모습을 드러냈다. 한 여자가 하산이 숨어 있는 의자에 앉자 하산은 이때다 생각하고 여자의 옷자락을 꽉 붙잡았다. 그리고 손과 발에 입을 맞추며 숨겨 달라고 애원하였다. 깜짝 놀란 여인은 처음에는 경계했으나 하산의 간절한 청에 안타까운 마음이 들었다. 목숨이 아깝지 않을 간절한 사연이 아니고서는 이곳까지 숨어들어 왔을 리가 없기 때문이었다. 여자는 내일 밤까지 잘 숨어 있으라고 속삭인 뒤 그곳을 떠났다.

날이 밝자 해안가는 드나드는 배들과 장사를 하는 사람들로 붐볐다. 어제 의자에 앉았던 여인이 다시 나타나 하산에게 자신의 것과 같은 군복을 주며 입으라고 했다. 하산은 여인이 건넨 사슬 갑옷과 방패, 창과 칼, 금빛 허리띠까지 갖추어 입고 의자 위에 올라앉았다.

이윽고 밤이 깊자 불을 밝히고 여인의 군대가 나타났다. 하산은 그들의 무리에 끼어 자신도 군대의 일원인 것처럼 행세했다. 같은 복장을 하고 있었으므로 아무도 의심하지 않았다. 하산은 자연스럽게 그들의 귀로에 동행하여 군대의 숙소에 도착하였다. 각자 자신의 천막으로 흩어지자 어제의 그 여인이 자신이 천막으로 하산을 이끌었다. 천막 안으로 들어선 여자는 갑옷과 베일을 벗었다. 놀랍게도 여인은 반백의 못생긴 노파였다.

하산은 여인의 발 아래에 무릎을 꿇고 흐느껴 울었다. 노파는 이 가엾은 청년에게 연민을 느꼈다.

"내가 도와줄 터이니 안심하고 일어나시오."

하산이 몸을 일으키자 노파는 앉을 수 있도록 자리를 마련해 주고 하산에게 사연을 물었다. 하산이 와크 제도에 들어오기까지의 사연을 빠짐없이 털어놓자 노파는 무척 놀라는 표정이었다.

"여기까지 살아서 들어온 사람은 그대가 처음일 거야. 신의 특별한 보살핌이 없었다면 이미 죽은 목숨이었겠지. 일단 여기까지 살아서 들어왔으니 이제는 안심해도 좋을 걸세. 힘을 내게나. 내가 힘이 닿는 곳까지 돕겠네."

노파의 말에 하산은 천군만마를 얻은 것 같았다. 그리고 노파는 자신의 신분을 밝혔다.

"난 이곳 와크 제도에 있는 여군의 총수이며, 전군을 지휘하는 대장이라네. 알고 있듯이 이곳은 숫처녀들로만 이루어진 곳이지. 내 이름은 '샤와히'라고 한다네."

사실 노파는 재앙의 어머니라는 뜻을 지닌 '움 알 샤와히'라는 별명을 가진 여인으로 대마왕의 딸들을 키운 유모였다.

"그나저나 여기까지 온 사연은 그렇고 누구를 찾아 이곳에 온 것인가?"

"아내와 두 아들을 찾으러 왔습니다."

하산은 아내와 자신이 만나고 헤어지게 된 사연을 자세히 설명해 주었다. 샤와히는 고개를 갸우뚱하면서 하산의 이야기를 끝까지 들었다.

"음, 아무래도 자네가 말하는 여인은 이곳이 아니라 가장 큰 일곱 번째 섬에 있는 듯하네. 와크 제도는 모두 일곱 개의 섬으로 이루어져 있거든. 가장 큰 일곱 번째 섬까지는 꼬박 일곱 달이 걸리는 거리인데……"

"그래도 꼭 가야합니다. 가서 아내와 아들을 찾아야합니다."

하산의 결연한 의지에 샤와히는 하산을 확실히 도와주기로 마음먹었다. 무엇보다도 아내에 대한 지극한 사랑이 샤와히의 마음을 움직였다.

"큰 섬에 도착하면 여왕님께 부탁을 해 아내를 찾을 수 있도록 도와줄 테니 너무 걱정하지 말고 오늘은 푹 쉬게."

하산은 너무도 큰 은혜에 눈물이 흘렀다. 그리고 여기까지 온 고생이 헛되지 않았다는 생각에 안도의 한숨을 내쉬었다. 이제 곧 아내를 만날 수 있다고 생각하니 세상 누구도 부럽지 않을 만큼 기뻤다.

다음 날, 출항을 알리는 북소리가 울렸다. 샤와히가 일정을 앞당겨 전군이 일곱 번째 큰 섬으로 행군을 시작한 것이었다. 하산은 샤와히가 자신을 배려해 그리 정한 것임을 알고 있었다. 더없이 감사한 일이었다. 첫 번째 섬을 벗어나 두 번째 섬인 '새들의 섬' 접경에 들어서자 새들이 지저귀는 소리가 귀를 찢을 듯 시끄러웠다. 머리가 아프고 정신이 혼미해질 정도였다.

"하하하, 이보게. 이제 시작인데 벌써부터 그리 약하게 굴면 어찌 큰 섬까지 간단 말인가?"

괴로워하는 하산을 보며 샤와히가 말했다. 하산은 다시 한 번 마음을 굳게 먹고 정신을 바짝 차리려고 애썼다. 그렇게 차례로 모든 섬들을 지나 마침내 일곱 번째 섬이 보이는 곳에 다다랐다. 밤이 되자 전군은 강가에서 야영을 했다. 여인들은 갑옷을 모두 벗고 알몸으로 목욕을 했다.

"저 여인들 중에 혹시 아내가 있는지 찾아보게나."

하산은 여인들의 얼굴을 하나하나 유심히 살펴보았다. 그러나 어디에도 아내의 얼굴을 찾을 수는 없었다. 하산이 고개를 젓자 샤와히가 말했다.

"아내의 모습을 자세히 설명해 보게. 내가 아는 처녀 중에 있는지 모를 일이니까. 그리하면 좀 더 빨리 자네의 아내를 찾을 수 있겠지."

하산은 아내의 모습을 아주 구체적으로 설명했다. 아내의 모습이 구체적으로 그려질수록 샤와히의 얼굴이 어두워졌다. 하산의 설명대로라면 하산의 아내는 평범한 여인이 아니었던 것이다.

"이거 난감한 일이군."

샤와히의 말에 하산은 불안했다. 여기까지 와서 아내를 만나지 못할지도 모른다고 생각하니 숨이 막히는 것 같았다.

"무슨 문제가 생겼나요?"

하산이 조심스럽게 물었다.

"이 와크 제도에 내가 모르는 여인은 없다네. 그런데 자네가 지금 말하는 모습으로 미루어 생각건대 평범한 여인은 아닌

듯해."

"평범한 여인이 아니라면……."

"아마도 대마왕님의 큰 공주님인 듯 하네만……."

말끝을 흐리고 고개를 젓는 샤와히의 모습에 하산은 절망했다. 아내를 찾아 이렇게 멀리까지 왔는데 눈앞에 아내와 아들을 두고 만나지 못한다고 생각하니 가슴이 찢어지는 것 같았다.

"자네의 아내가 이곳의 평범한 여인이라면 얼마든지 찾아서 자네의 나라로 함께 돌려 보내줄 수 있네. 하지만 대마왕님의 공주님이라면 이야기가 달라지지. 내 능력 밖의 일이야."

"하지만……."

"이런 낭패가 있나! 공주님을 찾는 것인 줄 알았다면 애초에 자네를 돕지 않았을 게야!"

"그렇지만 전 꼭 아내와 아들들을 찾아야 합니다. 찾아서 돌아가야 해요. 그렇지 않고서는 살아도 사는 것이 아니고, 죽어도 편히 눈감지 못할 것입니다. 제발 절 불쌍하게 여겨 도와주세요."

하산은 울며불며 애원했다. 하산의 애절한 간청에 샤와히의 마음도 조금씩 움직였다. 그렇다고 해도 이건 너무도 무모한 일이었다.

"이보게, 자네와 공주님과는 하늘과 땅의 차이만큼이나 큰 신분의 차이가 있어. 그 차이는 어떤 것으로도 극복할 수 없을 정도로 큰 차이지. 저기 저 여인들 중 마음에 드는 여인을 하나 골라보게. 그 여인과 함께 고국으로 보내줄 터이니 여기서 단념하고 돌아가게."

"절대로 그렇게 할 수는 없습니다!"

샤와히의 설득에도 하산은 요지부동이었다. 눈물을 흘리며 온몸으로 호소를 하다가 잠시 정신을 잃기도 했다. 아내에 대한 변치 않는 지극한 사랑이 있어야만 할 수 있는 일들이었다. 이 와크 제도에 발을 들여 놓은 것부터……. 샤와히는 그러한 하산의 모습에 감동했다. 그러나 결코 쉬운 일은 아니었다. 그럼에도 샤와히는 하산을 돕고 싶다는 쪽으로 마음이 기울고 있었다. 한참을 망설이던 샤와히가 드디어 입을 열었다.

"진정하게나. 신께 맹세코 그대가 아내를 찾을 때까지 내 힘껏 자네를 돕겠네. 큰 일이 일어난들 이 늙은 목숨 하나 던지면 그만이지 않겠나."

샤와히의 결심에 하산은 눈물을 닦고 그녀의 발에 입을 맞추었다.

"이 은혜를 어찌 갚을까요."

하산은 샤와히에게 감사의 인사를 올렸다.

해가 지자 샤와히는 하산을 데리고 도성으로 들어가 은밀한 곳에 숨을 수 있도록 해주었다. 혹시나 다른 사람의 눈에 띈다면 아내를 만나지 못함은 물론이고, 목숨도 위태롭다는 말과 함께. 그리고 이 땅의 주인인 대마왕의 엄청난 권세와 힘에 대한 이야기를 하며 각오를 단단히 하라는 뜻을 전했다.

"제 소원이 이루어져 아내와 아들을 데리고 고국으로 돌아가거나 이곳에서 죽음을 맞이하거나 둘 중 하나겠죠. 제게는 다른 선택의 여지가 없습니다."

사랑에 눈이 먼 무모한 선택일지도 모르나 그 끝없는 사랑이 샤와히의 마음을 감동시켰다. 진심으로 샤와히는 하산을 돕고 싶었다.

이튿날이 되자 샤와히는 하산에게 기다리라는 말을 남기고 여왕의 궁으로 들어섰다. 여왕에게 전할 이야기가 너무나도 엄청난 것이기에 온몸이 두려움으로 부들부들 떨렸다. 그러나 하산을 돕고 싶다는 의지 하나로 샤와히는 여왕 앞에 나섰다.

아름다운 미모와 품위 있는 자태를 겸비한 여왕은 대마왕의 큰딸로 섬의 통치와 정사를 담당하고 있었다. 대마왕은 가장 큰 섬의 궁전에서 다른 여섯 공주와 살고 이 섬을 여왕에게 떼어 주고 일체의 통치를 맡긴 것이었다.

샤와히는 대마왕의 일곱 딸들을 손수 키운 유모로 공주들의 두터운 신뢰와 신망을 한 몸에 받고 있는 존재였다. 샤와히가 여왕 앞에 나서자 여왕은 반가운 마음에 한달음에 달려가 두 손을 붙잡고 맞이해 주었다. 샤와히는 여왕의 환대에 힘을 내 아주 진지하게 말을 시작했다.

"여왕님, 무례하기 그지없으나 꼭 아뢸 말씀이 있습니다."

"무례하다니, 그게 무슨 말이오? 유모, 무엇이든 숨김없이 털어놓아 보세요."

"그 전에 여왕님, 제가 무슨 말씀을 드리든 진노하시지 않겠다는 것과 제 청을 꼭 들어주신다는 약조를 해주십시오."

뜻밖의 샤와히의 말에 여왕은 의아하기도 했지만 유모를 믿고 그러마하고 약속을 했다.

"하산은 아내와 두 아들을 찾기 위해 이 먼 곳까지 죽음을 마다하지 않고 달려왔습니다."

여왕은 영문도 모른 채 샤와히의 말에 귀를 기울였다. 샤와히는 두려움에 목소리가 떨리고 다리가 후들거렸지만 끝까지 침착하게 하산의 사연을 여왕에게 전달했다.

"아내에 대한 지극하고도 끝없는 사랑 하나만 가지고 그 험한 여정을 뚫고 찾아 온 것입니다. 그러나 제 힘으로는 그 젊은이의 아내를 찾아줄 수 없었습니다."

노파가 말을 마치자 여왕이 자리에서 벌떡 일어서며 진노했다.

"이런 괘씸한! 그러니까 이곳에 낯선 사내가 들어와 있다는 말이 아니냐? 나의 총애를 믿고 그런 어리석은 일을 저지르다니! 내 당장 그대의 목을 베어도 후회하지 않을 것이나 그대에게 이미 한 약조도 있고 또한 나를 길러준 은혜 또한 있으니 그 하산이란 자를 먼저 만나보도록 하겠다."

여왕의 말에 노파는 안도의 숨을 내쉬며 하산을 데리고 돌아왔다. 하산은 떨리는 목소리로 천천히 자기소개를 하며 사연을 이야기했다.

"제 이름은 하산이라고 하며 바소라에서 왔습니다. 불행히도 아내의 정확한 이름은 알지 못합니다. 아들의 이름은 나시르와 만스르라고 합니다."

하산은 아내와의 운명적인 첫 만남부터 즈바이다 왕비의 궁전에서 깃털 옷을 입고 사라져 버렸다는 것까지 남기지 않고 모두 이야기했다.

"그리고 떠나면서 제 어머니에게 '영원히 변하지 않는 사랑으로 괴로워지거든 와크 제도로 찾아오라'는 말을 남겼다고 합니다. 그래서 저는 이곳까지 제 사랑을 증명해 보이려 찾아왔습니다."

하산의 말을 끝까지 들은 여왕은 잠시 고민했다. 그리고 곧 마음이 움직였다.

"그대를 사랑하지 않았다면 그런 말을 남기고 떠날 리가 없을 테지. 더욱이 고국을 알려 주며 찾으러 오라 하다니 아마 여인도 그대를 사랑했으나 사연이 있었던 모양이구나."

여왕의 마음이 움직인 것을 느낀 샤와히가 여왕에게 말했다.

"자비하신 여왕님, 부디 이 젊은이의 소원을 들어주십시오."

여왕은 샤와히의 말을 듣고 섬 안에 있는 모든 여인을 불러 하산의 앞에서 갑옷과 베일을 벗도록 하여 하나하나 얼굴을 확인할 수 있도록 했다. 그러나 그 중 하산의 아내는 없었다. 실망한 하산이 고개를 떨구자 도리어 여왕이 버럭 화를 냈다.

"이런 고얀! 이 섬의 모든 여인을 보여 주었는데도 아내가 없다니! 어디서 그런 거짓으로 이곳에 들어온 죄를 모면하려고 하느냐! 당장 저 자를 가두어라!"

그때 샤와히가 나서 여왕에게 말하였다.

"여왕님, 감히 한 말씀 올리겠나이다. 이 젊은이는 진정으로 거짓이 없는 성품을 지녔습니다. 이 섬의 숫처녀들이 탐이 나서 거짓을 고할 젊은이가 아닙니다. 그러니 넓은 아량을 베푸시어 이 젊은이의 아내를 찾을 수 있도록 도와주십시오."

"이 몹쓸 늙은이 같으니라고! 이미 이 섬의 모든 여인들을 보여 주었는데 아내가 없다고 하지 않느냐!"

여왕은 분에 못 이겨 씩씩거리며 당장이라도 하산의 목을 칠 기세였다. 그러자 샤와히는 더욱 침착한 목소리로 말했다.

"아니지요. 아직 한 명의 여인이 남아 있습니다."

"남아 있다고? 누구지?"

"바로 여왕님이십니다."

샤와히의 말에 여왕은 잠시 멈칫했다. 여왕도 역시 이 섬에 살고 있는 여인 중의 하나였음은 분명한 사실이었다.

"이 섬에 살고 있는 모든 여인의 모습을 보았으나 단 한 분, 여왕님의 옥안만은 뵙지 못하였습니다. 여왕님, 넓으신 아량으로 이 젊은이의 소원을 들어 주십시오."

유모의 말을 들은 여왕은 하산을 다시 불렀다. 그리고 천천히 갑옷과 베일을 벗었다. 눈부신 미모의 얼굴이 드러나자 궁 안의 모든 사람들이 탄성을 질렀다. 그리고 하산은 그 자리에서 기절해 버리고 말았다.

샤와히는 장미수를 뿌리고 물도 먹이면서 하산을 깨웠다. 간신히 정신을 차린 하산은 다시 한 번 여왕의 얼굴을 보고는 또다시 기절해 버렸다. 그러기를 여러 차례. 드디어 마음이 진정된 하산이 말하였다.

"저 분이 바로 제 아내입니다."

하산의 말을 들은 여왕은 불같이 화를 내었다.

"저자가 미쳤나! 내가 자신의 아내라니! 목숨을 부지하고 싶지 않은 모양이군."

여왕의 말에 하산이 다시 물었다.

"아니십니까? 당신이 제 아내가 아니십니까?"

그러자 이번에는 샤와히가 하산을 말리며 말했다.

"무엄한 말을 삼가시오."

"아닙니다. 정말 제 아내의 모습입니다. 만약 여왕께서 제 아내가 아니라면 분명 여왕님과 꼭 닮은 쌍둥이일 것입니다."

하산이 무릎을 꿇은 채 엉엉 소리를 내어 울었다. 순간 무언가 생각이 난 듯 여왕이 부드러워진 목소리로 샤와히에게 말했다.

"유모, 그대는 저자를 데리고 집으로 데리고 가서 잘 돌봐주도록 해. 난 잠시 알아볼 것이 있으니 말이야."

샤와히가 하산을 집으로 데려다 놓고 다시 들어서니 여왕은 샤와히에게 군사를 내어 주며 큰 섬의 막내 공주에게 다녀오라고 하였다.

"아무래도 저자가 찾는 사람이 내가 아니라 막내인 듯해. 나와 쌍둥이처럼 닮은 자매는 그 애 뿐이니까. 가서 내가 만들어준 사슬 갑옷을 아이들에게 입혀서 데리고 오도록 해. 아이들을 먼저 데리고 오고 막내는 채비를 단단히 갖추고 뒤따라 오라고 하고. 만약 저자가 찾는 사람이 막내와 그애의 아들들이라면 난 안전하게 보내줄 생각이야."

샤와히는 여왕이 무슨 꿍꿍이를 가지고 자비로운 결심을 했는지 알지 못했지만 하산을 도울 수 있다는 생각이 앞서서 한달음에 막내 공주가 있는 큰 섬으로 달려갔다.

막내 공주는 큰언니인 여왕이 아들들과 함께 자신을 찾는다는 샤와히의 말에 기뻐하며 채비를 서둘렀다.

"공주님, 그런데 한 가지 아뢸 말씀이 있습니다. 여왕님께서는 두 아드님에게 사슬 갑옷을 입혀 먼저 데리고 오고, 공주님께서는 채비가 끝나는 대로 뒤따라 오시라고 하셨습니다."

샤와히의 말을 들은 막내 공주는 순간 얼굴이 새파랗게 질렸다. 문득 불길한 생각이 들어 온몸에 한기가 느껴졌던 것이다. 미나르 공주가 부들부들 떨면서 말했다.

"유모, 난 두려워. 내 아이들이 태어난 이후로 난 한시도 아이들을 떼어놓은 적이 없어. 그런데 어째서 큰언니는 나와 아이들을 따로 오라고 하시는 것이지? 너무 무섭고 불길해."

막내 공주는 넌지시 아이들을 먼저 떼어 놓을 수 없다는 뜻을 비쳤다. 하지만 여왕의 명을 받든 샤와히가 그것을 배려해 줄 수 있는 처지가 아니었다. 여왕의 명을 어기면 자신의 목숨과 더불어 하산의 목숨도 위험해질지 모르기 때문이었다.

"미나르 공주님, 너무 두려워하지 마세요. 큰 이모님이 조카들을 뵙고 싶어 하시는 것 뿐입니다. 괜스레 여왕님의 노여움을 사지 마시고, 천천히 준비를 마쳐 뒤따라 오십시오. 저는 이 길로 바로 아드님들을 모시고 여왕님께 가겠습니다."

내키지 않았지만 한 번 화가 나면 불같이 화를 내는 큰언니의 성정을 잘 알고 있었기에 두 아들을 먼저 보낼 수밖에 없었다. 샤와히는 여왕이 마련해 준 사슬 갑옷을 입혀 나시르와 만스르를 데리고 여왕에게 달려갔다.

여왕은 조카들을 보자 반가워하며 양팔로 꼭 안아주었다. 그리고 무릎에 앉히고는 하산을 불러 오라 명했다. 여왕은 하산이 거짓을 고했다고 확신하는 듯했다. 불길한 예감이 엄습한 샤와히가 조심스럽게 여왕에게 물었다.

"이제, 하산을 어찌하실 것입니까? 아이들과 고국으로 돌려보내 주시려고 하십니까?"

그러자 여왕이 버럭 화를 냈다.

"이 몹쓸 늙은이 같으니라고! 저 사내는 무단으로 이곳을 침입해 숫처녀들의 베일을 벗기고 알몸을 보았다. 게다가 그대는 그런 사내를 돕겠다며 나의 베일까지 벗겼단 말이지! 나는 저자가 진실을 말하고 있다고 생각하지 않아! 절대로! 그자는 사기꾼이 분명하다! 신께 맹세코 저자가 이 아이들의 아비가 아니라면 절대로 살려둘 수가 없어! 내 손으로 저자의 목숨을 거두고 말 것이야!"

샤와히는 여왕의 분노에 겁을 먹고 비틀거렸다. 하산의 목숨뿐만 아니라 자신의 목숨도 이제 끝이라고 생각했다. 시녀들의 도움으로 겨우 걸음을 옮긴 샤와히는 집으로 돌아와 하산을 데리고 궁으로 들어갔다. 여왕 앞에 나서기 직전 샤와히가 하산에게 말했다.

"어리석은 사람, 내가 뭐라 했소. 이제 당신과 나, 두 사람 다 죽음만 남았을 뿐이야. 신의 가호가 있기를……."

이윽고 하산이 여왕 앞에 나섰다. 그런데 이게 어찌된 일인가. 자신이 아들들이 여왕의 곁에서 재롱을 부리며 놀고 있는 것이 아닌가. 하산은 반가움과 기쁨, 그리고 놀라움에 비명을 지르고 정신을 잃었다. 하산의 비명 소리에 고개를 돌린 아이들이 아비를 알아보고 달려가 매달렸다.

"아버지!"

정신을 차린 하산은 두 아들을 꼭 끌어안고 기쁨의 눈물을 흘렸다. 하나하나 볼을 부비며 아이들을 품었다. 이를 본 샤와히와 주위를 둘러싸고 있던 시녀와 시종들 모두 눈물을 흘렸다.

그러나 여왕은 분노가 치밀어 참을 수가 없었다. 무단으로 이 섬에 들어온 낯선 사내를 죽여 자신들의 명예를 지키고자 했던 계획이 수포로 돌아가 버렸기 때문이다. 더욱이 저 낯선 사내가 사랑하는 조카들의 아비이자 막내의 남편이라는 사실을 참을 수가 없었다. 여왕은 하산에게 다가가 발로 차 넘어뜨린 후 아이들을 떼어 놓았다. 그러고는 소리를 질렀다.

"썩 꺼지거라! 당장 네 놈의 목을 베어도 시원치 않으나 목숨을 살려주겠다는 약조를 했기에 살려두는 것이다! 다시는 내 눈에 띄지 말거라! 그렇게 되면 너의 목숨 뿐 아니라 너를 이곳으로 끌어들인 자의 목숨까지 거둘 것이다!"

여왕은 명을 내려 하산을 궁전 밖으로 내동댕이쳤다. 아이들을 만난 기쁨도 잠시, 순식간에 밖으로 내쳐진 하산은 정신이 아득해졌다. 사랑하는 아내도 만나지 못하고 아이들을 두고 가야한다는 사실이 너무도 절망스러웠다.

한편 아이들을 먼저 여왕에게 보낸 미나르 공주는 이틀 뒤, 모든 채비를 마치고 출발을 준비하고 있었다. 때마침 아버지 대마왕이 찾는다는 전갈을 받고 부왕에게 달려갔다. 부왕은 미나르 공주를 반갑게 맞이하였다. 그러나 얼굴에는 수심이 가득하였다.

"간밤의 꿈이 너무도 사납구나. 점성가에게 물으니 네게 안 좋은 일이 생길 것 같다고 하는데 큰 애에게 가는 여행을 잠시 미뤘으면 좋겠구나."

그러나 아이들이 너무도 걱정된 미나르 공주는 한시도 지체할 수 없는 상태였다. 미나르 공주는 아버지 대마왕을 진정시키며 말했다.

"큰언니가 저를 위해 연회를 준비하고 계시다는데 어찌 그런 말씀을 하세요. 더 늦으면 큰언니가 섭섭하실지 모르니 빨리 다녀오도록 할게요."

공주는 부왕을 설득한 뒤 서둘러 여왕의 섬으로 달려갔다. 여왕의 궁에 들어서자 여왕의 곁에 있는 두 아들이 보였다. 아이들도 어미를 보자 한달음에 달려 나와 매달렸다.

"어머니! 아버지가!"

아이들의 입에서 '아버지'라는 말이 나오자 미나르 공주는 깜짝 놀랐다.

"아버지? 아버지가 어떻다는 말이냐?"

아이들은 이구동성으로 하산을 만났던 이야기를 하며 하산이

성 밖으로 내쫓겼다는 말을 전했다. 공주는 아이들을 품에 안고 눈물을 흘리며 말했다.

"나 자신만이 아니라 너희들까지 이토록 아프게 만들었으니 모두 나의 큰 죄구나. 어찌하누."

막내 동생의 혼잣말을 들은 여왕은 천천히 몸을 일으켰다. 얼굴은 분노로 이글거렸다.

"정녕 이 아이들을 그 사내와 사통하여 낳았단 말이냐? 정식으로 혼인도 하지 않고, 사내와 음탕한 짓을 하였단 말이냐?"

여왕은 공주에게 해명할 기회도 주지 않았다. 그리고 사람을 시켜 미나르 공주의 손발을 묶고 높이 매달아 매질을 했다. 쉼 없이 이어지는 매질에 미나르 공주는 정신을 잃었다.

여왕은 그 길로 부왕에게 편지를 써 미나르 공주의 일을 알렸다. 가장 아꼈던 막내 공주의 행동에 배신감을 느낀 대마왕은 미나르 공주의 처분을 큰딸인 여왕에게 일임했다. 여왕은 더욱 무거운 형벌로 미나르 공주를 벌했다. 높은 사다리에 매달아 놓고 채찍질을 했다. 미나르 공주는 자신의 잘못된 행동으로 이 모든 일이 벌어졌다고 생각하니 스스로가 한심하고 미웠다.

'내가 서방님의 사랑을 너무 가볍게 여긴 벌이야.'

가슴을 치며 후회하고, 뜨거운 눈물을 폭포처럼 흘렸지만 돌이킬 수 없는 일이었다.

여왕은 음탕한 사통으로 가문의 명예를 더럽힌 미나르 공주를 도저히 용서할 수가 없었다. 미나르 공주에게 더욱 강한 형벌이 내려졌고, 고통을 이기지 못한 미나르 공주가 여왕에게 외쳤다.

"전 음탕한 사통을 한 것이 아니에요. 그 분과 정식으로 혼인을 한 아내입니다!"

그러나 이미 분노에 빠진 여왕의 귀에는 어떤 말도 들리지 않았다.

한편 여왕에게 쫓겨난 하산은 어디로 어떻게 가는지도 모른 채 정처 없이 걸었다. 그러다 우연히 다투고 있는 두 아이를 만났다. 두 아이는 두건과 지팡이를 가지고 서로 갖겠다며 다투고 있었다. 자초지종을 물으니 아이들이 대답했다.

"이 물건들은 마술사인 아버지가 오랜 시간 연구한 끝에 완성한 물건입니다. 돌아가시면서 저희들에게 남겨 주셨는데 각자 어떤 것을 가져야 할지 몰라서 이러고 있습니다."

이렇게 말하며 아이들은 두건과 지팡이의 놀라운 능력을 이야기해 주었다. 두건을 쓰면 엄청난 힘과 권능이 생겨 마신의 일곱 부족을 모두 다스릴 수 있는 신통력이 생기고, 지팡이를 두들기면 마왕과 마신이 나타나 주인의 명을 받든다는 것이었다. 하산은 이 두 물건만 손에 넣을 수 있다면 아내와 아이들을 구해 집으로 돌아갈 수 있을 것 같다는 확신이 들었다.

"내가 너희들이 이 물건을 나눌 수 있도록 도와주겠다. 이 돌을 멀리 던질 터이니 먼저 가지고 온 사람이 지팡이를 갖고, 늦게 온 사람이 두건을 갖는 것이다. 알겠지?"

하산의 말에 고개를 끄덕인 두 아이들은 하산이 두 개의 돌을 양방향으로 힘껏 던지자 돌을 주워오기 위해 멀리까지 달려갔다. 아이들이 달려간 사이 하산은 두건을 쓰고 몸을 숨겼다. 두건이 가진 신통력으로 투명인간이 된 것이었다. 돌을 찾아 돌아온 아이들은 마법 두건과 지팡이를 잘 지키라는 아버지의 유언을 떠올리며 자신들의 어리석은 다툼을 땅을 치며 후회했다.

하산은 두건을 쓴 채로 다시 도성으로 들어섰다. 그러나 투명인간이 된 하산을 알아채는 사람은 아무도 없었다. 하산은 샤와히의 집으로 갔다. 하산이 두건을 벗고 모습을 드러내자 샤와히가 깜짝 놀랐다.

"아니, 여기가 어디라고 다시 돌아왔는가? 어서 몸을 피하게! 발각되면 자네나 나나 목숨을 지키기 어려워."

샤와히는 미나르 공주가 겪고 있는 고초에 대해서 이야기해 주었다. 하산은 가슴이 찢어질 듯 고통스러웠다. 어서 빨리 아내를 구해야겠다는 생각 말고는 어떤 것도 생각할 겨를이 없었다. 하산은 샤와히에게 두건과 지팡이를 보여 주었다. 샤와히의 눈이 커졌다.

"이게 어디서 났는가?"

낯빛이 밝아진 샤와히가 들뜬 목소리로 말했다.

"이것들만 있으면 자네와 나의 목숨도 구하고, 처자식과 함께 고향으로 돌아갈 수 있을 거야. 이 두건과 지팡이를 만든 사람은 실은 내 스승이라네. 대단한 마술사셨지. 그런데 대체 이것들이 어떻게 자네의 손에 있나?"

하산은 아이들을 만나 두건과 지팡이를 손에 넣게 된 경위를 설명해 주었다. 샤와히는 하산이 아이들과 아내를 구할 수 있는 방법을 일러 주었다.

"이제 나도 여왕을 섬기고 싶은 마음이 사라졌어. 자비심이라고는 눈곱만치도 찾아볼 수가 없거든. 이 두건을 쓰고 여왕의 궁으로 가서 아내와 아이들을 찾게. 처자식을 찾거든 지팡이를 탁탁 두드리게. 그러면 마족의 두목과 노예들이 나올게야. 그들에게 맡기면 알아서 처리할 테니 자네는 처자식을 데리고 나오면 된다네."

하산은 샤와히가 일러준 대로 두건을 쓰고 여왕의 궁으로 들어갔다. 궁에 들어서니 아이들은 여왕의 발치에 잠이 들어 있고 아내는 심한 매질을 당한 채 높은 사다리에 매달려 고통스러워하고 있었다. 하산이 잠시 두건을 벗자 때마침 눈을 뜬 아이들이 '아버지!' 하고 불렀다. 아이들의 목소리에 잠시 눈을 뜬 미나르 공주가 주위를 둘러보았으나 하산은 보이지 않았다. 아이들이 꿈을 꾼 것이라고 생각한 미나르 공주는 서글픈 눈물을 쏟았다. 잠시 뒤 다시 두건을 벗자 아이들이 또다시 하산을 알아보았다. 미나르 공주는 자신의 잘못으로 아이들에게 너무도 큰 상처를 준 것 같아 가슴이 미어졌다. 더는 모습을 숨기고 있을 수 없었던 하산이 두건을 벗고 공주 앞에 모습을 드러냈다. 미나르 공주는 눈이 휘둥그레졌다.

"아니, 어떻게 여길……."

"당신을 구하고, 아이들을 구해 고향으로 돌아가려고 왔소."

미나르 공주는 하산의 사랑에 감동하여 눈물을 흘리면서도 가혹한 현실에 고통스러웠다. 그리고 체념한 목소리로 말했다.

"어서 여길 빠져나가세요. 곧 언니가 올 거예요. 이 모든 것은 저의 과오이니 전 벌을 받아 마땅해요. 그러니 서방님만이라도 목숨을 지키세요. 어서요!"

"당신과 함께 빠져나갈 수 없다면 난 이곳에서 한 발자국도 움직일 수 없소."

하산은 고개를 저으며 그 자리에 굳은 듯 서 있었다.

때마침 여왕이 안으로 들어섰다. 그러나 하산은 재빨리 두건을 쓰고 여왕의 눈을 피했다. 여왕은 다시 한 번 미나르 공주를 사정없이 때렸다. 공주는 극심한 고통에 정신을 잃었다. 눈을 뜨고 보기 힘든 아내의 처참한 모습에 하산은 소리 죽여 울었다. 공주가 기절한 것을 확인한 여왕이 다시 나가자 하산이 두건을 벗고 공주를 흔들었다. 눈을 뜬 공주가 하산에게 말했다.

"이 모든 게 저의 잘못이에요. 당신의 말을 거역하고 집 밖으로 나와 모든 일이 이렇게 어긋나 버렸어요. 아이들에게도 당신에게도 너무 큰 죄를 지었어요. 만약 신께서 우리를 도와 다시 함께 할 수 있게 된다면 당신의 뜻을 받드는 정숙한 아내가 되겠어요."

　진심으로 용서를 구하는 아내의 모습에 하산은 감동했다. 그리고 그의 사랑과 고생이 헛되지 않았다는 생각에 가슴이 벅찼다. 하산은 극심한 고통을 겪고 있는 아내를 위로했다.

　"아니오. 잘못은 나에게 있소. 당신의 깃털 옷을 숨기고 당신과 아이들을 내버려둔 채 떠나온 내 죄가 크오. 아름답고 사랑하는 나의 아내. 반드시 당신을 구해 아이들과 함께 고국으로 돌아갈 것이오."

　공주는 하산에게 어서 이곳을 떠나라고 말했으나 하산은 두건을 쓴 채 공주의 눈앞에서 사라졌다.

　이윽고 밤이 되었다. 경비가 허술해진 틈을 타 하산은 두건을 벗고 조심스레 공주의 결박을 풀어 주었다. 그리고 가슴 깊이 아내를 안아 주었다. 하산과 공주는 아이들을 하나씩 나누어 안고 궁전 밖으로 조심스럽게 빠져나왔다. 그러나 궁의 마지막 문 앞에서 이들은 좌절하고 말았다. 문에 자물쇠가 채워져 있는 것이 아닌가. 발을 동동 구르고 있을 때 문 바깥쪽에서 낯익은 목소리가 들려왔다.

　"공주님 저도 함께 데려가 주세요. 그렇지 않으시면 이 문을 열어드리지 않겠습니다."

유모 샤와히의 목소리였다. 두 사람은 안도의 한숨을 내쉬었다. 공주가 신을 걸고 맹세하자 문이 열렸다. 샤와히의 안내로 하산과 미나르 공주, 그리고 아이들은 무사히 도성 밖으로 빠져나올 수 있었다. 그제야 안심한 하산은 지팡이를 탁탁 두드려 마족의 두목과 노예들을 불렀다. 잠시 후 땅이 두 조각으로 갈라지는 것처럼 흔들리더니 일곱 명의 마신들이 나타났다. 두 다리를 땅속에 박고 서 있는 마신들은 머리가 하늘을 닿을 듯 엄청나게 큰 덩치를 가지고 있었다. 그들은 하산 앞에 세 번 엎드려 절한 다음 한 목소리로 말했다.

"무엇이든 분부만 내리십시오! 주인님의 뜻을 받들겠습니다!"

하산은 놀라움을 금치 못하면서도 기뻐하며 말했다.

"나와 나의 아내, 아이들, 그리고 샤와히를 바그다드까지 데려다 다오!"

마신들은 서둘러 말을 준비하고 안장을 올렸다. 그리고 하산 일행을 안장에 오를 수 있도록 해주었다.

"여기서 바그다드까지는 7년이 걸리는 거리입니다."

하산은 깜짝 놀라며 반문했다.

"7년이라고? 그런데 어떻게 나는 1년도 채 걸리지 않은 것이지?"

"그것은 신께서 주인님을 특별히 귀애하셨기 때문입니다. 압드 알 카투스 노인이 코끼리와 준마에 태우고 3년이 걸릴 길을 열흘 만에 달렸고, 다나슈가 3년 걸릴 길을 하룻밤 만에 날았습니다. 이는 모두 아브 알 루와이슈 노인이 가진 지혜 덕분이었습니다. 게다가 일곱 공주의 구름산에서 바그다드까지는 1년이 걸리는 거리이기 때문에 모두 7년이 걸리는 셈입니다."

하산이 다시 물었다.

"그럼, 이번에는 이곳을 빠져 나가는데 7년이 걸린단 말인가?"

"꼭 그런 것은 아닙니다. 저희 마신들의 말로 달리면 1년이면 갈 수 있습니다. 그렇지만, 그 1년 안에 이 와크 제도를 무사히 빠져나갈 수 있을지는 미지수입니다."

와크 제도를 다스리는 대마왕은 마왕의 모든 부족을 다스리는 마왕 중의 마왕이었다. 그를 거역하고 하산과 공주, 아이들 그리고 공주의 유모까지 와크 제도에서 도망가게 도와주는 것이 마신들로써는 내키지 않은 일이었다. 그러나 지팡이를 가진 사람은 마신 부족의 생사를 마음대로 할 수 있는 권한이 있었으므로 어쩔 수 없이 하산의 말에 복종해야 했다. 막 출발하려는 찰나 와크 제도를 떠나는 마신 하나를 우연히 만나게 되었다.

"저는 와크 제도의 첫 번째 섬에 사는 마신입니다. 신께 귀의하고 이 와크 제도를 떠나려던 참인데 당신의 소문을 듣게 되었습니다. 제가 당신의 길잡이를 해드릴까 합니다. 그러나 저는 밤에만 모습을 드러낼 수 있으니 놀라지 마십시오."

하산은 때마침 만난 마신을 반기며 그에게 길잡이 역할을 맡겼다. 그렇게 하산의 일행은 가벼운 마음으로 와크 제도를 벗어나기 위한 첫걸음을 내딛었다.

바그다드로 향하는 여행길에 오른 지 꼬박 한 달이 되었다. 그때! 저 앞에서 먼지가 피어오르더니, 여왕을 선두로 한 와크 제도의 군사들이 구름떼처럼 몰려 오고 있었다. 하산이 지팡이로 땅을 탁탁 두드리자 일곱 마왕이 나타났다. 마왕들은 하산에게 엎드려 절한 다음 말했다.

"주인님께서는 어서 가족을 데리고 산꼭대기로 피하십시오. 저들은 저희가 맡겠습니다. 신께서도 저희를 도우실 것입니다."

마왕들은 각기 군사를 이끌고 와크 제도의 군사들과 맞서서 싸웠다. 맹렬한 전투는 사흘 넘게 계속되었다. 그리고 나흘째 되는 날 아침, 마왕에 의해 생포된 여왕이 하산 앞에 끌려왔다. 하산은 모든 포로들을 죽이라고 마왕들에게 명령했다. 그러자 미나르 공주가 울음을 터뜨렸다. 큰언니의 비참하고 안타까운 모습을 차마 볼 수 없었던 것이다.

미나르 공주는 눈물을 삼키며 말했다.

"언니! 서방님이야 말로 정말 대단하신 분 아닌가요? 용맹하기 그지없는 와크 제도의 군사들을 섬멸하고, 언니까지 이리 붙잡고 있으니……. 대마왕의 딸인 제 남편으로 손색이 없지 않나요?"

미나르 공주의 말에 여왕 역시 고개를 끄덕이며 대답했다.

"그래, 정말 놀라운 일이야. 이 와크 제도의 모든 군사를 섬멸하다니. 산 사람으로 이곳에 들어온 것만으로도 놀라운 일인데 말이야."

미나르 공주는 이 모든 조화에 대해 여왕에게 설명했다.

"이 두건과 지팡이가 없었다면 신이 내린 힘을 온전히 행하지 못했을지도 모르지요. 또한 이곳에 들어올 수도, 군대를 막을 수도 없었을 것이에요."

미나르 공주의 설명에 비로소 여왕은 하산이 신의 가호를 한 몸에 받고 있는 사람임을 깨달았다. 그제서야 여왕은 진심으로 미나르 공주와 하산에게 고개를 숙여 사과하고, 자신의 잘못에 대한 용서를 구했다.

"서방님, 언니를 살려주세요."

미나르 공주는 하산에게 애원했다. 자신을 힘들게 했지만 평생을 함께 한 자매이자 가장 믿음직스러운 큰언니였기 때문이었다. 그러나 하산은 여왕이 아내에게 행했던 독한 형벌들을 생각하면 분노가 일어 도저히 용서를 할 수가 없었다. 그러나 미나르 공주가 따뜻한 목소리로 말했다.

"적어도 서방님께만은 관대했잖아요."

"하지만……."

"언니는 제가 아버님의 명예를 더럽혔다고 생각하고 가문의 명예를 위해 그리 한 것이니 서방님께서 넓은 아량을 베풀어 이해해 주세요."

미나르 공주의 설득에 하산의 마음이 풀렸다. 그리하여 하산은 여왕의 결박을 풀어 주고 다시 와크 제도의 통치권을 행할 수 있도록 해주었다.

샤와히와 여왕 역시 서로의 마음에 쌓였던 앙금을 모두 털어내었다. 여왕은 자신이 샤와히에게 너무 모질게 굴었다는 것을 인정하고 진심으로 사과했고, 샤와히의 마음의 앙금은 눈 녹 듯 사라졌다. 샤와히는 여왕과 함께 와크 제도에 남기로 결정했다.

그렇게 하산과 미나르 공주, 여왕과 샤와히 사이에 벽처럼 높게 쌓여 있던 오해와 반목들이 눈 녹 듯 사라졌다. 하산의 가족은 고향으로 돌아가기로 결정하고 여왕과 샤와히에게 작별을 고했다.

하산은 자신을 와크 제도의 해안에 내리도록 도와준 핫슨 왕을 찾아갔다. 하산이 살아서 돌아온 것을 본 핫슨 왕은 눈이 휘둥그레지며 반겼다.

"이제껏 살아서 들어간 사람도 또 돌아온 사람도 없었는데 자네는 진정 대단한 사람이구만!"

핫슨 왕은 하산의 능력과 신의 가호를 칭송하며 극진하게 대접했다. 그곳에서 사흘을 머문 뒤 하산 일행은 다시 여행길에 올랐다. 다시 두 달이라는 시간이 걸려 한 동굴 앞에 도착했다. 바로 루와이슈 노인이 있는 그 동굴이었다. 하산을 다시 만난 루와이슈 노인은 그간의 이야기를 듣고 크게 놀랐다.

"그래, 그대의 아내와 자식들을 구했는가?"

"네, 도와주신 덕분에 사랑하는 아내와 자식들을 안전하게 데리고 돌아올 수 있었습니다. 그리고 이것……."

하산이 두건과 지팡이를 루와이슈 노인에게 보여 주자 노인은 크게 놀라며 감탄했다. 때마침 노인을 찾아왔던 일곱 공주의 숙부와도 조우했다. 하산은 숙부에게도 지난 일을 모두 털어놓고 두건과 지팡이를 보여 주었다.

숙부는 두건과 지팡이에 깊은 관심을 보였다.

"그대는 이제 소원하는 것을 이루었으니 그 두건과 지팡이가 필요 없을 것 아닌가. 지팡이는 내게 주고, 두건은 내 스승에게 드렸으면 하네."

하산은 난처해하며 잠시 망설였다. 그러나 이 두 사람의 도움이 없었더라면 아내를 다시 만날 수도, 자식들을 데리고 돌아올 수도 없었을 것이라고 생각하자 모든 고민이 사라졌다. 하산은 밝게 웃으며 두 가지 물건을 그들 앞에 내어 놓았다.

"두 분께 이 물건들을 보답의 선물로 드리겠습니다."

숙부와 루와이슈 노인은 매우 기뻐하며 물건들을 받았다.

"그런데 만약 대마왕의 군대가 저와 아내를 잡으러 바그다드로 쳐들어오면 어쩌지요? 그 물건들이 없으면 막아낼 수 없을 텐데……."

"그건 걱정 말게. 우리는 늘 자네를 도울 것이고, 지켜줄 테니 말이야."

숙부의 말에 하산은 잠시나마 두건과 지팡이를 선물하는 것에 대해 망설였던 자신이 부끄러워졌다. 그렇게 하여 두건은 루와이슈 노인에게 선물하고, 지팡이는 일행이 무사히 고국에 도착하면 숙부에게 넘기기로 하고 길을 나섰다. 길을 떠나는 하산의 일행에게 루와이슈 노인과 숙부는 진귀한 보물과 선물들을 정성껏 마련해 주었다.

 눈 깜짝 할 새에 멀리서 낯익은 풍경이 보였다. 일곱 공주의 구름산 궁전에 도착한 것이었다. 공주들은 하산을 끌어안고 반가움과 기쁨의 눈물을 흘렸다. 특히 막내 공주는 오래도록 하산의 품에 안겨 눈물을 흘렸다.

 "내 누이. 나는 너의 따뜻한 심성과 도움을 결코 잊지 못할 것이야. 나 역시 언제든 네게 그런 오라비가 될 터이니 나를 의지하려무나."

 하산은 눈물이 그렁그렁한 누이의 두 손을 꼭 잡고 약속했다. 막내 공주는 미나르 공주와 아이들도 차례로 꼭 안아주며 기쁨의 눈물을 흘렸다. 그리고 미나르 공주를 바라보며 뾰로통한 표정으로 말했다.

 "이토록 자신을 사랑하는 남편을 버리다니 어떻게 그러실 수가 있어요?"

그러자 미나르 공주는 의미심장한 말로 대답을 대신했다.

"신께서 그리 작정하셨던 것이랍니다. 남을 속인 자는 신께 그와 꼭 같은 벌을 받는 법이니까요."

하산의 가족이 다시 바그다드의 집으로 떠나기에 앞서 하산은 숙부에게 지팡이를 건넸다. 숙부는 매우 기뻐하면서 자신의 코끼리를 타고 고향으로 돌아갔다. 구름산 궁전을 떠나기 전 하산은 일곱 공주와 일일이 작별 인사를 나누었다. 헤어짐을 아쉬워하는 눈물이었지만 모두들 기쁜 마음으로 작별을 고했다.

와크 제도를 떠난 지 두 달하고도 열흘이 되던 날, 하산의 가족은 바그다드에 도착하였다. 집으로 한달음에 달려간 하산은 문 밖에 서서 '어머니!' 하고 불렀다.

며느리를 지키지 못하고, 아들마저 며느리와 손자를 찾으러 떠나 소식을 들을 수 없었던 어머니는 자책감에 먹지도 자지도 못하다가 병을 얻어 자리에 눕고 말았다. 그런데 갑자기 아들의 목소리가 문 밖에서 들리는 것이 아닌가. 꿈을 꾸고 있다고 생각한 어머니는 영원히 깨어나지 않기를 빌었다. 그때 다시 문밖에서 아들의 목소리가 들렸다.

"어머니! 하산이 돌아왔습니다!"

어디에 그런 힘이 남아 있었는지 어머니는 몸을 일으켜 문밖으로 뛰어나갔다. 그런데 그곳에 사랑하는 아들 하산과 아름다운 며느리, 눈에 넣어도 아프지 않을 손자들이 서 있는 것이 아닌가! 너무 기쁜 나머지 어머니는 정신을 잃고 쓰러져 버렸다.

겨우 정신을 차린 어머니는 하산의 얼굴을 직접 만져 보고 나서야 꿈이 아니라는 것을 실감했다.

"너희들이 모두 죽은 줄 알았다."

"앞으로는 절대로 떨어지지 않을 것입니다. 어머니."

하산은 어머니를 부둥켜안고 눈물을 흘렸다. 미나르 공주도 자신의 잘못을 빌며 용서를 구했다. 어머니는 아무 말 없이 며느리의 손을 꼭 잡아 주는 것으로 용서의 말을 대신했다. 손자들도 다시 만난 할머니의 품에 안기며 재롱을 피웠다.

실로 오랜만에 온 가족이 모여 하산의 엄청난 모험담에 귀 기울이고 함께 먹을 것을 나누며 따뜻한 시간을 보냈다.

그렇게 하산은 어머니를 모시고, 두 아들의 커 가는 모습을 보며 죽는 날까지 행복하게 살았다. 목숨을 걸고 지켜 낸 사랑하는 아내 미나르 공주와 함께.

Neverending story
Arabian nights

신들이 맺어준 신비로운 사랑
자만 왕자와 브두르 공주 이야기

 페르시아 국경에 있는 하리단 군도의 통치자 샤리만 왕은 네 명의 왕비와 헤아릴 수 없이 많은 궁녀를 거느리고 있었다. 그러나 많은 나이에도 불구하고 왕자를 얻지 못해 근심이 깊었다. 매일같이 정성을 다하여 기도를 올리고 온갖 귀한 예물을 바치기를 여러 해. 드디어 첫 번째 왕비가 수태하여 아들을 낳았다.

 왕은 이 귀한 아들의 이름을 카마르 알 자만이라고 짓고 아낌없는 사랑을 주며 애지중지 키웠다. 왕의 사랑을 한 몸에 받으며 무럭무럭 자란 자만 왕자는 어느덧 열다섯 살이 되었다.

 어느 날 샤리만 왕은 자만 왕자를 불렀다. 왕자는 잘 자란 왕손답게 정중하면서도 품위있는 태도로 아버지 앞에 나섰다.

 "아들아, 너도 알고 있듯이 내가 나이가 많아 언제 이 세상과 이별을 고할지 모른다. 내가 살아 있는 동안 네가 배필을 만나 가정을 꾸리고 행복하게 사는 모습을 보고 싶구나."

 "결혼이라니요! 아바마마, 저는 결혼할 생각이 털끝만치도 없습니다!"

샤리만 왕의 바람과는 달리 자만 왕자는 결혼에 대한 생각도 계획도 없는 듯하였다. 부왕은 섭섭하고 안타까웠지만 내색하지 않으며 다음 해가 되기를 기다렸다. 그리고 꼭 1년 뒤 다시 한 번 자만 왕자를 불러 결혼하기를 권했다. 그러나 이번에도 왕자는 펄쩍 뛰며 그럴 수 없다고 말했다. 왕자의 결혼에 대한 부정적인 태도에 걱정이 된 샤리만 왕은 대신에게 이 문제를 의논하였다.

"폐하께서 이 문제에 대해 왕자님을 따로 불러 의논하지 마시고, 태수들과 고관대작들이 있는 어전으로 왕자님을 불러 공론화하십시오. 왕자님께서도 많은 신하들 앞에서는 폐하의 명예와 체면을 생각하여 섣불리 거절하지는 못하실 것입니다."

대신의 말에 샤리만 왕은 고개를 끄덕였다. 그리고 또다시 1년의 시간을 보냈다. 어느덧 스무 살에 다다른 자만 왕자의 용모는 날이 갈수록 수려해지고 총기가 별처럼 빛났다.

온 나라의 축제일. 어전에는 태수와 대신, 귀족들과 문무백관들이 한 사람도 빠지지 않고 자리를 채웠다. 수많은 신하들이 둘러싼 가운데 샤리만 왕은 자만 왕자를 불렀다. 그리고 그들 앞에서 왕은 왕자에게 결혼을 명령하였다. 그러나 자만 왕자는 넘치는 자신감으로 부왕을 똑바로 쳐다보며 말했다.

"온 세상이 바뀌고 여기 계신 모든 분들이 사라지신다고 해도 절대로! 결혼은 하지 않을 것입니다!"

자만 왕자가 단호하게 말했다. 이 순간 부왕의 권위는 땅에 떨어지고 체통은 사라졌다. 샤리만 왕의 얼굴은 참을 수 없는 분노로 일그러졌다. 왕은 겨우 마음을 진정시킨 뒤 호위병들을 불러 자만 왕자를 결박하도록 하였다. 그리고 왕의 권위에 도전한 죄를 물어 궁전 끄트머리에 있는 첨탑에 가두어 두라고 명령하였다.

외진 곳에 자리하고 있는 첨탑은 악명 높은 곳이었다. 혼자 지내기에는 몸서리쳐질 정도로 커다란 홀이 있고, 그 안에는 역시 섬뜩하고 황폐한 우물이 하나 있었다. 왕은 이곳에 왕자를 가두었다. 홀로 남은 왕자는 극심한 고독과 외로움으로 어쩔 줄 몰랐다. 우물을 들여다보기도 하고 홀 안을 둘러보기도 하였지만 혼자라는 외로움을 지울 수는 없었다.

'내가 아바마마께 너무 버릇없이 행동했구나. 차분하게 설득했어도 들어 주실 수 있는 성정의 아바마마인데, 그렇게 많은 대신들 앞에서 망신을 당하셨으니 얼마나 창피하고 부끄러우셨을

까. 너무 경솔했다.'

자만 왕자는 자신의 치기 어린 행동을 후회했다. 왕자는 애써 잠을 청했지만 뒤늦은 후회들로 깊이 잠들지 못하고 뒤척였다. 샤리만 왕 역시 하나 밖에 없는 귀한 아들을 첨탑에 가두라고 명령은 했으나 마음이 편하지 않아 잠을 이루지 못하고 있었다.

한편 자만 왕자가 갇혀 있는 첨탑의 우물 속에는 하느님의 명령을 거역하고 신께 버림받은 마신 이브리스의 후예인 마녀신 마이무나가 살고 있었다. 마이무나는 밤이 되어 천사들의 이야기를 엿듣기 위해 하늘로 오르던 중 첨탑 꼭대기에서 새어나오는 불빛을 발견하고 다가갔다. 그리고 그곳에서 별보다 더 빛나게 아름다운 청년, 자만 왕자를 보게 되었다. 왕자의 아름다운 용모에 넋을 잃은 마이무나는 그 자리에 못 박힌 듯 선 채로 한참을 들여다보았다. 잠시 뒤 정신을 차린 마이무나는 스스로 다짐했다.

'이 아름다운 청년에게는 어떠한 마법도 행하지 않겠다. 세상의 누구도 이 청년을 해할 수 없도록 지켜줄 것이다. 또한 어떠한 재앙에서도 구해낼 것이다!'

마이무나는 자만 왕자의 이마에 살짝 입을 맞추고는 다시 하늘로 올랐다. 한참을 하늘을 날던 마이무나는 또 다른 마신 다낫

쉬를 만났다. 다낫쉬는 마이무나에 비해 힘이 약한 마신으로 마이무나를 발견하자 모르는 척 지나치려 했다. 그러나 마이무나는 이를 놓치지 않고 재빨리 다낫쉬에게 다가갔다.

"이 밤에 어딜 다녀오는 거지?"

다낫쉬는 두려움에 질린 얼굴로 고분고분 대답하였다.

"중국 내해의 어느 섬에 다녀오는 길입니다. 그곳은 여러 섬과 바다, 일곱 개의 궁전을 다스리는 가유르 왕의 영토인데 그곳에서 저는 별보다 빛나고 꽃보다 아름다운 한 여인을 보았습니다. 그녀는 가유르 왕의 딸인 브두르 공주였습니다. 저는 그토록 아름다운 미모를 지닌 여인을 여태껏 보지 못했습니다."

다낫쉬는 브두르 공주의 미모를 침이 마르도록 칭찬했다.

"그런데 안타깝게도 브두르 공주는 별채의 한 방에 감금되어 있습니다."

다낫쉬의 말에 의하면 가유르 왕은 브루드 공주만을 위해 일곱 개의 궁전을 지어줄 정도로 딸을 애지중지했다. 게다가 브두르 공주의 빼어난 미모 때문에 여기저기서 청혼이 끊이지 않았다. 그러나 공주는 그때마다 펄쩍 뛰며 결혼을 하지 않겠다고 했다. 오히려 혼담이 계속해서 들어 온다면 아예 스스로 목숨을 끊어 버리겠다고 부왕을 협박까지 했다. 가유르 왕은 여간 난처한 것이 아니었다. 주변국들과의 관계뿐만 아니라 계속되는 외동딸의 결혼 거부도 걱정이었다. 그래서 궁여지책으로 브두르 공주를 별채의 한 방에 가두어 두었다. 그러고는 백성들에게는 공주가 계속해서 결혼을 거부하여 왕의 노여움을 산 것처럼 이야기를 꾸미고, 나라 밖으로는 공주가 귀신에 들려 미쳤다고 소문을 냈다. 공주가 별채에 감금된 지도 1년이 흘렀다.

마신 다낫쉬는 브두르 공주의 방에 매일 밤 찾아가 공주를 위로하기도 하고 또 잠이 들면 이마에 입을 맞추기도 하였다. 다낫쉬는 브두르 공주의 이야기를 하며 마이무나에게 공주를 보러 가자고 졸랐다. 그러나 마이무나는 꿈쩍도 하지 않았다.

"쳇! 뭘 모르는 모양인데 그 정도는 아무것도 아니야. 내가 지금 막 보고 온 청년은 정말 세상 그 누구보다 아름다운 미모를 가지고 있어."

그렇게 마이무나와 다낫쉬의 언쟁이 시작되었다. 서로 자신들이 보고 온 공주와 왕자가 더욱 아름다운 미모를 지녔다고 주장했기 때문이다. 결국 둘은 직접 두 사람 모두의 얼굴을 본 이후에 결정하기로 내기를 했다.

먼저 가까운 곳에 있는 자만 왕자를 찾아가 보기로 했다. 자만 왕자를 본 다낫쉬는 그의 빛나는 용모에 넋을 잃었다.

"그러지만 마이무나 님, 한 가지 염두에 두어야 할 것이 있습니다. 남자와 여자는 그 용모의 생김이 조금 다르다는 것이지요. 물론 왕자는 브두르 공주와 비할 수 없이 아름답지만 누가 더 아름답다고 판단하기 힘듭니다."

다낫쉬의 말에 마이무나는 화가 나서 참을 수가 없었다.

"그렇다면 어서 날아가서 그 공주를 데리고 와 보아라! 잠이 든 두 사람을 나란히 놓고 비교해 보아야겠다!"

다낫쉬는 그 길로 날아올라 단숨에 브두르 공주를 데리고 왔다. 그리고 자만 왕자의 곁에 눕혀 놓았다. 두 사람의 모습은 눈이 부실 정도로 아름다웠다. 아무리 단단한 마음을 가진 사람이라고 해도 넋을 잃고 차가운 가슴을 지닌 사람도 반할 만큼 아름다운 미모였다. 우열을 가릴 수가 없는 두 사람의 미모에 마이무나와 다낫쉬의 언쟁은 밤이 늦도록 끝나지 않았다. 이제는 어느 쪽이든 판결을 내려야 할 필요가 있었다. 다낫쉬는 마신 카슈카슈를 생각해 냈다.

"이렇게 우리 둘이서 언쟁을 계속해 보아야 끝이 나지 않을 것 같습니다. 카슈카슈 님께 판결을 부탁하는 것이 어떨지요."

다낫쉬의 말에 마이무나도 동의했고, 곧 마신 카슈카슈가 도착했다. 그러나 마신 카슈카슈도 선뜻 판결을 내리지 못하였다. 한참을 고민하던 카슈카슈가 마이무나와 다낫쉬에게 말했다.

"아무래도 우리가 비교해 보는 것만으로는 판결을 내리지 못할 것 같소. 더군다나 남자와 여자로 그 생김이 달라 더욱 우열을 가리기가 힘이 드니 이렇게 합시다. 두 사람을 한 명씩 깨워서 서로의 얼굴을 보게 하고, 먼저 반하는 쪽이 지는 것으로 말입니다."

카슈카슈의 제안에 마이무나와 다낫쉬 모두 흔쾌히 동의했다. 둘 다 자신들이 선택한 젊은이들의 용모에 자신이 있었기 때문이다.

먼저 자만 왕자를 깨우기로 결정하고 다낫쉬는 벼룩으로 변신하여 자만 왕자를 깨물었다. 곧 잠에서 깨어난 자만 왕자는 곁에 누워 깊이 잠들어 있는 아름다운 여인을 보고 깜짝 놀랐다. 자세히 보니 두 볼은 장미보다 더 붉게 빛났고, 피부는 아기 살결처럼 부드러웠다. 아름다운 여인의 모습에 몸 안의 모든 세포가 꿈틀대는 것 같았다. 자만 왕자는 여인을 흔들어 깨우려 했지만 마술에 걸려 잠이 들어 있는 브두르 공주는 아무리 흔들어도 깨어나지 않았다.

문득 자만 왕자는 부왕이 지난 3년 동안 채근했던 혼담이 떠올랐다.

'만약 아바마마께서 지난 3년 동안 성사시키려고 했던 결혼이 이 여인과의 혼인이라면 내일 아침 날이 밝는 대로 당장 달려가 결혼하겠다고 말씀을 드려야겠다.'

자만 왕자는 눈앞에 있는 이 아름다운 여인과 혼인할 생각에 들떠 가슴이 두근거렸다. 그리고 곧 여인의 입술에 키스를 하려고 했다. 그러자 이를 숨어서 지켜보던 다낫쉬는 자신이 이겼다고 믿고 환호했다. 순간 자만 왕자가 멈칫했다. 자신의 행동이 떳떳하지 못하다는 생각이 들었기 때문이다.

'이게 무슨 짓인가. 신께서 보고 계실 터인데……. 또한 아바마마께서 내 마음을 떠보기 위해 몰래 데려다 놓은 여인일지도 모를 일이 아닌가. 내일 날이 밝는 대로 정식으로 혼사를 결정한 뒤에 이 여인을 취하는 것이 더욱 떳떳한 일임이 분명하다.'

여기까지 생각한 자만 왕자는 애써 마음을 가라앉혔다. 그러나 정표가 될 만한 무언가를 남기고 싶다는 생각이 머릿속을 떠나지 않았다. 그래서 자만 왕자는 브두르 공주의 새끼손가락에 끼워져 있는 작은 도장 반지를 빼내어 자신의 손가락에 끼웠다. 그리고 공주에게서 등을 돌려 누운 채로 다시 잠을 청하였다.

이를 지켜 본 마이무나는 기쁨에 들떠 다낫쉬에게 말했다.

"저것 봐! 내가 택한 청년은 절대로 음탕한 짓을 하거나 부정한 짓을 하는 사람이 아니란 말이다! 정말 훌륭한 성품이지 않느냐!"

다낫쉬는 실망한 표정을 감출 수가 없었다. 이번에는 마이무나가 벼룩으로 변신하여 브두르 공주를 깨웠다. 잠에서 깬 브두르 공주는 자신의 곁에 낯선 남자가 자고 있다는 사실에 놀라 하마터면 비명을 지를 뻔 했다. 하지만 마음을 진정시키고 청년의 얼굴을 자세히 들여다 본 공주는 그 아름다운 모습에 그만 반하고 말았다. 눈부신 청년의 미모에 마음이 움직여 사랑에 빠져 버리고 만 것이다.

만약 이 청년이 아버지가 그토록 결혼하라고 재촉하던 남자라면 단번에 승낙했을 텐데……. 공주는 미처 알아보지 못한 것을 후회했다. 사랑에 빠져 이성을 잃은 공주는 청년을 흔들어 깨웠으나 좀처럼 눈을 뜨지 않았다. 처음 느끼는 사랑이란 감정에 가슴이 두근거리고, 손발이 떨려 왔다. 아무리 흔들어도 청년이 깨어나지 않자 공주는 청년의 몸을 이리저리 쓰다듬으며 청년이 깨어나기를 기다렸다. 그러다가 청년의 새끼손가락에 자신의 도장 반지가 끼워져 있는 것을 발견했다. 순간 공주는 이 청년도 자신을 사랑하고 있다고 믿게 되었다. 다만 부왕의 명령을 받고 잠이 든 척 하는 것이라고 생각했다. 공주는 자신도 청년처럼 정표가 될 만한 물건을 간직하기 위해 청년이 끼고 있던 반지를 빼내어 자신의 손에 끼고 잠을 청했다. 그러나 시간이 흐를수록 왕자와 사랑을 나누고 싶은 욕망에 잠을 청할 수가 없었다. 청년을 쓰다듬으며 한참을 뒤척이던 공주가 이윽고 깊이 잠이 들자 마이무나가 깔깔 웃으며 다낫쉬에게 말했다.

"저것 보아라! 나의 왕자가 훨씬 더 반듯하지 않느냐? 너의 공주는 어찌 저리도 음탕하단 말이냐? 결국 나의 왕자가 너의 공주보다 내적으로 아름답다는 것이 증명된 것이니 패배를 인정하거라!"

다낫쉬는 깨끗하게 자신의 패배를 인정했다. 그러나 마이무나는 다낫쉬를 용서해 주며 날이 밝기 전에 브두르 공주를 제자리에 데려다 놓으라고 말했다. 카슈카슈와 다낫쉬는 브두르 공주를 안고 날아가 공주를 별채 침실에 눕혀 놓았다.

다음 날 자만 왕자는 아침 일찍 눈을 떴다. 그러나 지난밤에 곁에 누워 있던 여인이 보이지 않았다. 왕자는 시종을 불러 여인이 어디 갔느냐고 물었다. 시종은 어리둥절한 표정으로 모른다고만 대답했다. 시종이 자신을 속이고 있다고 생각한 자만 왕자는 시종을 묶고 우물 속에 담갔다 꺼냈다 하며 실토하라고 채근하였다. 왕자의 계속되는 고문에 시종은 모든 것을 털어 놓겠다고 거짓말을 했다. 자만 왕자가 결박을 풀어주고 젖은 옷을 갈아입고 오도록 허락하자 시종은 그 길로 샤리만 왕에게 달려갔다.

"왕자님께서 이상해지셨습니다."

시종은 샤리만 왕에게 왕자가 실성한 것 같다고 말하였다. 그러자 왕은 불같이 화를 내며 대신을 불렀다.

"그대의 말을 듣고 왕자를 가두었다가 멀쩡한 아들이 미쳐 버린 것 같소! 어서 가서 진상을 알아오시오!"

대신은 그 길로 첨탑으로 달려가 왕자를 알현했다. 달아난 시종에 대한 분이 풀리지 않은 자만 왕자는 잔뜩 흥분해 있는 상태였다.

"왕자님, 시종의 말이 왕자님께서 지난밤에 한 여인이 곁에 있었다고 하셨다는데……. 사실입니까?"

"내가 모를 줄 아십니까? 아바마마와 그대가 시종을 시켜 그런 짓을 한 것이 분명하지요! 그리고 아침이 되면 분명히 모른 척하라고 명령까지 하셨겠지요! 만약 내가 그녀에게 빠져 혼인하기를 바라고 있다면 그대의 모든 계획이 성공했으니 이제 그녀가 어디 있는지 말해주시오!"

대신은 자신은 모르는 일이라고 해명했다. 분명 꿈을 꾼 것이니 정신을 가다듬고 다시 한 번 생각해 보라고 왕자를 다독였다. 그러나 자만 왕자는 자신의 생각을 굽히지 않았다.

"난 분명히 보았소. 장미 같은 뺨에 깊은 눈매, 그녀의 고운 살결을 직접 만져보기까지 했단 말이오!"

"왕자님, 아무래도……."

대신의 말이 끝나기도 전에 자만 왕자는 분에 못 이겨 대신의 멱살을 잡고 마구 흔들어댔다. 대신은 숨이 막혀 말도 제대로 하지 못하고 자만 왕자의 손에서 벗어나려고 발버둥쳤으나 소용없었다.

"대체 왜 아바마마와 함께 일을 꾸며 놓고 나를 이리도 애태

운단 말이오!"

"저, 저기 왕자님! 이 손을 놓아 주시고 제 말을 좀……."

대신의 간절한 청에 자만 왕자는 멱살을 풀어 주었다. 한숨 돌린 대신은 잠시 생각을 하더니 이내 입을 열었다.

"왕자님께서 이리도 흥분하시니 바른대로 말씀드리지요. 사실은 폐하와 저는 왕자님께서 혼인을 무조건 거부하시기에 혼담이 오고 간 여인을 먼저 보여드린 것 뿐입니다. 그런데 이리도 마음에 들어 하시니 당장 폐하께 달려가 이 사실을 아뢰고 혼인을 추진하겠습니다."

대신은 흥분한 왕자의 마음을 진정시키고, 그 자리를 모면하기 위해 거짓을 말하였다. 그리고 자만 왕자가 잠시 방심한 틈을 타 탑에서 도망쳐 샤리만 왕에게 달려갔다. 그리고 앞서 시종과 마찬가지로 자만 왕자가 실성한 것 같다며 자신을 죽여 달라고 왕 앞에 엎드려 빌었다. 불같이 화가 난 샤리만 왕은 대신과 시종을 앞세우고 자만 왕자가 갇혀 있는 첨탑으로 한걸음에 달려갔다.

탑에 도착하여 자만 왕자를 만난 샤리만 왕은 왕자에게 질문 공세를 퍼부었다. 올해가 몇 년이며 이달이 무슨 달이며 너의 이름이 무엇이며 너의 나이가 몇 살이냐 등의 사소한 질문들이었다.

"아바마마, 대체 이런 질문들을 왜 하시는 것입니까?"

샤리만 왕의 질문이 이상하기 짝이 없다고 생각한 자만 왕자가 부왕께 물었다. 그러자 자신의 아들이 멀쩡한 상태임을 확신한 왕은 대신과 시종을 향해 분노로 가득 찬 눈길을 보냈다. 그리고 대신과 시종에게서 들은 지난밤 일에 대해 자만 왕자에게 물었다.

"지난밤을 함께 보냈다는 여인에 대해 이야기를 해보거라."

"그건 아바마마께서 더욱 잘 알고 계시지 않습니까? 제 마음을 떠보시려고 그토록 아리따운 여인을 잠든 제 곁에 데려다 놓으신 것이 아니신지요. 그리고 제게 연정의 마음을 더욱 간절히 하기 위해 오늘 아침에 그녀를 감추신 것이 아니신지요. 아바마마의 뜻은 충분히 알았습니다. 결혼을 하겠습니다! 단 지난밤을 저와 함께 보낸 그 여인과 말입니다."

샤리만 왕 역시 다른 신하들과 같은 반응을 보였다. 몹시 화가 난 자만 왕자는 자신은 꿈을 꾼 것이나 환상을 착각한 것이 아니라고 주장했다. 아무도 믿어 주지 않자 자신의 말이 환상이 아님을 증명하기 위해 왕자는 자신의 손가락에 낀 도장 반지를 보여 주었다. 지난밤 곁에 있던 여인의 손에서 뺀 그 도장 반지였다. 샤리만 왕은 반지를 이리저리 꼼꼼히 살펴보았다.

"이 반지가 사건의 열쇠임에는 분명하다. 그러나 지난밤의 일은 아무리 생각해도 설명되지 않는구나! 네가 정신을 놓은 것이 아니라는 것은 똑똑히 알겠다. 이 일은 신만이 풀 수 있는 기이한 사건이구나."

"아바마마, 제발 그 여인을 제게 데려다 주십시오. 저는 그 여인 없이는 단 한시도 숨을 쉴 수가 없습니다."

자만 왕자는 굵은 눈물을 뚝뚝 흘리며 애원하였다.

자만 왕자가 걱정된 샤리만 왕은 그 길로 왕자를 데리고 궁으로 돌아왔다. 그러나 왕자는 궁으로 돌아오자마자 그만 병석에 눕고 말았다. 만날 수 없는 여인에 대한 상사병에 걸린 것이었다. 사랑하는 여인을 볼 수 없다는 절망에 사로잡힌 왕자는 날로 수척해지고 야위어 갔다. 아무리 귀하고 좋은 음식을 먹어도 병은 깊어져 갔다. 급기야 먹지도 잠을 자지도 못하는 지경에 이르고 말았다. 자만 왕자는 마치 평생을 중병에 시달린 것 같은 초췌한 환자의 몰골이 되고 말았다. 아버지 샤리만 왕의 근심은 더욱 깊어졌다. 왕은 대신과 상의한 끝에 자만 왕자의 거처를 해변의 별궁으로 옮겨 요양하도록 하였다.

한편 날이 새고 잠에서 깨어난 브두르 공주는 어젯밤 자신의 곁에 잠들어 있던 아름다운 청년이 흔적도 없이 사라진 것을 알고 적잖이 실망했다. 대체 어떻게 된 영문인지 알 수가 없었다. 공주는 보모와 시녀, 노예들을 불러 일일이 어젯밤 곁에서 잠든 남자를 찾아내라고 채근했지만 누구도 아는 사람이 없었다. 오히려 공주가 분별을 잃고 정신을 놓았다며 이성을 찾으라며 간청했다. 그러나 공주는 사라진 자신의 도장 반지와 자신의 손에 끼고 있는 청년의 반지를 보여 주며 어서 청년을 내놓으라고 성화를 했다. 아무리 다그쳐도 어느 누구도 청년에 대해 실토하는 사람이 없자 공주는 화가 머리끝까지 나서 참을 수가 없었다. 결국 호위병이 차고 있던 칼을 빼들고 시녀장의 목을 단칼에 베어 버리고 말았다. 유모와 시녀들은 놀라 비명을 지르며 가유르 왕에게 달려갔다.

유모에게 자초지종을 들은 가유르 왕은 깜짝 놀라 황급히 공주에게 달려갔다. 공주는 여전히 흥분한 채로 청년을 데려오라고 소리를 지르고 있었다.

"아바마마, 대체 그 청년을 어디에 숨기셨단 말입니까?"

"공주야, 대체 누구를 말하는 것이냐?"

"아바마마께서 지난밤에 제 곁에 데려다 놓으셨던 그 아름다운 청년 말입니다."

공주는 사방을 둘러보며 허둥지둥 청년을 찾아다녔다. 공주가 실성한 사람처럼 궁 안을 헤매고 다니자 가유르 왕은 공주를 붙잡아 꽁꽁 묶어 왕궁의 창틀에 매놓았다.

가유르 왕은 그토록 애지중지 아끼던 딸의 황망한 행동을 보고 크게 상심하여 세상이 무너지는 것 같았다. 온 나라의 유명한 명의를 불러 공주를 치료하게 했지만 누구도 공주의 병을 고치지는 못했다. 공주의 병을 치료하지 못한 죄로 처형된 명의와 점성술사의 수가 늘어만 갔다. 결국 공주의 병은 누구도 고치지 못하는 불가사의한 사건으로 잊혀져 갔다.

그러던 어느 날, 브두르 공주의 어린 시절 친구인 마르자완이 공주를 찾아왔다. 세계 여러 나라를 유랑하며 보내다 3년 만에 고국으로 돌아온 것이었다. 그는 친오빠처럼 공주를 아끼고 사랑했다. 마르자완은 고국으로 돌아오자마자 어머니를 통해 브두르 공주가 이상한 병에 걸렸다는 사실을 전해 듣고 한달음에 궁으로 달려갔다. 공주는 여전히 묶여 있었고, 시종 하나가 그녀의 곁에 머물며 보초를 서고 있었다. 마르자완은 시종을 구슬러 공주와 단

둘이 있을 수 있는 기회를 만들었다. 공주는 반가운 마음에 한참을 눈물만 흘렸다.

잠시 뒤 마음의 안정을 찾은 브두르 공주는 그동안의 일을 마르자완에게 모두 털어놓았다. 마르자완은 공주의 이야기가 모두 사실이라고 믿었다. 그리고 공주에게 그 청년을 찾아 데려다 주겠노라고 약속했다. 공주는 자신의 말을 믿어 주고 청년을 찾아다 준다는 마르자완의 말에 너무도 기뻐 눈물을 흘렸다.

마르자완은 궁을 떠나 이 마을 저 마을, 이 섬 저 섬을 여행을 하며 브두르 공주가 이야기 한 미모의 청년을 수소문했다. 그러나 어느 곳을 가든 가유르 왕의 딸 브두르 공주가 실성했다는 이야기만 무성할 뿐 공주가 말한 아름다운 청년에 대한 이야기는 들을 수 없었다. 그렇다고 포기할 수도 없었다. 친누이처럼 여기는 브두르 공주에게 꼭 청년을 찾아서 데려다 준다고 약속했기 때문이다. 마르자완은 더 먼 곳까지 범위를 넓혀가며 여행을 계속하였다.

알 타이라브 고을에 도착했을 때였다. 마르자완은 샤리만 왕의 아들 자만 왕자가 묘령의 여인에 대한 상사병에 걸려 죽어가고 있다는 이야기를 듣고, 그가 브두르 공주가 찾는 청년임을 직감했다. 왕자는 하리단 제도에 있는 해변의 별궁에 거처하고 있었는데 그곳은 뱃길로 꼬박 한 달, 육로로도 여섯 달이나 걸리는 먼 거리였다.

잠시 고민하던 마르자완은 배를 타고 하리단 제도로 향했다. 그런데 목적지를 눈앞에 두고 풍랑을 만나 배가 뒤집히고 말았다. 조류에 밀린 마르자완은 신이 도왔는지 자만 왕자가 거처하는 별궁 아래까지 떠내려갔다. 마침 그날은 샤리만 왕이 자만 왕자를 만나러 오는 날로 별궁을 드나드는 배와 사람이 유난히 많은 날이었다. 마침 창밖을 무심히 내다보던 대신이 별궁 아래에 쓰러져 있는 마르자완을 발견했다. 대신은 사람들을 시켜 마르자완을 구해 데리고 오도록 했다. 잠시 뒤 마르자완이 정신을 차리자 대신이 다가왔다.

"여기는 자만 왕자께서 기거하시는 별궁이오. 어떠한 연유로 이곳까지 떠내려 왔는지는 모르나 일단 왕자님께 인사를 드려야 하니 몸가짐을 단정히 하시오."

영문을 몰라 어리둥절하던 마르자완은 자만 왕자라는 말에 정신이 번쩍 들었다. 자신이 자만 왕자를 만나러 이곳까지 왔다는 사실을 잊지 않고 있었기 때문이다. 마르자완은 자신도 모르게 대신에게 자만 왕자에 대해 이것저것 질문을 했다. 그러자 대신은 왕자가 상사병에 걸리게 된 이유와 그 증표로 끼고 있는 도장 반지에 대해 상세히 이야기해 주었다.

"왕자님의 말씀에 의하면 그 의문의 여인도 왕자님이 반지를 끼고 갔다고 하는데 믿을 수 있는 근거는 어디에도 없소."

여기까지 이야기를 나누었을 때 마르자완은 자신이 찾아온 자만 왕자가 바로 브두르 공주가 이야기한 미모의 청년임을 확신하게 되었다. 잠시 생각에 빠져 있던 마르자완에게 대신은 한 가지 더 당부를 했다.

"오늘은 샤리만 왕께서 아드님을 만나러 직접 오신 날이오. 임금께서는 왕자가 병이 들었다는 사실이 알려지는 것을 매우 걱정하시니 절대로 고개를 들어 얼굴을 쳐다보거나 질문을 하는 불경을 범하지 않도록 주의하시오. 무엇보다도 심신이 매우 병약해져 있는 왕자님을 피곤하게 하는 일은 없도록 하시오."

대신은 앞서 걸으며 마르자완을 샤리만 왕과 대신들 그리고 태수와 자만 왕자가 있는 홀로 안내했다. 홀에 들어선 마르자완은 정면에 있는 앉아 있는 사람이 샤리만 왕이라는 것과 그 곁에 누워 있는 병약한 청년이 자만 왕자임을 한 눈에도 알 수 있었다.

매우 수척해져 많이 상한 얼굴임에도 눈부신 미모는 변함없었기 때문이다.

마르자완은 왕과 왕자에게 예를 갖춰 인사한 후 한쪽 자리에 앉았다. 그리고 대신들과 태수들의 눈을 피해 조금씩 자만 왕자의 침상 곁으로 다가갔다. 다른 사람들의 눈을 피해 자만 왕자의 곁에서 작은 소리로 속삭였다.

"왕자님께서 그토록 그리워하는 여인의 청을 받들어 이곳까지 찾아왔습니다. 공주님께서도 당신을 그리워하고 계십니다."

들릴 듯 말 듯한 마르자완의 속삭임에 자만 왕자는 정신이 번쩍 났다. 눈을 크게 뜨고 마르자완을 바라본 자만 왕자는 그의 말이 진실임을 믿게 되었다. 그리고 자리에서 일어나 샤리만 왕께 마르자완과 함께 지내게 해달라고 말했다. 출신이 분명하지 않고 단지 물길에 떠내려 온 마르자완이 탐탁지 않았지만 병이 깊었던 왕자가 모처럼 활기를 띠자 어쩔 수 없이 함께 지내도록 허락하였다.

자만 왕자는 마르자완과 함께 지내면서 음식을 먹고 몸을 추스르며 하루하루 원기를 되찾아 가고 있었다. 왕자는 마르자완을 불러 그간의 이야기를 청했다.

"대체 어떻게 나를 찾아왔단 말인가?"

"공주님께서도 왕자님과 마찬가지로 아무도 공주님의 말을 믿어 주는 이가 없는 답답한 상황입니다. 그래서 제가 왕자님을 꼭 모셔 가기로 공주님과 약속했습니다."

자만 왕자는 자신이 겪은 일이 꿈이 아닌 현실임을 알아주는 사람을 만났다는 것만으로 기쁨을 감출 수가 없었다. 마르자완은 이제 두 사람을 만나게 해주는 일만이 남았다고 생각했다. 그러나 마르자완이 영 마음에 들지 않은 샤리만 왕은 시종들에게 한시도 자만 왕자 곁에서 떨어지지 말라고 지시했다. 마르자완은 이런 저런 계획을 세우며 자만 왕자를 데리고 브두르 공주에게 돌아갈 방법을 고민했다.

그러던 어느 날 왕자는 샤리만 왕의 처소에 찾아갔다.

"아바마마, 마르자완과 함께 잠시 사냥을 다녀올까 합니다."

더 이상 시간을 지체할 수 없다고 생각한 자만 왕자가 부왕에게 말했다. 샤리만 왕은 자만 왕자를 마르자완과 단둘이 두고 싶지 않았지만 왕자가 기력을 되찾고 사냥까지 나선다고 하니 기쁜 마음에 허락하였다.

그렇게 하여 마르자완과 자만 왕자는 브두르 공주를 만나기 위한 길을 떠날 수 있게 되었다. 자만 왕자와 마르자완은 천신만고 끝에 가유르 왕의 나라에 도착했다. 숙소를 정한 뒤 마르자완은 자만 왕자가 공주에게 접근할 수 있는 방법을 고민했다. 마르자완은 자만 왕자에게 상인의 옷을 입히고 점괘를 보는 여러 도구들을 주었다. 그리고 궁전 앞에 가서 공주의 병을 고치는 점을 치겠다고 소리를 지르라고 했다. 자만 왕자는 마르자완이 시키는 대로 궁전 앞으로 가서 공주의 병을 고칠 수 있는 점괘가 있다고 소리를 질렀다. 지나던 사람들은 눈부시게 아름다운 용모의 점쟁이에게 큰 관심을 보였다. 그러나 그는 다른 사람들의 점괘는 보아 주지 않고 오로지 브두르 공주의 점괘만을 보겠다고 으름장을 놓으며 궁을 향해 계속해서 소리를 질렀다.

"제게 공주님의 병을 고치는 점괘가 있습니다!"

사람들은 자만 왕자를 측은한 눈으로 바라보았다. 공주와 결혼할 헛된 꿈을 가지고 공주의 치료에 나섰다가 목숨을 잃은 수많은 명의와 점성술사들의 이야기를 들었기 때문이었다. 그러나 사람들이 아무리 말려도 젊고 아름다운 점쟁이는 자신의 뜻을 굽히지 않았다. 결국 그의 소문은 궁에까지 도달했고, 가유르 왕은 점쟁이를 들여 보내라고 명령했다.

"그대가 공주의 병을 고칠 수 있단 말이지?"

한눈에도 숨이 멎을 정도로 아름다운 젊은 점쟁이의 모습에 가유르 왕은 잠시 정신이 아찔했다. 그러나 이내 위엄을 되찾고 엄중하게 말했다.

"예, 제가 공주님을 한 번 알현할 수 있다면 반드시 병을 고쳐 드릴 수 있습니다."

"만약 그대가 공주를 고친다면 그대에게 공주를 줄 수 있지만 그렇지 못한다면 그대는 목숨을 내놓아야 한다. 그래도 해보겠느냐?"

"예, 반드시 공주님의 병을 고쳐 폐하의 근심도 덜어 드리고, 저의 목숨도 지킬 것입니다."

점쟁이로 변장한 자만 왕자의 확신에 찬 말에 왕은 시종을 시켜 공주의 방으로 자만 왕자를 안내하도록 하였다. 공주의 방으로 들어선 왕자는 휘장 뒤에 앉아 공주에게 편지를 썼다.

나는 당신이 누구인지도 어떤 여인인지도 모르오. 그러나 어느 날 밤, 내 곁에 잠든 당신을 본 순간 사랑에 빠져 버렸소. 아침에 일어나 당신에게 청혼할 생각이었는데 이른 아침 당신은 사라지고 없었소. 시종들과 대신 그리고 아버지께 진실만을 이야기했지만 아무도 믿어 주지 않았고 아무리 애원을 해도 그대를 찾을 방법이 없었소. 그리하여 난 병이 깊어졌고, 사람들은 나를 미쳤다고 하기에 이르렀소. 그렇게 희망을 버린 채 살아가던 어느 날, 내게 꿈같은 일이 일어났소. 그대 역시 나를 찾고 있고, 그로 인해 곤경에 처했다는 소식을 듣고 한 사내가 나를 찾아온 것이오. 그가 나를 이곳까지 이끌었소.

오로지 당신을 만나기 위해 먼 길을 한달음에 달려 여기까지 왔소. 그대를 향한 끝없는 사랑과 그리움에 나는 이미 죽음을 경험했소. 그리고 이렇게 당신을 바로 앞에 두고 이 글을 쓰오. 나의 영혼을 사로잡은 그대, 내 사랑과 영혼을 그대에게 바치니 물리치지 말아주시오.

편지를 다 쓴 자만 왕자는 자신이 가지고 있던 브루르 공주의 도장 반지를 찍고 서명한 다음 그 반지와 함께 편지를 봉투에 넣었다. 그리고 그 편지를 공주에게 전하도록 하였다. 시종을 통해 편지를 전해 받은 공주는 봉투를 열자 반지 하나가 떨어지는 것을 보았다. 그리고 그 반지가 바로 자신의 도장 반지임을 알아챘다.

깜짝 놀란 공주는 허겁지겁 편지를 읽어 내려갔다. 자신이 그토록 그리워했던 그 청년이 바로 자신의 방 문 앞 휘장 저쪽 편에서 자신을 기다리고 있다니! 공주는 가슴이 벅차고 눈물이 앞을 가려 아무런 말도 생각나지 않았다.

정신을 가다듬은 공주가 손목에 힘을 주자 영원히 풀리지 않을 것 같던 결박이 스르르 풀렸다. 공주는 한달음에 달려 나가 휘장을 걷고 자만 왕자의 품에 안겼다. 그리고 열정에 가득 찬 재회의 입맞춤을 나누었다. 꿈같은 현실에 두 연인은 서로를 꼭 끌어안고 기쁨의 눈물을 흘렸다.

이 광경을 본 시종은 귀신을 본 것처럼 놀라며 왕에게 달려가 이 사실을 알렸다.

"그 점쟁이가 휘장 밖에서 공주님을 보지도 않고 공주님의 병을 고쳤습니다!"

시종의 말에 눈이 휘둥그레진 가유르 왕은 문을 박차고 공주의 방으로 달려갔다. 공주는 시종이 말한 그대로 깨끗이 병이 나은 예전의 모습으로 왕을 맞이했다. 건강한 공주의 모습을 본 왕은 기쁨에 들떠 하늘이라도 날 수 있을 것 같았다.

"사실 저는 샤리만 왕의 외아들 카마르 알 자만 왕자입니다."

왕자는 자신의 신분을 밝혔다. 자만 왕자의 신분까지 알게 된 가유르 왕은 기쁨을 감출 수가 없었다. 공주의 병이 고쳐진 것만으로도 기쁜데 병을 고친 젊은 점쟁이가 바로 왕자였다니! 이는 공주의 혼처로도 손색이 없는 신분이었던 것이다. 가유르 왕은 그 자리에서 재판관을 불렀다. 약속한 대로 혼인을 성사시키기 위해서였다. 왕의 명으로 서둘러 도착한 재판관은 그 자리에서 자만 왕자와 브두르 공주의 혼인계약서를 작성하고 두 사람의 혼인을 공식적으로 선언하였다. 드디어 그리움에 미쳐가던 두 연인이 부부가 되는 순간이었다.

자만 왕자와 브두르 공주의 첫날밤. 애타게 그리워 한 만큼 두 사람은 더욱 더 깊이 서로를 끌어안고 달콤한 사랑의 밤을 보냈다.

다음 날 가유르 왕은 대신들과 태수들, 그리고 백성들을 불러 공주의 결혼을 알리고 성대한 잔치를 벌였다. 잔치는 한 달 동안 계속되었고 온 나라가 두 연인의 결혼을 축하했다.

한 달 여에 걸쳐 계속된 잔치가 끝나갈 무렵, 자만 왕자는 아버지 샤리만 왕이 걱정되었다. 아무런 말없이 떠나온 자식 걱정에 잠을 이루지 못할 아버지임을 잘 알고 있었기 때문이다. 그 길로 자만 왕자는 가유르 왕의 허락을 구하고 브두르 공주와 함께 고국으로 돌아갈 준비를 하였다. 가유르 왕은 온갖 선물과 보물을 가득 실어 왕자에게 주었다. 그리하여 자만 왕자는 아내가 된 브두르 공주와 함께 아버지 샤리만 왕의 나라로 귀국길에 올랐다.

귀국길에 오른지 한 달쯤 되는 날, 들판에 천막을 치고 밤을 지내게 되었다. 저녁 식사를 마친 뒤 왕자는 공주의 침실로 들었다. 안타깝게도 공주는 먼저 잠이 들어 있었다. 그러나 끓어오르는 욕정에 몸 둘 바를 모르던 자만 왕자는 천천히 아내의 옷을 들추었다. 그런데 가장 은밀한 곳의 속옷을 들추려 할 때 무언가 반짝하고 빛나는 것이 보였다. 자세히 보니 앵두보다도 선명한 새빨간 보석이었다.

'이게 무엇이지? 몸의 깊숙한 곳에 숨긴 것을 보면 분명히 사연이 있는 귀한 물건일 텐데……'

이렇게 저렇게 살펴보던 자만 왕자는 궁금증을 이기지 못하고 살짝 보석을 꺼내 천막 밖으로 가지고 나왔다. 왕자는 보석을 달빛에 비춰 이리저리 살펴보며 깊은 생각에 빠졌다. 그때 새 한 마리가 달려들 듯 날아와 눈 깜짝할 새에 빨간 보석을 물고 날아가더니 금방 손이 닿을 것 같은 곳에 내려앉았다. 왕자는 보석을 되찾기 위해 새를 향해 손을 뻗었다. 그러나 보석을 문 새는 왕자를 놀리기라도 하는 듯 손 닿는 곳에서 조금씩 멀어져 갔다. 그렇게 보석을 되찾기 위해 새를 따라가던 왕자는 나무 꼭대기에 앉은 새를 발견했다. 왕자는 새가 다시 내려오기를 하염없이 기다리다가 깜빡 졸았는데 깨어보니 아침이었다. 그리고 문득 주위를 둘러보니 자신의 숙소가 있던 야영지에서 너무 멀리 떠나와 있었다. 왕자는 이 모든 일이 꿈처럼 느껴졌다.

'이럴 수가! 내가 지금 어디에 있는 거지? 대체 내가 왜 여기까지⋯⋯. 공주는 어디 있는 걸까?'

주위를 둘러보니 적막할 정도로 조용한 해변 마을이었다. 사람을 찾아 이리 저리 헤매던 왕자는 한 과수원에 들어서게 되었다. 그리고 과수원의 깊숙한 안쪽까지 이르렀을 때 한 노인을 만날 수 있었다. 과수원은 관청에서 운영하는 곳으로 노인은 열매들을 지키는 임무를 맡고 있는 과수원 지기였다. 자만 왕자는 자신의 신분을 밝히고 샤리만 왕의 나라가 있는 하리단 제도로 돌아갈 수 있는 방법에 대해 물었다. 그러자 노인이 깜짝 놀라며 고개를 절레절레 저었다.

"여기서 하리단 제도는 아주 먼 거리입니다. 그리고 무엇보다도 하리단 제도로 나가는 배는 1년에 한 번 밖에 없습니다. 1년에 한 번, 검은 섬을 지나 하리단 제도로 출항합니다."

"1년에 한 번뿐이라고요?"

"안타깝게도 그렇습니다."

자만 왕자는 털썩 주저앉고 말았다. 말도 안 되는 자신의 호기심으로 브두르 공주와도 헤어지고, 보석을 잃어버린 것도 모자라 앞으로 1년간 고향으로 돌아갈 방법도 없었기 때문이다. 그렇다고 절망만 할 수는 없었다. 당장 밤을 보낼 곳도 먹을 것을 해결할 돈도 없었기 때문이었다. 왕자는 과수원에서 노인을 도우며 지내기로 작정하고 노인에게 도움을 청했다. 노인은 마침 일손이 필요했다며 왕자의 뜻을 흔쾌히 받아들였다.

한편, 아침이 되어 잠에서 깨어난 브두르 공주는 곁에 왕자가 없다는 것을 알고 무척 놀랐다. 뿐만 아니라 자신의 몸에 행운의 부적으로 달고 있던 보석까지 함께 없어지자 불길한 느낌이 들었다. 왕자가 사라졌다는 사실을 시종들과 노예들이 알고 자신의 몸을 범할지도 모른다고 생각하자 두려움에 숨조차 쉬기 힘들었다. 잠시 생각에 잠겼던 브두르 공주는 서둘러 자만 왕자로 변장을 했다. 자만 왕자와 브두르 공주는 쌍둥이처럼 꼭 닮은 아름다운 외모를 가지고 있었기에 의심하는 사람은 없었다. 그리고 자신이 타고 있던 가마에는 자신과 어려서부터 함께 자란 시녀가 타게 했다. 그렇게 브두르 공주는 일행을 진두지휘하며 하리단 제도로 향했다.

얼마나 갔을까? 지도에 나와 있는 것과는 다른 모양의 길이 나왔다. 알고 보니 일행은 하리단 제도로 가는 길에서 한참 벗어나 있었다. 마침 검은 섬을 다스리는 왕 아르마누스는 길을 잃은 브두르 공주 일행을 정중히 맞아 주었다. 잠시 검은 섬의 도성에 머물게 된 브두르 공주 일행은 여장을 풀고 아르마누스 왕의 저녁 식사 초대에 응했다. 식사 자리에 들어서는 브두르 공주의 아름답고 훤칠한 모습에 아르마누스 왕은 반하고 말았다.

"왕자께서는 참으로 아름다운 용모를 지니셨소이다."

"과찬이십니다."

자만 왕자로 변장하고 있는 브두르 공주가 여자일 것이라고 꿈에도 생각하지 못한 아르마누스 왕은 내심 왕자가 탐이 났다.

"결례가 되지 않는다면 부탁을 하나 드려도 되겠소이까?"

이미 아르마누스 왕에게 신세를 진 브두르 공주는 마땅히 거절할 명분이 없었다.

"무슨 부탁이신지……."

"내게는 아름다운 공주가 하나 있소. 공주를 그대에게 주고 싶소만……."

아르마누스 왕은 자만 왕자로 변장한 브두르 공주의 미모에 반해 자신의 외동딸 하얏트 알 누후스 공주와 결혼해 달라고 청혼을 했다. 만약 거절한다면 자신과 일행의 목숨이 위태로울 뿐만 아니라 자신이 변장한 사실까지 탄로 날까 두려웠던 브두르 공주는 어쩔 수 없이 청혼을 받아들이게 되었다. 그런데 놀랍게도 아르마누스 왕은 그동안 자신은 사위에게 왕위를 물려줄 생각이었다면서 브두르 공주에게 왕좌까지 물려주는 것이 아닌가. 한꺼번에 벌어진 황당한 일들에 브두르 공주는 어리둥절했지만 검은 섬을 무사히 통과해야만 하리단 제도로 돌아갈 수 있었기에 아르마누스 왕의 제안을 수락할 수밖에 없었다.

얼마 후 누후스 공주와의 혼례가 행해졌고 첫날밤이 되었다. 이유도 모르고 남편 자만 왕자와 헤어져 원치도 않은 동성과 결혼까지 하게 된 브두르 공주는 자신의 신세가 너무 서러워 눈물이 흘렀다. 그러나 막연히 시간을 보낼 수도 없는 노릇이었다. 침실에서는 누후스 공주가 기다리고 있었기 때문이다.

브두르 공주는 천천히 목욕을 했다. 그리고 기도를 올리는 시늉을 했다. 기도는 오래도록 이어졌고 신랑을 기다리던 누후스 공주는 그만 잠이 들고 말았다. 누후스 공주가 잠이 든 것을 확인한 브두르 공주는 그제야 침실에 들어가 누후스 공주에게서 등을 돌린 채로 잠이 들었다.

다음 날부터 브두르 공주 아니 브두르 왕의 정사가 시작되었다. 왕은 공명정대했고 관대했다. 백성을 아끼고, 대신들의 말에 귀를 기울여 매사에 신중하고, 위엄과 덕이 있는 왕으로 칭송받았다. 그러다 밤이 되면 기도와 일에 열중하는 체하며 누후스 공주와의 첫날밤을 피해야만 하는 안타까운 상황에 처해 있었다. 아르마누스 왕은 사위가 매우 훌륭한 왕이라는 점은 흡족했으나 자신의 외동딸에게는 관심조차 보이지 않는 것이 여간 거슬리는 것이 아니었다.

"만약 오늘 밤에도 너를 그냥 둔다면 그자의 왕좌를 빼앗고 목숨을 거둘 것이다!"

계속해서 자신을 외면하는 남편이 섭섭했던 누후스 공주는 부왕의 말을 듣고 이 사실을 브두르 공주에게 전했다.

"만약 오늘 밤도 저를 이대로 두신다면 아마 부왕께서 가만히 계시지 않을 거예요."

브두르 공주는 드디어 올 것이 왔다고 직감했다. 남편의 나라 하리단 제도로 가려면 이곳을 안전하게 빠져 나가야 하는데 아르마누스 왕의 허락이 없다면 불가능한 것이었기 때문이다. 그렇다고 자신 역시 여자의 몸으로 누후스 공주를 취할 수도 없는 노릇이었다.

여러 가지 방법을 고민하던 브두르 공주는 '진실'만이 모든 문제를 풀 수 있다고 판단하고 누후스 공주에게 모든 사실을 털어놓기로 작정했다. 침실에서 단장을 하고 남편을 기다리고 있던 누후스 공주는 자신이 잠이 들기 전에 침실로 들어서는 남편의 모습에 기뻐했다.

"내가 공주에게 꼭 해야 할 말이 있소."

브두르 공주는 자신의 신분과 함께 자신이 이 곳까지 들어오게 된 모든 경위를 자세히 설명하였다. 브두르 공주의 이야기를 들은 누후스 공주는 충격에 잠시 할 말을 잃었다.

"제발 부탁입니다. 제가 남편을 찾고 하리단 제도로 돌아갈 때까지 이 모든 사실을 비밀로 해주십시오. 남편을 찾으면 이 모든 일을 바로잡겠습니다."

브두르 공주는 누후스 공주의 손을 잡으며 애원했다. 브두르 공주의 사연을 듣고 난 누후스 공주는 애처로운 목소리로 말했다.

"얼마나 상심이 크셨습니까? 꼭 비밀을 지키고 남편을 찾도록 도와드리겠습니다."

누후스 공주는 브두르 공주의 처지를 안타깝게 여기고 함께 눈물을 흘렸다. 그리고 반드시 비밀을 지키겠다고 맹세하였다. 두 공주는 서로를 다독이며 우정의 포옹을 했다.

다음 날 아침, 누후스 공주는 붉은색 물감으로 자신의 치맛자락과 침대 시트를 물들인 후 자신과 남편이 첫날밤을 치렀음을 알렸다. 그때서야 아르마누스 왕 부부는 오랜 걱정을 털어낸 듯 크게 기뻐하며 성대한 잔치를 열었다.

과수원에서 일을 하며 배가 출항할 날을 기다리던 자만 왕자는 노인이 잠시 자리를 비운 사이 휴식을 취하고 있었다. 그때 새

한 쌍이 과수원으로 날아 들어와 심하게 서로를 쪼아대며 싸우기 시작했다. 급기야 한 마리가 힘없이 땅에 떨어지는 것을 보게 되었다. 기운을 잃은 새는 잠시 뒤에 무언가를 토해 내고 죽었는데 자세히 보니 자신이 잃어버린 아내의 빨간 보석이 아닌가! 자만 왕자는 영영 잃어 버린 줄 알았던 물건이 다시 자신의 손으로 돌아오게 되자 분명히 좋은 일이 생길 징조라고 확신했다. 왕자는 보석을 팔에 묶고 처소로 돌아와 기쁜 마음으로 잠을 청했다.

다음 날, 여느 날과 마찬가지로 도구들을 들고 과수원에 들어선 왕자는 도끼로 나무의 뿌리를 찍었다. 뿌리에 얽혀 있는 흙들을 털어내자 나무 덮개가 보였다. 이상하게 생각한 왕자가 덮개를 들춰내자 지하로 통하는 구불구불한 계단이 보였다. 무언가에 홀린 듯 계단을 통해 지하로 내려간 왕자는 그곳이 아주 오래전에 만들어 놓은 비밀 금고임을 알게 되었다. 금고에는 그릇이나 궤짝마다 보석과 황금이 넘쳐났다. 왕자는 아내의 보석이 좋은 징조가 되어 자신에게 행운을 가져다 준 것이라고 생각했다.

'이제 곧 공주를 만날 수 있을지도 모르겠구나!'

다시 지상으로 올라 온 왕자는 처음 그대로 지하 금고를 덮어 두고 평소와 다름없이 하루의 일을 성실하게 마무리했다. 부두로 나갔던 노인이 좋은 소식을 가지고 돌아온 것은 일과를 모두 마치고 저녁을 먹을 즈음이었다.

"앞으로 사흘 뒤에 검은 섬으로 가는 배가 출항한다고 합니다. 그곳을 거쳐 하리단 제도로 들어가는 것이니 사흘 뒤에 배에 오르시면 됩니다."

예상치 못한 기쁜 소식에 자만 왕자의 눈에서는 눈물이 흘렀다. 아내의 보석을 찾은 뒤로는 계속해서 좋은 일들만 일어나고 있었다. 왕자는 노인에게 자신이 찾은 지하 금고에 대해 이야기했다.

"이곳에서 나고 자라 80년을 보낸 저도 찾아내지 못한 것을 단 1년 만에 찾아내다니 아마도 신께서 왕자를 지켜주고 계신가 봅니다."

자만 왕자는 그동안의 신세도 갚을 겸 노인에게 보물의 반을 주었다.

"저도 무언가를 드려야 할 텐데……."

노인은 자만 왕자에게 고마움을 표하며 감람나무 열매를 가지고 왔다.

"이곳에서만 나는 귀한 것입니다. 이것을 배에 싣고 가서 팔

면 큰돈을 벌어 하리단 제도까지 가는데 여비를 충분히 마련할 수 있을 것입니다."

자만 왕자는 노인의 말을 듣고 50개의 자루에 아래쪽에는 지하 금고에서 찾은 보석을 넣고 그 위에 감람나무 열매를 채워 짐을 꾸렸다. 그리고 그 중 한 개에 아내의 보석을 넣었다. 왕자는 자신이 그 자루들과 함께 배에 오를 것이었기에 크게 걱정하지 않았다.

드디어 배의 출항이 하루 앞으로 다가왔다. 왕자는 벅찬 마음에 잠이 오지 않았다. 그런데 흐뭇하게 왕자를 지켜보던 노인이 갑자기 쓰러졌다. 왕자는 노인을 침대에 눕히고 극진히 간호했으나 깨어나지 않았다. 다음 날 새벽까지도 노인은 의식을 찾지 못했다. 자만 왕자의 마음은 까맣게 타들어 갔다. 1년에 딱 한 번 배가 출항하는, 왕자가 그토록 기다렸던 날에 하필이면 자신에게 은혜를 베푼 노인이 자리에 누워있으니 그대로 두고 떠날 수가 없었다.

간절한 마음으로 노인이 깨어나기를 기다렸으나 결국 노인은 그대로 숨을 거두고 말았다. 자만 왕자는 노인의 시신을 수습하고 양지 바른 곳에 묻어 주었다. 그리고 있는 힘을 다해 부두로 달렸다. 그러나 배는 이미 떠나 버렸다. 왕자는 절망으로 그 자리에 주저앉아 버렸다. 또다시 1년을 기다려야 했다. 눈물이 앞을 가리고 정신이 아득해졌다.

한편 왕자의 자루를 실은 배는 검은 섬에 안전하게 도착하였다. 많은 짐들이 내려졌고 사람들도 내렸으나 주인 없는 자루 50개는 여전히 배에 남아 있었다. 때마침 부두에 들러 민정을 시찰하던 브두르 공주는 주인 없는 50개의 자루를 사서 궁으로 돌아왔다. 브두르 공주는 궁으로 돌아와 누후스 공주와 함께 자루를 열어 보았다. 자루 속에서는 감람나무 열매를 비롯해 금은보화가 쏟아져 나왔다. 두 사람은 어리둥절했다.

그 순간 브두르 공주의 눈에 무언가 반짝이는 것이 보였다. 자세히 보니 자신이 행운의 부적으로 간직하고 있던 빨간 보석이었다. 브두르 공주는 보석을 집어 들었다.

"제가 지니고 있던 것입니다. 남편과 함께 사라졌는데 다시 내 손에 돌아오다니!"

브두르 공주의 들뜬 목소리에 누후스 공주가 말했다.

"이건 분명 좋은 징조일 것입니다. 공주의 남편을 좀 더 빨리 찾을 수도 있을 것 같은 예감이에요."

누후스 공주의 말에 용기를 얻은 브두르 공주는 당장 자루를 싣고 왔던 배의 선장을 불렀다. 그리고 자루의 주인이 누구인지를 물었다. 선장은 자루의 주인은 과수원에서 일하는 정원사이며 위독한 과수원 지기 노인을 간호하다 배를 놓치는 바람에 함께 오지 못했다고 말했다. 선장은 다시 그 과수원에 가려면 1년을 기다려야 한다고 했다. 공주는 당장 돌아가 그 정원사를 데리고 오라고 했다. 그러나 선장은 난색을 표했다.

"당장 돌아가서 자루의 주인을 데리고 오지 않으면 그대의 배에 실린 모든 물건을 압수하고 전 재산과 배까지 억류하여 이곳에 묶어 두겠소!"

"하, 하지만……."

"이 자루의 주인과 나는 청산해야 할 빚이 있으니! 그대가 그 빚을 대신 갚고 그대의 재산도 내게 바치겠소? 아니면 지금 당장 돌아가 그 정원사를 데리고 오겠소?"

브두르 공주의 엄포에 선장은 하는 수없이 배를 돌려 정원사를 데리고 오겠다고 했다. 그러자 브두르 공주는 조금 부드러워진 목소리로 말했다.

"다시 돌아갔다 오는 동안 들게 되는 경비 일체와 그로 인해 발생하는 손해액은 두 배로 배상할 테니 그 정원사를 안전하게 데리고만 오시오!"

브두르 공주의 제안에 선장은 표정이 밝아지며 배에 올라 왔던 길을 되짚어 갔다. 그리고 곧 과수원에 도착한 선장은 자초지종에 대해 설명도 하지 않은 채 자만 왕자를 붙잡아 배에 태우고 검은 섬으로 돌아왔다.

브두르 공주는 단번에 자만 왕자를 알아볼 수 있었다. 남루하고 얼굴이 수척해지기는 했지만 그토록 그리워했던 자신의 남편이었다. 그러나 바로 달려가지 않고 모른 체하며 시종들에게 목욕을 시키고 깨끗하고 화려한 옷으로 갈아 입히도록 했다.

그 사이 브두르 공주는 누후스 공주에게 달려가 자신의 남편을 찾았음을 알렸다. 그러나 아직은 공개할 때가 아니라고 생각하여 누후스 공주에게 당분간만 비밀을 지켜달라고 했다. 누후스 공주는 자신의 일인 것처럼 기뻐하며 브두르 공주의 부탁을 들어주었다.

목욕을 하고 화려한 옷으로 갈아입은 자만 왕자는 여전히 아름다운 외모를 지니고 있었다. 브두르 공주는 애써 흐르는 눈물을 꾹 참았다. 그리고 그토록 귀한 감람나무 열매를 50자루나 가지고 온 것에 대해 치하하며 상을 내렸다. 그후에도 조금씩 자만 왕자의 직책을 올려주며 그의 신분을 검은 섬 온 나라의 대신과 태수들이 알게 하였다. 그리하여 왕의 총애를 한 몸에 받는 자만 왕자를 모든 대신과 태수들도 신임하게 되었다. 아르마누스 왕 역시 자만 왕자를 아끼게 되었다.

그러나 정작 자만 왕자는 이같은 현실이 두려웠다. 오히려 왕이 무언가 꾸미는 음모가 있다는 생각에 검은 섬에서 도망갈 계획을 세우기까지 했다.

"왕이시여, 어찌하여 저를 이토록 아끼시나이까?"

하루는 브두르 공주와 단 둘이 있게 된 자만 왕자가 물었다. 여전히 자만 왕자는 검은 섬의 왕이 남자로 변장한 브두르 공주라고는 짐작조차 못하고 있었다.

"그대의 용모가 남다르게 아름답기 때문이다."

"하지만 제게는 너무 과분한……."

"어떠냐? 오늘 밤 내 침실로 오겠느냐? 지금보다 높은 권력과 금은보화를 내리겠다."

브두르 공주의 제안에 자만 왕자는 화들짝 놀랐다. 자신으로

서는 생각조차 해본 적 없는 제안이었기 때문이다. 자만 왕자는 정중히 거절했다. 그러나 왕은 온갖 감언이설로 자만 왕자를 설득했다. 그럼에도 자만 왕자는 승낙하지 않았다.

"무엄하다! 네게 많은 은혜를 베풀었는데! 어찌 나의 명을 거역하는가!"

자만 왕자는 불같이 화를 내는 왕이 두려워졌다. 목숨을 지켜야만 하리단 제도로 갈 수 있을 텐데 이대로 계속 왕의 제안을 거절했다가는 목숨을 지킬 수 없을 지도 모른다는 생각이 들었다. 자만 왕자는 '딱 한 번'이라는 조건을 걸고 그날 밤 왕의 침실에 들어섰다.

왕은 침실에서 자만 왕자를 기다리고 있었다. 왕은 자만 왕자를 온갖 방법으로 희롱했다. 그러나 자만 왕자는 자신은 서툴러 잘 모른다면서 몸을 피했다. 그러자 왕은 자신이 시키는 대로만 하면 된다고 하며 자만 왕자의 손을 자신의 다리에 올려놓았다. 순간 자만 왕자는 자신의 남성이 살아남을 느꼈다. 왕의 살결이 남자의 그것이 아니라 마치 여인의 살결처럼 부드럽고 고왔기 때문이다. 천천히 왕의 몸을 더듬던 자만 왕자는 왕의 옷 속으로 손을 넣는 순간 봉긋하게 오른 가슴이 만져지는 것을 느끼고 화들짝 놀라며 손을 떼었다.

"아, 아니……. 왕께서는……."

순간 왕은 남장했던 머리를 풀어 내리며 아름다운 여인의 모습이 되었다. 자만 왕자는 눈이 휘둥그레졌다.

"어찌 그리 건망증이 심하세요? 벌써 아내인 저를 잊으신 것입니까?"

브두르 공주의 말에 자만 왕자는 눈물을 흘리며 공주를 와락 안았다. 공주 역시 지난 그리움을 보상받기라도 하려는 듯 자만 왕자의 품에 깊숙이 파고들었다. 그날 밤, 부부는 재회의 기쁨 속에서 끝없이 사랑을 나누었다.

다음 날, 브두르 공주는 이 모든 일을 아르마누스 왕에게 이야기했다. 아르마누스 왕은 믿을 수 없는 사연에 놀라움을 금치 못했다. 그리고 두 사람의 재회를 진심으로 축복해 주었다. 그동안 현명하게 나라를 이끌어 준 브두르 공주에게 깊은 감사를 표하며 아르마누스 왕은 자만 왕자에게 검은 섬의 통치를 부탁했고 왕자는 흔쾌히 수락하였다. 또한 자만 왕자는 하리단 제도로 귀한 보물과 함께 사람을 보내 아버지 샤리만 왕에게 그간 겪었던 일과 자신의 안부를 전했다. 왕자의 소식에 크게 기뻐한 샤리만 왕은 곧 왕자를 보러 올 것임을 알렸다.

　　검은 섬을 통치하는 자만 왕자는 선정을 베풀어 백성들에게 칭송받는 왕이 되었다. 브두르 공주와 자만 왕자는 운명 같은 사랑의 힘을 믿으며 다시는 헤어지지 말 것을 맹세하였다.

신분을 뛰어 넘은
지고지순한 사랑

알리와 미리암 공주 이야기

Neverending story
Arabian nights

 옛날 옛적 이집트의 수도 카이로에 타지 알 딘이라는 덕망 높은 거상의 아들 알리 누르 알 딘이 있었다. 알리는 새로운 세상을 보고 싶은 마음에 카이로를 떠나 이집트 북부의 무역 도시 알렉산드리아로 여행을 떠났다. 알렉산드리아는 호화롭고 안락한 도시로 사람들의 표정에서 근심이라고는 찾아 볼 수가 없었다.

 여기저기 시장 구경을 하다가 약재상 거리를 걷고 있을 때 한 노인이 알리의 손을 잡고 무작정 자신의 집으로 데리고 갔다. 노인의 집은 으리으리한 대저택이었다. 노인은 알리가 이 도시에 머무는 동안 자신의 집에 머물러 달라고 부탁했다. 알리는 노인에게 그 이유를 물었다.

 "몇 해 전 카이로에 장사를 하러 간 적이 있었다오. 가져간 물건은 다 팔고, 다른 물건을 사려고 하는데 돈이 턱없이 모자라는 게야. 그때 자네 아버님께서 잘 알지도 못하는 나에게 선뜻 모자라는 100디나르를 빌려 주셨지. 어떤 차용증도 요구하지 않으시고 말이야. 더욱 감사한 것은 내가 이곳으로 돌아와 그 돈을 갚을 여력이 될 때까지 마치 없었던 일처럼 기다려 주셨다는 거야. 어찌나 감사한지. 그때 어린 자네를 잠시 본 적이 있었다네. 아주 어렸을 적이지만 자네의 뛰어난 외모 덕에 똑똑히 기억하고 있지. 지금이라도 그 은혜를 갚고 싶네."

알리는 아버지 덕분에 얻은 행운에 기분이 좋았다. 노인의 저택에 딸려 있는 별채에 숙소를 정하고 집을 떠나올 때 어머니 몰래 가지고 나온 1,000디나르를 노인에게 맡겼다. 그리고 어머니가 따로 챙겨준 100디나르는 자신이 쓰기로 마음먹었다.

그러나 머지않아 알리는 100디나르를 모두 써버렸다. 약재상 노인에게 맡겨둔 돈을 달라고 하기 위해 가게로 찾아갔다. 노인이 잠시 자리를 비운 터라 알리는 가게에 앉아 기다리기로 했다.

그때 시장 한복판에서 노예를 파는 경매가 열렸다. 한 페르시아인이 중매인에게 노예 처녀를 경매에 붙여 달라고 했다. 중매인은 노예 처녀를 데리고 시장 한복판으로 나서 경매를 시작했다. 노예의 베일이 벗겨지고 얼굴이 드러나자 사람들이 하나 둘씩 몰려들었다. 노예 처녀의 미모가 깜짝 놀랄 정도로 아름다웠기 때문이다.

상인들은 앞다투어 값을 올려가며 경매에 열을 올렸다. 어느새 여자 노예의 값이 950디나르까지 치솟았다. 중매인은 페르시아인에게 이 정도면 팔지 않겠느냐고 물었다. 그는 먼저 노예 처녀의 의향을 물어보겠다고 하였다.

"나는 노예 처녀의 뜻을 따르고 싶소. 오랜 여행 중에 그녀가 나의 목숨을 구한 적이 있기 때문이오. 그러니 매매에 관한 일체의 권한은 그녀의 승낙 여부에 달렸으니 그녀와 상의하시오."

중매인은 처녀에게 의향을 물어보았다. 그러나 노예 처녀는 자기를 사겠다고 한 사람을 보여 달라고 하더니 고개를 저었다. 입찰했던 사람이 버럭 화를 냈지만 처녀는 미동도 하지 않았다. 몇 번의 낙찰 기회가 더 있었으나 그때마다 처녀는 갖가지 이유를 들어 거절 의사를 분명히 했다. 결국 중매인은 경매를 지속하는 것이 불가능하다고 판단하고 페르시아인에게 노예 처녀를 데려다 주려고 하였다. 그러자 처녀는 시장 안을 한 바퀴 둘러 보았다.

문득 누군가가 처녀의 눈 속으로 빨려 들어왔다. 많은 사람들 속에서 빛이 나는 사람이 있었다. 그 사람은 바로 알리였다. 처녀는 알리에게 첫눈에 반했다. 처녀는 중매인에게 알리를 가리키며 자신을 살 의향이 있는지를 물어보라고 하였다. 중매인은 한마디로 잘라 말했다.

"저 사람은 카이로에서 온 거상의 아들로 친척집에 머물고 있지. 저 사람은 당신에 대해 단 한 번의 입찰도 하지 않았어. 당신을 살 의사 자체가 없는 사람이라고."

처녀는 손에 끼고 있던 루비 반지를 빼내어 중매인에게 주었다. 중매인이 반색하며 처녀를 데리고 알리에게 다가가 경매 참여 의사를 물었다. 알리는 처녀의 외모가 마음에 들어 경매를 관심있게 지켜보고 있던 터라 마다하지 않았다.

"낙찰가와 수수료까지 포함해서 1,000디나르로 합시다."

알리가 제안하자 중매인이 승낙했다. 알리는 약재상 노인에게 맡겨 두었던 1,000디나르를 받아 지불하고 계약서를 작성하고 처녀와 함께 처소로 돌아왔다.

알리의 처소는 형편없는 모습을 하고 있었다. 처녀는 그때서야 자신을 산 돈이 알리의 전 재산임을 알게 되었다. 알리는 고향 카이로로 돌아갈 때까지는 이렇게 살 수밖에 없다고 하였다. 사실 알리는 카이로에서 아버지께 죄를 짓고 아버지의 벌이 두려워 알렉산드리아로 도망을 친 것이었다. 처녀는 자신이 노예로 팔려 온 사연은 이야기하지 않고 자신의 이름이 '미리암'이라는 것만 밝혀 두었다.

미리암은 알리에게 50디르함만 빌려 오라고 했다. 알리는 약재상 노인에게 가서 50디르함을 빌렸다. 알리가 전 재산을 털어 노예 처녀를 산 것을 알게 된 약재상 노인은 혀를 끌끌 차며 못마땅한 표정을 지었다.

"아무리 특별한 재주를 지닌 처녀라고 해도 노예는 100디나르면 살 수 있는데 자네가 속은 게야!"

알리는 태연히 웃으며 50디르함만 빌려 달라고 하였다. 노인은 50디르함을 내어 주며 말했다.

"이보게 알리, 자네는 여행자 신분이니 50디르함 정도는 금방 동이 날게야. 그럼 또 나를 찾아오겠지. 나도 한 열 번쯤은 빌려줄 수 있지만 그 이상은 곤란해. 그렇게 되면 자네 부친과도 소원해질지 모르니 말이야."

알리는 노인이 건넨 50디르함을 들고 별채로 돌아왔다. 미리암은 반색하며 다시 알리에게 말했다.

"지금 바로 시장에 나가 오색 비단실 20디르함 어치를 사고,

나머지 30디르함으로 빵, 고기, 과일과 포도주 등 먹을 것을 사 오셔요."

알리는 미리암이 시키는 대로 했다. 미리암의 훌륭한 요리 솜씨 덕분에 맛있는 음식을 만들어 풍족하게 먹었다. 두 사람은 술잔을 나누며 취기가 돌 때까지 마셨다. 알리가 얼큰하게 취하여 잠이 들자 미리암은 자신의 보따리 속에서 가죽 주머니에 든 두개의 뜨개바늘을 꺼냈다. 그리고 심혈을 기울여 아름다운 허리띠를 하나 뜨개질한 다음 인두로 다려 형태를 잡은 뒤 베개 밑에 넣어 두었다.

그리고 잠시 뒤 미리암은 알몸으로 알리가 잠들어 있는 침대 속으로 들어가 그의 품을 파고들었다. 미리암의 비단 같은 살결이 닿는 순간 알리의 영혼이 녹아드는 것 같았다. 알리는 단숨에 정욕에 사로잡혀 알몸의 미리암을 와락 끌어안았다. 두 사람은 천천히 그러나 정열적으로 서로의 몸을 탐했다.

그렇게 밤이 새도록 두 사람은 천국의 황홀경을 넘나들며 서로의 몸을 어루만졌다. 어떠한 방해로도 끊어질 수 없는 애정의 끈으로 단단히 엮인 두 사람은 세상 그 누구도 부럽지 않았다. 가쁜 숨을 몰아쉬던 알리가 미리암의 귀에 대고 속삭였다.

"비록 정식으로 혼인계약서를 작성한 것은 아니지만 우리 두 사람은 이제 부부가 된 것이오. 난 당신을 유일한 아내로 삼아 평생 아끼고 사랑할 터이니 그대도 나를 유일한 남편으로 삼아 섬겨 주었으면 하오."

미리암은 알리의 품을 파고들며 고개를 끄덕였다.

날이 밝자 미리암이 밤에 짜 두었던 허리띠를 꺼내어 남편에게 건넸다.

"서방님, 이걸 시장에 가져가 중매인에게 팔아 달라고 부탁하세요. 단 한 가지 조건이 있어요. 반드시 현금을 받으셔야 해요. 그리고 금화 20디나르 이하로는 절대로 팔지 마세요."

알리는 값싼 비단실로 짠 허리띠를 금화 20디나르에 팔아 오라는 미리암의 말에 깜짝 놀랐다. 그런데 정말로 중매인은 금화 20디나르에 허리띠를 팔아 주었다. 알리는 뛸 듯이 기뻐하며 비단실을 사서 아내에게 돌아왔다.

다음 날도 미리암은 미리 짜 두었던 허리띠를 전날과 같이 팔아 오라고 말했다. 이번에도 만족스러운 가격에 허리띠를 팔게 되자 알리는 미리암의 능력에 놀라면서도 매우 흡족했다. 그리고 약재상 노인을 찾아가 그 동안 빌렸던 돈을 모두 갚았다. 노인이

노예를 팔았느냐고 묻자 알리는 오히려 그 반대라고 대답하며 노예 처녀와 부부의 연을 맺었다고 이야기했다. 노인은 자기 일처럼 기뻐하며 축하해 주었다.

이렇게 1년 동안 부부로서 더없이 행복한 시간을 누린 두 사람은 미리암의 뜨개질 솜씨 덕분에 적잖은 재산까지 모을 수 있게 되었다.

그러던 어느 날 미리암이 알리에게 말했다.

"세상의 어떤 왕자도 가져보지 못한 아름다운 목도리를 짜 드릴 테니 다양한 빛깔의 비단실을 사다 주세요."

알리가 비단실을 사다 주자 미리암은 꼬박 일주일이 걸려 세상에서 가장 아름다운 목도리를 짜서 알리에게 주었다. 알리가 그 목도리를 두르고 시장에 나서자 보는 사람들마다 눈을 떼지 못하고 부러워했다. 알리는 흐뭇하고 우쭐한 기분이 들었다.

그 일이 있은 지 며칠 후 여인의 흐느끼는 소리가 들려 눈을 떠보니 아내가 울고 있었다.

"무슨 일이오?"

"우리가 헤어질 것만 같은 불길한 예감이 들어서요."

"절대로 그런 일은 일어나지 않을 테니 걱정하지 말아요."

알리는 아내를 포근히 안아 주었다. 하지만 아내는 구슬피 울며 간절한 목소리로 말했다.

"저와 헤어지고 싶지 않으시면 오른쪽 눈이 멀고 얼굴색이 검은 절름발이 노인을 조심하세요. 그 노인이 마을로 들어서는 것을 제가 보았어요. 아무래도 저를 잡으러 온 것 같아요. 그렇다고 그 노인을 죽여서도 안 돼요. 그러니 그자와 말을 섞거나 물건을 흥정하거나 하는 행동은 절대로 하지 마세요!"

이튿날 알리는 미리암이 짜 준 허리띠를 가지고 시장에 나갔다. 상인들과 잡담도 하고 흥정도 하다 보니 피로가 몰려왔다. 의자에 앉아 설핏 잠이 들었던 것 같은데 누군가 자신의 목 언저리를 기분 나쁘게 더듬는 느낌에 눈을 떴다. 아니나 다를까 노인이 자신의 부하 일곱 명을 거느리고 알리 앞에 서서 목도리를 들춰 보고 있었다. 찬찬히 살펴보니 아내 미리암이 이야기해 주었던 인상착의를 지닌 노인이었다.

"뭐 하는 짓이오!"

알리는 버럭 소리를 질렀다. 그러자 노인이 불쌍한 표정을 지으며 매달렸다.

"이 목도리를 누가 짜 주었소?"

"우리 어머니께서 직접 짜 주신 것이오."

미리암의 당부를 되새기며 알리는 모르는 척 둘러댔다. 그러나 노인은 끈질기게 알리에게 질문을 해댔다. 그러더니 목도리를 자신에게 팔라고 하는 것이 아닌가.

"절대로 안 되오! 누구에게도 팔 수 없는 귀한 물건이오!"

"내가 1,000디나르를 내겠소."

알리는 단호하게 거절했지만 주변에 모여든 다른 상인들이 이런 횡재를 놓치는 것은 어리석은 일이라며 바람을 잡았다. 오히려 팔지 않겠다고 버티는 알리가 이상한 사람이 되어 가고 있는 상황이었다. 주위 사람들이 성화에 못 이겨 알리는 1,000디나르를 받고 목도리를 노인에게 팔아 버렸다.

알리는 빨리 미리암이 기다리고 있는 집으로 돌아가고 싶었다. 그러나 노인은 알리를 놓아주지 않았다. 오히려 귀한 물건을 살 수 있게 해주었으니 융숭한 대접을 해야 한다며 한사코 자기 집으로 끌고 가는 것이 아닌가.

다른 상인들과 함께 노인의 집에 초대 받은 알리는 넓은 객실에서 훌륭한 대접을 받으며 오랜만에 흥겨운 시간을 보냈다. 한껏 취기가 오른 알리에게 노인이 말했다.

"지난해에 1,000디나르를 주고 산 노예 처녀를 5,000디나르에 저에게 다시 파시지요."

노인의 말에 정신이 번쩍 든 알리는 절대로 그럴 수 없다고 딱 잘라 말했다. 그러나 노인은 계속해서 미리암의 몸값을 올려가며 자신에게 처녀를 팔라고 종용하였다. 알리가 절대로 그럴 수 없다고 버티자 노인은 짐짓 포기한 듯 계속해서 알리에게 술을 권했다. 심하게 술이 취한 알리는 인사불성이 되어 버렸다. 알리의 눈치를 살피던 노인이 다시 한 번 알리에게 말했다.

"1만 디나르를 줄 터이니 그 노예 처녀를 내게 파시오."

"알아서 하시오."

알리는 술에 취해 자신이 무슨 말을 했는지도 모른 채 미리암을 노인에게 팔아 버렸다. 노인은 손뼉을 치며 기뻐했다. 그리고 그 자리에 함께 한 상인들에게 날이 밝으면 딴 소리를 할지 모르니 증인이 되어 달라고 했다. 상인들이 그렇게 하겠다고 하였다. 그렇게 알리와 상인들은 날이 새도록 노인의 집에서 먹고 마시며 놀았다.

다음 날 노인은 심부름꾼을 시켜 알리에게 1만 디나르를 가져다주었다. 알리가 어리둥절한 표정을 짓자 노인이 말했다.

"어젯밤 당신이 제게 당신의 노예 처녀를 팔았소이다. 그러니 이 대금을 받고 노예 처녀를 어서 내게 넘기시오."

"그건 말도 안 되는 일이오. 나는 어젯밤 너무 취해 내가 무슨 말을 했는지도 기억하지 못한단 말이오!"

당황한 알리가 변명을 해보았지만 소용없는 일이었다. 지난 밤 함께 어울렸던 상인들이 모두 증인으로 나섰기 때문이다. 믿을 수 없는 상황에 얼굴이 하얗게 질린 알리에게 노인은 음흉하게 웃으며 말했다.

"1,000디나르를 주고 산 노예 처녀를 1년이나 데리고 있었으면 이제 싫증 날 때도 되지 않았소? 게다가 내가 1만 디나르나 주고 산다지 않소. 그대에게는 꽤 많이 남는 거래가 아니겠소?"

상인들은 노인의 증인이 되어 알리가 노인과 분명히 약속했음을 확인해 주었다. 결국 알리는 1만 디나르를 받고 노인에게 미리암을 넘겨야 했다. 준비하고 있던 법관과 증인들이 들어와 당장 매매계약서가 작성되었다.

한편 밤이 늦도록 돌아오지 않는 남편을 기다리던 미리암은 불길한 예감에 사로잡혀 견딜 수가 없었다. 날이 밝고 알리가 문으로 들어서는 것을 본 미리암은 안도의 한숨을 내쉬었다. 하지만 자세히 살펴본 알리의 얼굴은 새파랗게 질려 있었다. 알리의 온몸이 부들부들 떨리는 것을 본 미리암은 무언가 일이 잘못되었다는 것을 직감했다.

"서방님, 혹시 저를 팔아 버리셨나요?"

미리암이 울먹이며 말했다. 알리는 대답없이 그 자리에 주저앉아 울음을 터뜨렸다. 그러고는 변명하듯 간밤에 있었던 일을 털어놓았다. 미리암은 견딜 수 없는 슬픔에 남편을 끌어안고 눈물을 흘렸다.

그때 노인이 안으로 들어섰다. 그가 미리암에게 다가와 손에 입을 맞추려 하자 미리암은 그의 뺨을 때리며 앙칼지게 소리 질렀다.

"꺼져라! 네놈이 간교한 꾀로 내 남편을 속였구나! 네 놈의 간계가 신의 심판을 받을 때가 반드시 올 것이다!"

노인은 비열하게 웃으며 말했다.

"공주님, 제가 무슨 죄를 저질렀습니까? 공주님의 주인은 제 스스로 결정하여 공주님을 제게 판 것일 뿐입니다. 만약 진정으로 공주님을 사랑했다면 그리하지 않았겠지요."

노인의 입에서 나온 '공주님'이라는 말에 알리는 놀라움을 금할 수가 없었다. 그저 노예 처녀인 줄만 알았던 아내가 '공주'였다니 무슨 사연이 있음이 틀림없었다.

사실 미리암은 프랑크의 광활한 도시를 통치하는 왕이 애지중지하는 공주였다. 그곳은 기후가 좋고 땅이 비옥한 아름다운 도시였다. 미리암 공주는 금지옥엽으로 자란 나라의 보물이었다. 지혜로운 데다가 여러 분야에 특출한 재능을 보여 온 백성들의 사랑을 받았다. 미리암 공주를 탐낸 이웃 나라들이 앞다투어 청혼 사절을 보냈으나 공주를 너무도 사랑한 부왕은 아무에게도 공주를 시집보내려 하지 않았다.

그러던 어느 날, 공주는 중병에 걸려 생사를 넘나들게 되었다. 간절한 기도 때문이었는지 공주의 병은 얼마 지나지 않아 깨끗하게 나았고, 공주는 신께 감사를 올리려 배를 타고 참배 여행을 떠났다. 배가 수도원 근처에 다다랐을 때 이슬람교도들이 나타나 배를 장악하고, 모든 재물을 약탈하였다. 그리고 공주를 납치하여 노예로 팔아 버렸다.

그런데 천만다행으로 공주를 산 페르시아인은 성불구자로 공주를 탐할 수 없었고, 오히려 병에 걸려 공주에게 신세까지 지고 말았다. 그 사람이 바로 알리에게 공주를 판 페르시아인이었다.

한편 공주가 납치되었다는 사실을 들은 부왕은 미친 듯이 공주를 찾아 헤맸다. 사방으로 군대를 파견하여 공주의 행방을 찾았지만 찾을 길이 없었다.

왕은 최후의 방법으로 왼쪽 눈이 먼 절름발이 대신을 파견하여 은밀히 공주를 찾아오도록 하였다. 이 대신은 간교한 성품을 지닌 자로 수완이 남달라 이루고자 하는 바를 반드시 이루는 지략가였다. 대신은 아라비아 일대를 샅샅이 뒤지던 중에 알렉산드리아까지 가게 되었고, 시장에서 알리가 하고 있던 목도리를 보고 공주의 행방을 확신하게 되었다. 알리가 두르고 있던 목도리의 뜨개질 기법은 미리암 공주만이 가지고 있는 재주였기 때문이다. 그렇게 행방불명된 공주를 꼭 1년 만에 찾을 수 있었다.

공주의 사연을 들은 알리는 자기의 어리석음을 후회하며 목놓아 울었다. 그러나 이미 돌이킬 수 없는 일이었다. 노인은 삼엄한 경호 속에 공주를 데리고 배를 타기 위해 먼 바다로 나갔다. 미리암은 알렉산드리아를 바라보며 알리와의 이별에 가슴을 치며 하염없이 눈물을 흘렸다.

　알리 역시 아내와의 추억들을 회상하며 자신의 경솔함을 자책했다. 그러다 우연히 아내가 즐겨 쓰던 뜨개질 상자를 발견하고는 숨이 멎을 만큼 가슴이 아파 엉엉 소리내며 울었다.

　그때 낯선 노인 하나가 알리의 앞에 나타났다. 노인은 미리암의 고국으로 가는 무역선의 선장이었다. 배 안에는 이슬람교도 상인 100여 명이 타고 있었다.

　"프랑크인 대신과 떠난 여자 때문에 그러는 모양인데 자네도 우리와 함께 떠나세. 신께서 인도하신다면 언젠가 꼭 만날 수 있을 걸세."

　알리는 노인의 호의에 감사의 인사를 하고 아내를 만나러 갈 채비를 했다. 배는 사흘 뒤에 출항해 순조롭게 항해했다. 그러나 불행하게도 배가 출항한지 50여 일이 되던 날, 프랑크인들에게 습격을 받은 무역선은 재물을 약탈당하고 많은 상인들이 목숨을 잃었다. 다행히 목숨만은 건진 알리는 포로로 붙잡혀 프랑크 감옥에 갇혔다.

　그즈음 미리암을 태운 배는 프랑크에 정박을 하고 있었다. 도성은 온통 공주의 무사 귀환을 축하하는 장식들로 넘쳐났다. 부왕과 신하들이 공주를 맞이하기 위해 해변에 나와 있었다. 부왕은 공주를 끌어안고 재회의 기쁨을 나누었다. 왕비도 건강하게 돌아온 딸의 모습에 기뻐했다.

공주를 데리고 궁으로 돌아간 왕비는 공주를 씻기고 치장해 주며 지난 1년 간의 이야기를 들었다. 공주의 이야기를 듣고 난 왕비는 공주가 이미 처녀를 잃었다는 것을 예감할 수 있었다.

"공주야, 혹시……."

"낯선 나라에서 노예로 이리저리 팔려 다녔는데 어찌 순결을 지킬 수 있었겠어요."

공주의 말에 왕비는 정신이 아득해졌다. 왕비에게 이 같은 사실을 전해 들은 왕은 불같이 화를 냈다. 왕이 대신들에게 이 일을 의논하자 다들 한결같은 목소리로 말했다.

"공주님께서 이슬람교도의 나라에서 그 같은 수모를 당하셨다니 가만히 있을 수 없습니다. 이 나라에 들어와 있는 이슬람교도 100명의 목을 베어 피의 복수를 해야 할 것입니다."

왕은 감옥에 가두어 둔 이슬람교도 100명의 목을 베라고 명령하였다. 그렇게 선장부터 차례대로 형장으로 끌려 나와 억울한 목숨을 잃어야 했다. 마지막으로 알리의 차례가 되었을 때 놀라운 일이 벌어졌다. 한 노파가 왕 앞에 나서며 말하는 것이었다.

"폐하께서 지난날의 제 공을 치하하시며 미리암 공주가 무사히 돌아오면 이슬람교도 다섯을 사원의 노예로 주시겠다고 하시지 않으셨습니까?"

그제서야 왕은 사원의 노파에게 했던 약속을 생각해 냈다.

"할 수 없지. 이슬람교도 포로가 한 명밖에 남지 않았으니 저 놈이라도 데려가 일을 시키거라."

이렇게 하늘이 내려 주신 행운으로 알리는 목숨을 구할 수 있게 되었다. 그리고 사원에서 온갖 허드렛일을 도맡아하며 지내게 되었다. 그러던 어느 날, 노파가 돈을 주며 온종일 밖에 나가 바람을 쐬며 놀다 오라고 하는 것이 아닌가.

"오늘은 미리암 공주님의 무사귀환 치성을 드릴 겸해서 공주님께서 직접 이 사원에 나오실 게야. 그런데 400여 명이나 되는 귀부인들이 함께 오실 터인데 자네가 눈에 띄면 가만히 두지 않을 것이 뻔하네. 밖으로 나가 몸을 숨겼다가 그분들이 돌아가면 사원으로 돌아오게나."

노파의 지시에 따라 알리는 사원 밖으로 나왔다. 시장을 돌아다니며 구경을 하기도 하고, 나무 그늘에 앉아 모처럼의 여유를 즐겼다. 그러다 문득 미리암 공주가 너무도 보고 싶어졌다. 지금 사원으로 돌아가면 그리운 미리암 공주의 얼굴을 먼 발치에서나마 볼 수 있다고 생각하니 가슴이 두근거렸다. 알리는 몰래 사원으로 숨어 들어갔다.

아름다운 시녀들에 둘러싸여 있음에도 미리암 공주의 미모는 멀리서도 알아볼 수 있을 정도로 눈부셨다. 수많은 별들 중에서도 가장 빛나는 별과 같은 자태였다. 알리는 더 이상 참을 수 없는 그리움에 공주의 이름을 소리쳐 불렀다.

"오! 미리암!"

시녀들이 단숨에 달려들어 알리를 포위했다. 칼을 뽑아들고 당장이라도 목을 벨 태세였다. 귀에 익은 목소리에 몸을 돌려 보니 꿈에도 그리던 남편이 그곳에 서 있었다.

"그냥 두어라. 틀림없이 제 정신이 아닌 놈일 게야. 한눈에도 그렇게 보이지 않느냐."

공주의 말을 듣고 나서야 자신이 위험에 빠졌다는 사실을 눈치챈 알리는 두건을 벗고 눈을 까뒤집었다. 입으로는 헛소리를 떠들며 실성한 사람처럼 몸을 비꼬았다.

"진짜로 실성한 놈인 모양이다. 이쪽으로 가까이 끌고 오거라. 내가 아라비아 말을 할 줄 아니 저 놈의 정체를 확인해 보아야겠다. 너희들은 잠시 저만큼 물러나 있으라."

시녀들이 멀찍이 물러나 이쪽의 말소리가 들리지 않을 만큼 멀어지자 미리암 공주가 알리에게 아는 척을 했다.

"목숨을 걸고 이 나라까지 건너와 제 이름까지 불렀으면서 고작 실성한 사람인 척 하시는 거예요?"

알리가 눈을 동그랗게 뜨고 미리암 공주를 바라보았다.

"당신은 스스로 그런 고통에 빠지신 거예요. 제가 미리 알려 드렸는데도 욕심에 눈이 멀어 저를 팔아 버리시다니……. 제가 그렇게 신신당부했건만……."

미리암 공주가 눈물을 흘리자 알리는 무릎을 꿇고 용서를 빌었다. 그렇지만 다시 돌이킬 수 없는 일이었다. 알리는 북받치는 슬픔을 가눌 길이 없었다. 미리암 공주는 알리를 숨겨 주고, 틈을 봐서 다시 오겠다고 말했다.

해가 지고 어둠이 깔리자 미리암 공주는 홀로 기도를 드리겠다며 시녀들을 물렸다. 그리고 사람들의 눈을 피해 알리가 숨어 있는 곳으로 달려갔다. 두 사람은 만나자마자 서로를 부둥켜안고 하염없이 눈물을 흘렸다. 그리고 헤어져 있던 시간의 한을 풀듯 밤이 새도록 알렉산드리아에서의 추억과 그간의 이야기들을 나누었다.

잠시 생각에 잠겼던 공주가 알리에게 말했다.

"새벽 한 시쯤 사원 안에 있는 봉헌함에서 여비로 쓸 수 있을 만한 것들을 챙겨서 바다로 통하는 갱도 문을 통과해 항구로 나오세요. 조그만 배 한 척이 기다리고 있을 것입니다. 선장이 손을 내밀면 당신도 한 손을 내미셔요. 그러면 배에 태워줄 거예요. 일단 배에 올라타시고 나면 제가 갈 터이니 기다리셔요. 잊지 마세요. 절대로 잠이 들면 안 돼요. 깜빡 졸다가 때를 놓치면 모든 것은 물거품이 되어 버리니까요."

공주는 일행을 이끌고 궁전으로 돌아갔다. 알리는 평소와 다름없이 사원의 하루 일을 마무리했다. 이윽고 밤이 깊고 새벽이 되자 알리는 공주가 알려준 대로 봉헌함을 열어 값나가는 것들을 챙겨 사원을 빠져나왔다. 항구에 이르자 공주가 말한 대로 배가 기다리고 있었다. 선장이 다가오더니 손을 내밀기에 알리는 공주가 미리 말해준 대로 손을 내밀었다. 그러자 선장이 배에 태워 주었다.

선장을 닻줄을 올리고 바로 출항을 명령했다. 그러자 한 선원이 왕이 순시하러 올 때가 되었으니 기다려야 한다고 했다. 선장은 단칼에 그 선원의 목을 베어 버렸다. 다른 선원들이 항의하자 선장은 차례대로 모두의 목숨을 거두었다. 그렇게 배에 타고 있던 선원 모두가 선장의 칼에 목숨을 잃었다. 선장은 시신들을 바다에 던져 버리고 알리에게 닻줄을 끌어올려 출항하라고 명령했다. 알리는 선장이 무서워 시키는 대로 재빠르게 움직였다. 그 외에도 선장은 이것저것 갑판 위의 일들을 시켰다. 알리는 땀이 나도록 이리저리 뛰어야 했다.

  그렇게 배는 큰 파도가 일렁이는 먼 바다까지 빠른 속도로 나아갔다. 선장과 눈이 마주칠 때마다 알리는 두려움에 숨이 멎는 것 같았다. 어디로 가는 것인지 알지도 못한 채 밤이 깊어지자 알리는 걱정이 되기 시작했다. 미리암 공주를 만날 수 없을지도 모른다는 두려움에 눈물이 흘렀다. 그렇게 아침이 밝아 오고 있었다.

  그런데 이게 어찌된 일인가. 선장이 갑자기 자신의 긴 수염을 잡아당기는 것이 아닌가. 순간 가짜 수염이 한꺼번에 선장의 얼굴에서 떨어졌다. 선장의 정체는 바로 미리암 공주였다! 공주는 선장을 유인하여 먼저 처리하고 가짜 수염을 붙여 선장 행세를 한 것이었다. 알리는 공주의 대범함에 놀라 한동안 말을 잇지 못했다.

"그대의 대범함에 놀랐소!"

알리가 칭찬하자 공주가 대답했다.

"누구든 이런 경우에는 대범하게 행동해야 해요. 그렇지 않으면 도리어 화를 입게 되지요."

실제로 공주는 남자에 버금가는 대범함과 기백을 가지고 있었다. 항해술도 뛰어나 바다 위를 육지처럼 자유롭게 나아갔다. 먼 바다까지 나오자 비로소 두 사람은 마음을 놓고 서로를 끌어안으며 안도의 한숨을 내쉬었다. 그렇게 두 사람은 저 멀리에 알렉산드리아가 보이는 바다까지 다다랐다.

알리는 공주를 배에서 기다리게 한 뒤 혼자 육지에 올랐다. 알렉산드리아로 들어가려면 관습에 따라 여자들은 작은 베일과 외출용 신발이 필요했기 때문이었다. 알리는 약재상 노인의 집에 먼저 들러 안부 인사를 나누고, 필요한 것을 구해 돌아올 참이었다.

한편 미리암 공주가 또다시 사라진 것을 안 부왕은 혼비백산했다. 백방으로 수소문했지만 공주의 자취는 보이지 않았다. 해변에 선원들의 시체가 떠올랐을 뿐이었다. 자세히 조사해 보니 왕실의 배 한 척과 사원에서 일하던 이슬람교도 한 명이 감쪽같이 사라졌다. 또한 사원에서 바다로 통하는 뒷문이 열려있는 것으로 보아 두 사람이 함께 탈출한 것이 분명했다. 부왕은 절름발이 대신에게 다시 공주를 찾아오도록 명령하였다.

대신은 밤낮을 가리지 않고 달려 알렉산드리아 해변에 도착하였다. 배를 정박하기 전에 항구를 둘러보던 중 왕실의 배가 눈에 띄었다.

대신은 몇 명의 군사만 데리고 조심스럽게 왕실의 배 위에 올랐다. 안을 살펴보니 배 안에는 미리암 공주 혼자만 있었다. 대신은 군사들을 시켜 공주를 결박하여 자신이 타고 온 배에 옮겨 놓고 알리를 기다렸으나 밤이 깊을 때까지 알리는 나타나지 않았다. 대신은 하는 수 없이 공주만 데리고 본국으로 돌아갔다.

공주가 궁으로 들어서자 왕이 불같이 화를 내며 말했다.

"도대체 어떻게 된 일이냐! 어찌 이리 참담한 일을 저질렀단 말이냐!"

"아바마마, 전 억울하옵니다. 사원에 기도를 하러 갔을 뿐입니다."

미리암 공주는 거짓을 둘러대려고 했으나 이미 진상 조사를 마친 부왕은 공주의 말을 믿어 주지 않았다. 오히려 이슬람교도인 알리와 함께 자신의 나라를 떠나려고 했다는 사실에 크게 화가 난 듯했다.

"입 다물어라! 더 이상의 거짓은 들어줄 수가 없다! 난 너 같은 딸을 둔 적이 없다! 여봐라! 공주를 당장 형틀에 묶어라! 세상 사람들에게 본보기를 보일 것이다!"

화가 머리끝까지 치민 부왕은 미리암 공주에게 형벌을 가하려고 하였다. 그때 절름발이 대신이 나서서 부왕을 말렸다.

"폐하, 바라건대 노여움을 가라앉히십시오. 공주님을 이대로 처형하지 마시고 차라리 제게 아내로 주십시오. 제가 잘 설득하겠습니다. 또한 공주님의 격에 맞는 폐쇄궁을 지어 주시면 공주님의 일거수 일투족을 잘 살피겠습니다. 궁전이 완성되는 날, 신께 제물로 30명의 이슬람교도의 목을 바칠 것입니다."

대신의 말에 부왕은 고개를 끄덕이고 당장 폐쇄궁을 지을 것을 명령하였다.

한편 미리암에게 필요한 물건들을 구해서 배로 돌아온 알리는 공주가 사라진 것을 알고는 미친 사람처럼 공주를 찾아 헤맸다. 그러나 어디에서도 공주를 찾을 수는 없었다. 소식을 들은 약재상 노인이 달려와 알리를 위로했다.

"일이 이렇게 되었으니 이제 그만 그 여인을 단념하게. 이미 한 번 그녀를 위해 목숨을 건 모험을 단행하지 않았는가."

"절대로 그럴 수 없습니다. 저는 그녀가 없이는 단 하루도 살 수가 없습니다. 다시 프랑크로 가야겠어요. 반드시 그녀를 찾아올 것입니다."

알리는 미친 사람처럼 소리쳤다. 때마침 프랑크로 향하는 상선이 있어 사정을 말하고 배에 올랐다. 다시 한 번 시작된 목숨을 건 여행이었다.

그런데 이번에도 프랑크가 보이는 바다에 이르자 어김없이 프랑크인들의 배에 습격을 받았다. 미리암 공주의 일로 이슬람교도에 대해 아주 큰 적개심을 품게 된 왕은 인근 바다로 들어오는 모든 이슬람교도의 배를 막고 이방인들을 죽이라고 명했던 것이다. 알리가 타고 있던 배도 그 명을 피해갈 수는 없었다. 이윽고 프랑크인들은 선장을 비롯한 선원들의 목숨을 앗아갔다. 뒤늦게 배에 올라온 왕이 알리를 유심히 바라보았다.

"네 놈은 꽤 낯이 익구나."

그러나 알리는 생전 처음 보는 사람을 바라보듯 왕을 쳐다보았다. 때마침 절름발이 대신이 궁전의 축조가 완료되었다며 제물로 바칠 30명의 이슬람교도를 보내 달라고 청하였다. 왕은 이슬람교도가 한 명밖에 남지 않았다고 말하며 알리를 보내 주었다. 절름발이 대신을 보는 순간 알리는 대신이 자신을 알아볼까 두려워 온몸이 굳는 듯했다. 그러나 다행스럽게도 대신은 알리를 알아보지 못하였다.

대신은 새로 지은 성으로 알리를 데리고 와 바로 처형하려 하였으나 화공들이 단청을 칠하는 동안은 피를 보아서는 안 된다는 말에 처형을 연기하고 알리를 마구간에 가두었다.

알리가 갇힌 마구간에는 왕이 애지중지하는 두 필의 종마가 있었는데 한 마리는 눈처럼 하얀 순백색이고, 한 마리는 흑단처럼 검은 흑색이었다. 그 중 한 마리는 황달에 걸려 눈동자에 흰 막이 생겨 앞을 보지 못했는데 이름난 수의사의 치료에도 나아질 기미가 보이지 않았다. 알리가 다가가 살펴보니 자신이 고칠 수 있을 것 같았다. 알리는 대신에게 자신이 말의 눈병을 고쳐볼 것이니 결박을 풀어달라고 하였다. 대신은 믿을 수 없다며 의심했다.

"전 어차피 죽을 목숨이니 상관없습니다."

대신은 해볼 테면 해보라는 마음으로 결박을 풀어주었다. 그러자 알리가 다시 대신에게 말했다.

"제가 만약 이 말의 눈을 고치면 어떤 상을 주시겠습니까?"

"고쳐주기만 한다면 목숨을 살려줄 뿐만 아니라 네 소원도 하나 들어주겠다."

알리는 필요한 재료를 구해달라고 청해 재료가 도착하자마자 말을 치료했다. 그리고 말의 눈에 약재를 올리고 붕대를 감아 주었다. 알리는 말을 쓰다듬으며 생각했다.

'네가 나으면 나도 살아나겠지만 설사 네가 잘못된다고 해도 이 시름 뿐인 생을 마칠 수 있으니 내게는 아쉬울 것도 없는 셈이지.'

그렇게 밤이 깊었다. 이튿날 아침, 날이 새자마자 대신이 마구간으로 달려와 말의 붕대를 풀어보았다. 그런데 이게 웬일인가. 말의 눈이 투명해져 있는 것 아닌가. 대신은 알리의 의술에 감탄하며 당장 마구간의 책임자로 임명했다. 거처를 마련해 주고 월급까지 책정해 주었다. 그날부터 알리는 열심히 말을 돌보았다.

대신에게는 딸이 하나 있었는데 우연히 마구간을 지나다 알리가 부르는 구슬픈 노래를 듣게 되었고 알리에게 안타까운 사랑의 사연이 있을 것이라고 짐작했다.

한편 미리암 공주는 새로 지은 폐쇄궁에 갇혀 있었다. 대신의 딸이 가끔 들러 말벗이 되어 주곤 하였는데 하루는 미리암 공주가 흐느끼는 소리가 들려왔다. 대신의 딸은 공주를 위로하며 창가로 데리고 갔다.

"여기서 저희 집의 마구간이 보여요. 저기 말을 돌보고 있는 남자가 보이시나요? 아주 멋진 외모를 가진 이랍니다. 아마 아름다운 미남자를 보면 기분이 좋아지실 거예요."

대신의 딸의 말에 못이기는 척 마구간 쪽으로 눈길을 옮긴 미리암 공주는 깜짝 놀라고 말았다. 얼굴이 수척해지고, 수염이 덥수룩하게 자라 있었지만 그는 분명 자신의 남편 알리였다. 미리암 공주는 두근거리는 가슴을 진정시키며 다시 한 번 이곳을 탈출할 계획을 세웠다. 그리고 알리에게 보내는 편지를 써내려갔다.

당신이 그리워 잠도 이루지 못하는 아내 미리암입니다. 오늘밤 종마 두 필에 안장을 얹고 떠날 채비를 하고 계셔요. 그러다 새벽 한 시쯤 궁전 문 밖으로 나오십시오. 행여 지나가던 사람이 묻거든 말을 운동시키러 가는 것이라고 둘러대십시오. 다들 안심할 것입니다. 이번만큼은 부디 일을 그르치는 일이 없도록 해 주시어요.

미리암 공주는 손수건에 쓴 편지를 창 밖 아래로 던졌다. 편지를 받은 알리는 미리암의 필체를 알아보고 편지에 입을 맞추며 눈물을 흘렸다. 그리고 미리암 공주의 말대로 침착하게 탈출할 준비를 했다. 알리는 시간이 되자 종마를 데리고 도성 문 앞에서 기다렸다.

알리에게 쓴 편지를 던지고 방으로 돌아온 미리암 공주는 대신이 들어와 앉아 있는 것을 보고 놀랐다. 그러나 대신을 안심시켜야 했으므로 다른 때와 다르게 애교를 부리며 대신의 환심을 사기 위해 노력했다. 공주의 뜻밖의 행동에 대신은 부끄러워하며 미리암 공주의 얼굴을 똑바로 쳐다보지 못했다. 공주는 그런 대신에게 살갑게 굴며 술을 가득 채웠다.

"어찌 그리 수줍어하시는 것입니까."

미리암 공주의 평소와 다른 모습에 대신은 어쩔 줄 몰라 했다.

"저를 박대하시는 것이에요?"

"아, 아닙니다. 어찌 공주님 같은 분을……."

대신은 부끄럽고 수줍은 나머지 술잔을 연거푸 비웠다. 그때마다 공주는 가득 술을 채웠다. 잠시 후 취기가 오른 대신이 몸을 비틀거리기 시작했다. 그러자 미리암 공주는 미리 준비한 약을 술잔에 털어 넣고 다시 술을 채웠다. 대신은 약이 든 술잔을 번쩍 들고 공주를 바라보고 히죽 웃더니 한 번에 털어 넣었다. 공주가 넣은 약은 냄새만으로도 며칠씩 잠이 들 정도로 많은 양이었다. 대신은 그 자리에 고꾸라져 잠이 들었다.

미리암 공주는 자루에 값나가는 물건들과 먹을 것을 챙겨 아무도 몰래 궁을 빠져 나왔다. 대신이 미리암 공주와 함께 있는 것을 알고 시종과 경비들이 마음을 놓고 있는 틈을 타 어렵지 않게 궁을 빠져 나갈 수 있었다. 공주는 정신없이 달려 알리가 기다리고 있는 성문으로 뛰었다.

같은 시각 초조하게 공주를 기다리던 알리는 졸음을 이기지 못해 꾸벅꾸벅 졸고 있었다. 그때 훌륭한 종마를 발견하고 기회를 엿보고 있던 말 도둑이 잠든 알리의 손에서 슬그머니 고삐를 빼내 한 마리는 앞세우고 한 마리는 직접 올라타 천천히 걸음을 옮기고 있었다.

때마침 미리암 공주가 도착하여 말 안장에 자루를 하나씩 묶었다. 말 도둑은 자신의 도둑질이 들킬까 염려하여 아무 소리도 내지 않았고, 미리암 공주는 밤이 깊어 말 위에 앉아 있는 자의 얼굴을 정확하게 확인하지 못했다.

이윽고 무사히 성문을 빠져나온 후 공주가 말했다.

"서방님, 제가 너무 늦게 와서 화가 나셨나요? 어째서 아무 말씀도 안 하시는 건가요?"

상대가 연약한 여자임을 확인한 말 도둑이 거칠게 반문했다.

"지금 뭐라고 했지?"

남편의 목소리가 아님을 알게 된 미리암 공주가 칼을 꺼낼 채비를 하며 물었다.

"네 놈은 누구냐?!"

그러자 말 도둑은 방향을 돌려 도망가려 했다. 그러나 이미 칼을 빼어든 공주는 번개같이 달려들어 말 도둑의 목을 베어 버렸다. 공주가 두 마리의 종마를 끌고 다시 성문 앞으로 돌아가 보니 아직도 알리는 잠에 빠져 깨어나지 못하고 있었다. 화가 난 공주가 툭 치자 알리가 소스라치게 놀라며 잠에서 깨어났다. 두 사람

은 각자 한 마리씩 말을 타고 바람처럼 달려 성문을 빠져나왔다. 한참을 달려 도성에서 멀어지자 공주는 알리를 돌아보며 뾰로통한 표정으로 말했다.

"그렇게 신신당부했는데 어떻게 잠이 들 수 있는 거죠? 하마터면 영영 기회를 놓칠 뻔했어요."

"미안하오. 그러려고 그런 건 아닌데 이제 당신과 떠날 수 있다고 생각하니 긴장이 풀려서 그만……."

공주는 투정을 부리 듯 조금 전에 있었던 황당한 사건을 알리에게 이야기해 주었다. 알리는 공주의 놀라운 용기와 기백에 감탄하지 않을 수 없었다.

공주와 알리는 재회의 기쁨을 나눌 새도 없이 말을 타고 달렸다. 언제 뒤쫓아 올지 모르는 부왕의 군대를 생각하면 한시도 지체할 수가 없었던 것이다. 둘은 어느새 바그다드로 들어서고 있었다. 이곳을 거쳐 알리의 고향 카이로로 돌아갈 계획이었다. 그러나 갑자기 사방에서 군사들이 모여들더니 두 사람을 체포하는 것이 아닌가. 바그다드의 궁전으로 잡혀간 알리와 공주는 거듭되는 실패에 절망했다.

그때 칼리파가 모습을 드러냈다. 칼리파는 지엄한 목소리로 알리에게 물었다.

"그대는 어찌하여 프랑크 왕국의 공주를 납치하였는가?"

그러자 알리가 대답하기도 전에 공주가 나서서 당당하게 대답했다.

"납치가 아닙니다. 저는 제 남편을 따랐을 뿐입니다."

공주의 당당함과 기백에 놀란 칼리파가 다시 물었다.

"남편이라? 그대의 부왕은 그대가 저 카이로 상인의 아들에게 납치되었다고 하던데."

"그것은 부왕께서 제가 이슬람교도와 결혼한 것을 인정하지 않으려고 하시는 것 뿐입니다. 저는 이분과 이미 부부의 연을 맺고, 평생을 함께 하기로 맹세하였습니다."

미리암 공주는 두려운 기색 없이 눈 하나 깜짝 하지 않고 대답했다. 또한 지금까지 자신이 겪은 일과 알리가 자신을 찾기 위해 겪어야 했던 온갖 고초까지 빠짐없이 이야기했다. 칼리파는 두 사람의 포기하지 않는 끈기에 한 번 놀라고, 공주의 용기와 대범함에 또 한 번 놀랐다. 그리고 두 사람의 사랑에 감동하여 그 사랑을 지켜주고 싶은 마음이 들었다. 결국 칼리파는 두 사람에게 바그다드에서 지낼 수 있도록 거처를 마련해 주고 함께 지낼 수 있도록 배려해 주었다.

"그대들의 사랑이 참으로 아름답다. 알리 누르 알 딘, 특히 그대의 지고지순한 사랑이 나를 감동시켰다. 미리암 공주, 그대의 사랑을 되찾기 위한 기지 또한 훌륭하다. 그대들은 이곳에서 여생을 보내며 지금처럼 서로를 극진히 아끼며 살아야 할 것이다."

칼리파의 은혜에 공주와 알리는 고개를 조아리며 감사 인사를 했다.

모든 장애를 극복하고 영원히 함께 할 수 있게 된 두 사람은 모든 사람들이 물러난 한적한 시간이 되어서야 서로를 부둥켜안고 재회의 기쁨을 나눌 수 있었다. 지난 일들이 주마등처럼 스쳐 지나갔고, 서로에 대한 그리움이 봄눈처럼 녹아내렸다. 두 사람은 서로의 얼굴을 오래도록 바라보며 하염없이 눈물을 흘렸다.

얼마 뒤 부부는 칼리파의 배려로 진귀한 보물들을 가득 싣고 알리의 고향 카이로에 가게 되었다. 몇 해 동안 소식이 없던 아들의 소식에 거상 타지 알 딘과 그의 부인은 기쁨의 눈물을 흘렸다. 그리고 알리와 며느리 미리암 공주가 집으로 들어서자 두 손을 꼭 맞잡으며 반갑게 맞이해 주었다.

실로 오랜만에 한 자리에 앉게 된 가족은 알리와 미리암 공주가 사랑의 결실을 맺기까지 겪은 엄청난 일들을 이야기하며 시간 가는 줄 몰랐다. 부모는 자신의 아들을 끝까지 믿고 따라 준 며느리를 친자식처럼 아끼며 사랑해 주었고, 알리와 미리암 부부 역시 부모를 정성으로 공경하며 평생을 행복하게 보냈다.

Neverending story
Arabian nights

비극으로 끝난 슬픈 사랑

Neverending story
Arabian nights

죽음이 갈라놓은 애달픈 사랑

박카르와 나하르 이야기

칼리파 하룬 알 라쉬드가 바그다드를 통치하고 있을 때였다.

부유한 거상의 아들 아브 알 하산 알리 빈 타히르는 외모가 아름답고 수려할 뿐만 아니라 성품이 훌륭하여 많은 이들에게 칭송을 받았다. 게다가 세계 각지를 돌며 알게 된 많은 이야기와 지식들로 엄청난 입담을 자랑했다. 그는 그러한 이유로 칼리파에게 재미있는 이야기를 들려주는 신하가 되었다. 하산은 칼리파에게 세계 각지를 돌며 알게 된 갖가지 이야기를 들려주기도 하고, 절친한 술친구가 되기도 하며 궁전을 수시로 출입하였다.

하산의 가게에는 페르시아 왕자 알리 빈 박카르가 종종 놀러 오곤 하였다.

두 청년은 여느 날처럼 가게에 앉아서 이런저런 이야기를 나누고 있었다. 그때 주위가 환해질 정도로 아름다운 처녀 열 명이 가게 안으로 들어섰다. 그 가운데 암탕나귀에 탄 아름다운 여인이 두 청년에게 인사를 했다. 여자는 칼리파의 총애를 받는 샤무스 알 나하르였다. 두 청년 사이에 앉아 함께 이야기를 나누던 나하르는 하산과 박카르를 궁전으로 초대하고 싶다고 이야기했다. 두 청년은 그 초대에 흔쾌히 응했다.

하산과 박카르가 궁전에 들어서자 나하르는 시녀들을 시켜 귀한 음식들을 대접하고 아름다운 무희들의 춤을 선보였다. 아름다운 시녀들의 시중에 두 청년은 반쯤은 넋이 나가 여흥을 즐겼다. 미모의 여인들 사이에서도 나하르의 자태는 한 눈에 빨려들 만큼 매혹적이었다. 박카르 왕자는 그런 나하르의 모습을 보며 한숨을 쉬더니 무언가 생각이 난 듯 노래를 부르기 시작했다.

돌부처의 마음도 녹이는 그대의 미모
정녕 재상의 씨앗일런지.
영영 타버려 재가 될지라도
이 사랑의 불길을 피할 길 없어라.
그대 곁에 있으면 더욱 그리워
이 몸 한낱 연기되어 사라지리라.

나하르는 한탄 가득한 박카르의 노래를 모른 척하며 곁에 있는 시녀들에게 아름다운 노래를 더 부르라고 시켰다. 시녀들은 술잔을 돌리며 은은하고 감미로운 사랑의 노래들을 불렀다.

짧은 시간이었지만 박카르와 나하르 사이에는 서로를 향한 묘한 감정이 싹트기 시작했다. 밤이 깊어갈수록 두 사람의 감정은 점점 더 고조되었다. 그러나 두 사람은 서로가 이루어질 수 없는 사이임을 알고 있었다. 나하르와 박카르 왕자는 서로 끌어안고 얼굴을 쓰다듬으며 눈물을 흘렸다.

"이제 겨우 한 번 어울렸을 뿐인데 이러시면 곤란합니다. 이러다 한참씩 만나지 못하게 되면 어찌하시려고들 이러십니까? 오늘은 그저 즐겁게 먹고 마시며 흥겹게 보냅시다!"

하산의 농담에 박카르와 나하르는 눈물을 거두고 술잔을 들고 웃으며 노래를 불렀다.

그때였다! 몇몇 시녀들이 허겁지겁 뛰어들어 오더니 왕의 시종들이 이곳으로 들이닥치고 있다고 알려 주었다. 나하르는 시녀들에게 왕의 시종들이 조금 늦게 들어오도록 문 앞에서 시간을 끌라고 보낸 뒤 박카르와 하산을 방 안에 숨기고 침실 방문을 잠갔다. 그리고 객실 문을 닫고 비밀 통로를 이용해 정원으로 나왔다.

만스루 대신이 앞장 서고 그 뒤를 따라 시종들이 우루루 나하르의 궁전으로 들어섰다. 나하르는 정원의 한가운데 등을 기대고 앉아 시녀들에게 다리와 발의 마사지를 받고 있었다. 만스루와 시종들은 좌우를 두리번거리며 무언가를 찾았지만 나하르의 너무나도 태연한 모습에 당황한 눈치였다.

"무슨 일이시오?"

나하르가 대신에게 물었다. 예를 갖춰 대신이 대답했다.

"오늘 밤 칼리파께서 이곳에서 머무시고자 합니다."

"그래요? 칼리파를 모시려면 준비할 시간이 필요하니 돌아가서 기다려 주세요. 시녀를 시켜 기별을 하도록 하겠습니다."

무언가 석연치 않았지만 나하르의 태연한 모습에 더 이상 채근할 명분이 없어 만스루와 시종들은 정원을 나섰다.

일행이 돌아가자 나하르는 침실 방으로 돌아와 박카르 왕자를 와락 끌어안았다. 그리고 눈물로 이별을 고했다.

"어서 가세요. 대신이 칼리파를 모시고 곧 당도할 거예요!"

박카르는 차마 발걸음이 떨어지지 않아 제자리에 선 채 눈물을 흘렸다. 그러나 다급해진 하산이 그를 끌어당겼다. 나하르는 그런 박카르의 모습이 너무도 안타까워 고개를 돌린 채 애써 외면했다. 그러나 궁전 밖으로 나가는 일은 쉽지 않았다. 결국 박카르

와 하산은 밤이 깊어지면 적당한 때를 봐서 빠져나가기로 하고 궁전의 2층 발코니에 몸을 숨겼다.

잠시 뒤 칼리파가 100명의 내시들과 시종들의 호위를 받으며 모습을 드러냈다. 칼리파는 나하르를 보자마자 와락 끌어안으며 애정을 과시했다. 산해진미와 진귀한 술이 풍성하게 차려졌다. 칼리파는 나하르의 허리를 휘감아 꼭 끌어안은 채 무희들의 춤과 시녀들의 노래를 들으며 술잔을 기울였다. 술이 오르자 나하르의 옷깃 안으로 손을 집어넣기도 하며 흡족한 시간을 보냈다.

몸을 숨긴 채 이 모습을 지켜볼 수밖에 없는 박카르는 가슴이 찢어질 듯 아팠다. 당장이라도 저 안으로 들어가 나하르를 데리고 나와 도망치고 싶은 마음이 굴뚝 같았다. 칼리파의 품에 안겨 있는 나하르 역시 태연한 척 칼리파를 모시고는 있지만 자신을 바라보고 있을 박카르에 대한 생각으로 괴로웠다.

밤이 깊어 칼리파와 나하르가 침실로 들자 시녀들이 하산과 박카르에게 몰래 다가왔다. 그녀들의 안내로 두 청년은 무사히 궁전을 빠져나와 궁전 밖 강가에 미리 준비해둔 배를 타고 강을 건넜다. 그러나 칼리파와 나하르가 침실로 들어가는 모습에 충격을 받은 박카르는 몸을 제대로 가누지못했다. 하산은 강 근처의 친구 집에서 하룻밤 신세를 지기로 하고 박카르를 데리고 갔다. 박카르는 실연의 충격으로 이미 반쯤 정신을 놓은 상태였다.

"이보게, 박카르. 정신 차리게!"

하산의 온갖 노력에도 박카르는 멍하니 넋을 잃은 채 꼼짝도 하지 않았다. 하산의 친구는 연회를 베풀어 먹고 마시며 즐기다 보면 금세 잊게 될 것이라며 곧바로 연회를 준비했다. 박카르를 향한 격려의 술잔이 오가는 사이 밤이 깊어갔다. 초대받은 친구들은 하나같이 박카르를 진심으로 위로했다. 그러나 여전히 박카르는 눈물을 흘리며 괴로움을 토로했다. 걱정이 된 하산이 다가갔다.

"박카르, 그만 잊게나. 그녀는 칼리파의 여자야. 아무리 아프고 괴로워도 가질 수 없는 여인이란 말일세. 이러면 자네의 병만 깊어질 뿐이야."

하산은 박카르의 손에 술잔을 쥐어 주었다. 하산의 술잔을 받은 박카르는 비 오듯 쏟아지는 눈물을 닦으며 단숨에 술잔을 들이켰다. 그리고 곧 정신을 잃고 쓰러졌다. 하산과 친구들이 아무리 흔들어 깨워도 박카르는 깨어나지 않았다.

하산은 정신을 잃은 박카르를 처소까지 직접 데려다 주었다. 그러나 상사병이 깊어진 박카르는 일어나지 못하고 그대로 자리를 보전하고 누워 버렸다. 하산은 낮에는 가게를 열어 본업인 장사에 열중하고, 해가 지면 박카르를 방문하여 위로하고 간병했다. 그렇지만 박카르의 병은 더욱 깊어져 갔다. 눈부시던 얼굴은 수척해졌으며 반짝이던 눈빛이 빛을 잃어 가고 있었다. 하산은 걱정이 컸으나 특별히 방도가 없어 애를 태웠다. 더욱이 나하르에게 소식을 전할 길조차 없어 발만 동동 구르고 있을 뿐이었다.

한참의 시간이 흘렀다. 박카르에 대한 걱정으로 심란해 하고 있던 하산의 가게에 나하르의 시녀가 들어섰다. 하산은 반가운 마음에 벌떡 일어섰다. 시녀가 말하기를 나하르 역시 박카르처럼 상사병에 걸려 자리에 누웠다고 전했다. 병세가 심해서 꼼짝도 하지 못하고 앓고 있는데 칼리파가 한시도 곁을 떠나지 않고 간호하는 바람에 소식을 전할 틈이 없었다고 했다.

그때부터 하산과 나하르의 시녀는 박카르와 나하르 사이를 오가며 소식을 전하고 편지를 전해 주며 두 사람의 가슴 아픈 사랑을 도와주었다. 만나지 못하는 안타까움과 그리움이 더해져 두 연인의 사랑은 깊어져만 갔다.

그러나 시간이 흐를수록 하산은 두 사람이 걱정되기 시작했다. 두 사람이 몰래 소식을 전하고 있다는 사실이 칼리파의 귀에까지 들어간다면 이는 돌이킬 수 없는 큰일이기 때문이다. 박카르의 목숨뿐만 아니라 나하르와 자신의 목숨마저 위태로울 수 있는 상황이었다. 겁에 질린 하산은 그 즉시 모든 재산을 정리하고 짐을 챙겨 바소라로 도망쳐 버렸다.

하산에게는 보석상을 하는 절친한 친구가 있었다. 하산은 바소라로 떠나기 전 그 친구에게 박카르와 나하르의 비밀스러운 사랑 이야기를 털어 놓았다. 혼자 감당하고 있기에는 너무 큰 비밀이었기에 함께 나눌 사람이 필요했다. 하산이 바소라로 떠난 뒤 하산의 친구는 걱정되는 마음에 박카르를 찾아갔다.

"저는 하산의 친구입니다. 하산은 끝까지 왕자님을 돕지 못하고 바소라로 떠나 버렸습니다. 두 사람의 이야기는 저에게만 털어 놓았으니 걱정하지 마세요. 하산의 소식을 전해야 할 것 같아 이렇게 찾아 왔습니다."

보석상의 이야기를 들은 박카르는 하인을 하산의 가게로 보내 사실을 확인해 보도록 하였다. 박카르가 보낸 하인은 텅 빈 하산의 가게 앞을 서성이다 때마침 나하르의 편지를 들고 하산의 가게를 찾아 온 시녀를 만나게 되었다. 하인은 자신은 박카르가 보낸 사람이라고 밝히고 시녀를 데리고 박카르의 집으로 갔다.

"사실 나하르 님께서는 박카르 님의 마음이 변하신 것이 아닌지 걱정을 하고 계셨습니다."

시녀의 말을 들은 박카르는 깜짝 놀라 벌떡 일어났다.

"아니, 어째서 그런 생각을……?"

박카르의 반응에 시녀가 말을 이었다.

"그러지 않고서야 하산 님께서 갑자기 바소라로 떠날 이유가 없다고 생각하신 것이지요. 나하르 님은 하산 님께서 갑자기 이곳을 떠나신 이유가 박카르 님께서 두 분의 관계를 정리하기로 마음먹고 그리하신 것이라고 생각하고 계십니다. 그래서 며칠을 괴로워하시다 저를 보내 자세한 사연을 알아오라고 하신 것입니다."

시녀의 말을 들은 박카르는 가슴이 미어지는 것 같았다. 자신 역시 하산이 나하르의 소식을 전해 주지 않아 애가 타고 있었는데 나하르마저 그런 생각으로 괴로워했다는 사실이 너무도 가슴 아팠다. 박카르는 절대로 그런 일은 없을 것이라고 시녀에게 단단히 이른 뒤 돌려 보냈다.

시녀가 돌아간 뒤 보석상은 박카르에게 앞으로는 자신이 하산의 역할을 해주겠다고 말하였다.

"무슨 수를 써서라도 두 분을 다시 만날 수 있게 해드리겠습니다. 그러니 절대로 낙담하시지 말고 몸을 강건히 하십시오."

박카르를 안심시킨 뒤 집으로 돌아가던 보석상은 우연히 시녀가 떨어뜨린 나하르의 편지를 발견했다. 그 편지를 전해주며 시녀를 직접 만나게 된 보석상은 앞으로 자신이 박카르를 도울 터이니 믿고 의논하자고 하였다. 시녀는 두 사람이 다시 편지를 주고받을 수 있다는 사실에 너무 기쁜 나머지 함께 궁으로 들어가 나하르를 알현하자고 하였다. 그러나 보석상은 지엄하신 칼리파가 두려워 궁으로는 갈 수 없다고 하였다.

잠시 뒤 보석상의 가게에 눈부시게 아름다운 여인이 들어섰다. 시녀에게 소식을 전해 들은 나하르가 직접 보석상의 가게를 찾은 것이었다.

"그대가 하산을 대신해 나를 도와줄 사람이라고?"

보석상은 고개를 조아리며 대답했다.

"제가 반드시 두 분이 맺어질 수 있도록 노력할 터이니 저를 믿고 마음을 편히 가지십시오."

그 후 보석상과 시녀의 도움으로 두 사람은 계속해서 편지를 주고받으며 안타까운 사랑을 이어갈 수 있었다. 박카르와 나하르의 애절한 사랑을 곁에서 지켜본 보석상은 두 사람을 꼭 맺어주고 싶다는 간절한 바람을 갖게 되었다.

칼리파가 궁전을 비운 사이 보석상은 박카르와 나하르의 비밀스런 만남을 준비했다. 장소는 보석상의 가게로 정하고 은밀히 두 사람이 묵을 수 있는 별채를 마련했다. .

이윽고 오랜 시간 기다려온 두 사람이 만나는 날. 시녀의 안내로 별채로 들어선 나하르는 미리 와서 기다리고 있던 박카르를 보는 순간 숨이 멎는 것 같았다. 두 사람은 서로를 부둥켜 안고 눈물을 흘렸다. 정신없이 서로를 끌어안고 뜨거운 입맞춤을 한 두 사람은 서로의 얼굴을 말없이 바라보았다. 그러나 기쁨도 잠시 곧 다시 헤어져야 하는 가혹한 현실에 두 연인은 또다시 슬픔에 빠져 버렸다.

나하르가 류트의 현을 뜯으며 애절한 사랑의 노래를 부르자 박카르를 비롯한 그 자리에 있던 모든 이들이 눈물을 흘렸다.

그때 문 밖을 지키고 있던 시녀가 뛰어 들어왔다. 시녀는 잔뜩 겁에 질린 표정으로 도망치라고 외쳤다. 두 사람의 밀회가 발각되어 경비병들이 들이닥치고 있다는 것이었다. 박카르와 나하르는 못에 박힌 듯 그 자리에 굳어 버렸다. 순식간에 칼을 들고 복면을 한 건장한 사내 10명이 별채로 들이닥쳤다. 그러나 불행 중 다행으로 복면을 한 사내들은 경비병들이 아니었다. 그들은 그 일대에 자주 출몰하는 도적단으로 보석 가게에 있는 갖가지 보석들과 별채를 꾸며 놓은 모든 가재도구들을 남김없이 훔쳐갔다. 그리고 그 자리에 있던 박카르와 나하르도 꽁꽁 묶어 끌고 갔다.

보석상은 옆집 주인의 도움으로 지붕 위로 올라가 몸을 숨겼다. 후에 자세한 상황을 들은 보석상은 안도의 한숨을 내쉬었다. 무엇보다도 들이닥친 사내들이 칼리파의 경비대가 아니라 도둑이라는 사실에 안심했다. 그리고 하산이 바소라로 도망칠 수밖에 없었던 심정을 가슴 깊이 공감하게 되었다.

도적단에 붙잡혀 간 박카르와 나하르가 너무나 걱정되었지만 섣불리 나설 수도 없는 상황이었다. 보석상은 가게에 앉아 그들을 구해낼 방법을 연구하고 있었다. 그러던 어느 날 거친 인상을 가진 한 사내가 가게로 들어와서는 자신을 따라오라고 위협하였다. 보석상은 사내의 정체가 궁금했지만 두려움에 떨며 아무 말 없이 뒤따라갔다. 사내는 보석상을 데리고 교외로 나와 배를 타고 강을 건넜다. 그리고 한 번도 가본 적 없는 숨겨진 길로 보석상을 데리고 갔다. 사내는 한참을 더 걷다가 어느 집 안으로 들어가 문을 잠그고 보석상을 안쪽 방으로 이끌었다. 방 안으로 들어가니 심상치 않은 인상의 사내 10명이 늘어 앉아 있었다. 이들은 얼마 전 자신의 가게를 턴 바로 그 도적단이었다. 박카르와 나하르는 결박당한 채로 옆방에 감금되어 있었다. 우두머리인 듯 한 사내가 말했다.

"옆방에 가두어 놓은 두 사람은 누구인가?"

뜻밖의 질문에 보석상은 우물쭈물하며 대답하지 못했다. 우두머리는 버럭 소리를 질렀다.

"바른대로 말하라! 그렇지 않으면 저 두 사람의 목숨을 보장해줄 수 없다!"

"저, 저기……."

"두 사람, 특히 여인의 복색을 보니 아무래도 신분이 높은 듯하여 아무것도 묻지도 않고 안전하게 두었다. 내가 비록 도적질을 하기는 하나 신분이 높은 사람에게 해를 가하여 내 목숨까지 위태로운 짓을 할 만큼 어리석지는 않다."

우두머리의 말을 들은 보석상은 두 사람은 이제 살았다는 생각에 안도했다. 그리고 반드시 비밀을 지켜줄 것을 약속해 달라고 말했다. 우두머리가 고개를 끄덕이자 보석상은 모든 것을 털어 놓았다.

"여인은 칼리파의 여인이고, 남자는 페르시아의 왕자입니다."

보석상의 이야기를 들은 도적단은 난처한 표정이 역력했다. 도적질한 물건을 내주는 것도 아깝고, 지체 높은 남녀를 해하는 것도 위험한 일이었기 때문이다. 잠시 고민하던 우두머리는 결심을 한 듯 말하였다.

"그만 돌아가라."

우두머리의 말이 떨어지자 곁에 있던 다른 사내들이 박카르와 나하르를 데리고 왔다. 둘 다 아무데도 다치지 않은 건강한 모습이었다. 보석상은 안도하며 우두머리에게 고개 숙여 감사 인사를 했다. 우두머리는 보석상의 물건 중 일부를 돌려주고 배를 태워 그들을 안전하게 집까지 데려다 주라고 하였다.

배가 강을 건너 도성에 거의 당도할 무렵 순찰대장이 강가를 돌며 배들을 살펴보고 있었다. 겁에 질린 도적단은 세 사람을 내려주고 잽싸게 배를 돌려 도망쳤다. 순찰대장 앞으로 끌려온 세 사람은 어찌할 바를 몰라 안절부절했다. 신분을 밝히라고 명하자 보석상이 자신은 가수이며 강 건너의 저택에서 공연을 하고 돌아오는 길이라고 둘러댔다. 그러나 순찰대장은 박카르와 나하르를 위아래로 훑어보며 사실대로 고하라고 명령했다.

"바른대로 대지 않으면 당장 가둘 것이다!"

그때 나하르가 베일을 살짝 들어 올려 아름다운 얼굴을 드러냈다. 순찰대장은 낯익은 그녀의 얼굴을 바라보며 잠시 생각에 빠졌다. 그러자 나하르가 순찰대장에게 다가가 속삭였다.

"난 칼리파의 여인 나하르요. 말 못할 신병이 있어 강 건너의 명의를 만나고 오는 길이니 비밀로 해주시오."

나하르의 말을 들은 순찰대장은 다른 사람들이 모르게 세 사람을 강가로 데리고 갔다. 그리고 배 두 척을 불러 한 척에는 나하르를 태워 궁전으로 보내고 다른 한 척에는 보석상과 박카르를 태워 집까지 보내 주었다.

박카르와 보석상은 갑작스럽게 겪은 이 모든 일에 충격을 받아 정신이 멍했다. 두 사람은 며칠 동안 집에서 꼼짝도 하지 않은 채 몸과 마음을 추슬렀다. 그러나 박카르는 나하르에 대한 그리움으로 몸과 마음이 심하게 상한 상태였다.

얼마나 지났을까. 우연히 길에서 나하르의 시녀를 만난 보석상은 두려움에 뒷걸음질쳤다. 그러나 시녀는 할 말이 있는 듯한 표정으로 보석상을 끈질기게 뒤쫓아 왔다. 두 사람은 누가 볼까 두려워 사원 안으로 몸을 숨겼다. 그러고는 박카르와 나하르의 안부를 전했다.

"나하르 님은 무사히 궁전에 도착해 지내고 계셔요. 하지만 그날의 충격으로 병을 얻어 심하게 앓으셨지요. 위험한 고비도 몇 번 있었는데 이제는 괜찮아지셨어요."

"우리도 무사히 집에 돌아와 자중하고 지냈습니다. 그런데 박카르는 여전히 나하르님에 대한 그리움으로 기운을 차리지 못하고 있습니다."

시녀는 품 안에서 주머니를 꺼내 보석상에게 주었다. 주머니를 받아든 보석상이 의아하게 바라보자 시녀가 말했다.

"나하르 님께서 전해 달라고 하셨어요. 베풀어주신 호의에 감사하고, 또 자신 때문에 재산을 잃으셨다고 생각하고 아주 미안해하고 계셔요."

주머니에는 보석상이 도적단에게 빼앗긴 물건에 해당하는 값어치의 돈이 들어 있었다. 보석상은 나하르의 마음에 감동했다. 그리고 시녀와 헤어져 그 길로 곧장 박카르에게 달려가 나하르의 소식을 전했다. 박카르의 모습은 차마 눈뜨고 보기 힘들 정도로 쇠약해져 있었다. 그럼에도 나하르가 무사하다는 소식에 힘없이 미소를 지어 보였다.

박카르에게 나하르의 소식을 전하고 가게로 돌아오니 나하르의 시녀가 다시 보석상을 찾아와 있었다. 그녀는 두려움에 숨을 헐떡이며 눈물을 흘리고 있었다. 무언가 심각한 일이 터졌다는 것을 직감한 보석상은 시녀의 입에서 나올 이야기를 기다렸다. 모두가 걱정하고 두려워하던 일이 현실이 되어 버린 것이었다.

"한 시녀가 나하르 님께 실수를 했어요. 나하르 님께서 벌을 주려 하자 도망치다 문지기에게 붙잡혔죠. 그 시녀는 벌이 두려운 나머지 문지기에게 나하르 님의 비밀을 모두 밝히겠다고 위협했어요. 그리고 다른 시녀들이 말릴 새도 없이 모든 사실을 문지기에게 털어놓아……."

시녀는 더 이상 말을 잇지 못하고 두려움에 떨다 기절해 버렸다.

시녀가 털어놓은 비밀은 순식간에 궁 안에 퍼져 칼리파의 귀에까지 들어갔다. 칼리파는 즉시 나하르의 처소를 후궁전에서 칼리파가 묵는 내전으로 옮기고 내시와 시종들을 시켜 단단히 감시하도록 명령했다. 그리고 한동안 나하르를 찾지 않았다.

보석상은 정신이 아득해졌다. 그토록 두려워했던 일이 벌어지고 만 것이다. 목숨을 지키는 것도 쉽지 않을 것 같았다. 하산이 그랬던 것처럼 서둘러 이곳을 떠나는 수밖에 없었다. 다른 방도가 없었다. 보석상은 한달음에 박카르에게 달려가 위험을 알렸다.

"어서 떠나야 합니다! 칼리파가 모든 걸 아셨대요!"

보석상의 말에 박카르가 벌떡 일어났다. 박카르 역시 두려움에 온몸을 부들부들 떨고 있었다. 그러나 나하르를 그대로 두고 갈 수도 없는 노릇이었다. 박카르가 망설이는 사이 보석상은 박카르의 짐을 챙겼다.

"어서요! 서둘러야 해요! 언제 칼리파의 군대가 들이닥칠지 모른다고요!"

"하지만 나하르만 남겨두고 어떻게 여길······."

"일단 몸을 피해 목숨을 건지고, 시간이 흘러 이 일이 잊혀질 때쯤 그때 다시 방법을 강구해야지요."

"어찌 나 혼자만 목숨을 지키고자 도망간단 말이오. 나하르는 어찌하고······."

박카르는 도저히 발걸음이 떨어지지 않았다. 그러나 보석상은 후일을 기약하자며 박카르를 재촉했다.

"사실을 알고도 목숨을 거두지 않고 칼리파의 처소로 옮겨 가두어 둔 것을 보면 칼리파께서 나하르 님을 죽일 생각은 없는 것입니다. 그러니 시간이 지나면 조용해질 테니 그때가 되면 다시 만날 수 있는 방법을 함께 찾아봅시다."

보석상의 말을 듣고 보니 일리가 있는 것 같았다. 그래도 박카르는 쉽게 마음을 정하지 못했다. 그사이 보석상은 자신의 가게에 들러 자신이 가지고 갈 수 있는 재산을 최대한 챙겨 낙타에 싣고 박카르를 데리러 돌아왔다. 보석상은 박카르를 끌어내 낙타에 태우며 말했다.

"일단 목숨을 지켜야 나하르 님을 다시 볼 수 있습니다. 어서요! 서둘러요!"

그렇게 두 사람은 그 길로 집을 나와 바소라를 향해 떠났다. 삶의 의지를 잃고 시름에 빠진 박카르의 건강이 너무도 나빠져 여정은 더디기만 했다. 그러던 어느 날, 두 사람이 자고 있던 천막에 강도들이 들이닥쳐 가지고 있던 모든 것을 빼앗아 달아나 버렸다. 두 사람은 길바닥에 버려졌다. 때마침 그 길을 지나던 한 현인이 두 사람의 딱한 사정을 듣고 자신의 집으로 데려가 편안히 쉬도록 살펴 주었다. 보석상은 불행 중 다행이라고 생각하면서도 병이 깊어진 박카르 때문에 마음이 편하지 않았다.

박카르의 병은 날이 갈수록 깊어졌다. 나하르를 부르며 악몽에서 깨어나기도 했고, 헛소리를 하기도 했다. 아무리 극진히 간호를 해도 나아지지를 않았다. 그렇게 며칠이 흘렀을까. 결국 박카르는 세상을 뜨고 말았다. 부모님께 죄송하다는 말과 나하르를 사랑한다는 유언을 남기고 눈을 감은 것이었다. 보석상은 박카르의 죽음에 충격을 받고 슬픔에 빠졌다. 박카르의 슬프고 힘든 사랑을 너무도 잘 알기에 더욱 마음이 아팠다.

보석상은 박카르의 시신을 이끌고 페르시아로 갔다. 보석상은 그의 부모인 왕과 왕비에게 박카르의 시신을 건넸다. 박카르의 부모는 아들의 죽음에 통곡했다. 박카르의 장례는 엄숙하게 치러졌다. 박카르 왕자를 기억하는 사람들은 운구 행렬을 뒤따르며 때 이른 그의 죽음과 이루지 못한 사랑을 함께 슬퍼했다.

박카르의 장례를 마친 보석상은 자신의 가게로 돌아와 다시 장사를 준비했다. 때마침 나하르의 편지를 전달하곤 했던 시녀가 가게로 들어섰다. 그리고 나하르의 소식을 전했다

"칼리파께서는 곧 나하르님을 용서하시고 예전처럼 총애하시며 아끼셨어요. 그렇지만 나하르님의 마음에는 이미 구멍이 뚫렸고, 누구도 위로가 되지는 못했죠."

칼리파가 갖가지 주연을 베풀어 주며 위로하려고 했지만 박카르에 대한 그리움에 사무친 나하르는 기운을 차리지 못했다. 이를 지켜보던 칼리파도 무척 마음이 아팠다. 그러나 어떤 방법으로도 나하르의 상처 입은 마음은 치유되지 않았다. 칼리파는 아름다운 노래로 나하르를 위로하고자 하였다. 칼리파의 요청으로 가인은 류트를 타며 슬프고도 감미로운 목소리로 노래를 불렀다.

그대 사랑 너무도 깊어 내 모든 마음 바쳤어라.
두 볼에 흐르는 눈물, 내 가슴 미어지는 그리움이라.
혼자만 간직한 비밀 눈물 속에 흘러내려
간절한 사랑 감출 길 없으니 어찌하려나.
사랑하는 님 다시 뵈올 그 날,
내게는 죽음도 아프지 않으니
세상 떠나는 일조차 기쁨으로 기다리리라.

　　노래는 나하르의 가슴 깊이 박혀 그녀의 영혼을 슬픔의 바다로 밀어 넣었다. 박카르에 대한 그리움이 사무친 나하르는 그만 정신을 잃고 말았다. 그리고 그대로 영영 일어나지 못했다.

칼리파는 나하르의 죽음을 애통해했다. 그 죽음의 이유가 무엇인지를 짐작하면서도 누구에게도 연유를 묻지 않았다. 오히려 조용히 나하르의 죽음을 슬퍼하며 안타깝게 죽은 그녀의 영혼을 위로했다. 마음 속 깊이 감춰둔 미안함과 함께……

　나하르의 죽음을 전해 들은 보석상은 두 사람의 비극적인 사랑을 안타까워했다. 그리고 하루도 빠지지 않고 두 연인의 무덤을 찾아 그들의 못다 이룬 사랑을 애도했다.

천생배필의 나무
오트바와 라이야 이야기

Neverending story
Arabian nights

    나는 언젠가 알라의 성전을 순례하는 여행에 동참했습니다. 그리고 순례가 끝난 뒤 예언자의 묘를 참배하기 위해 성전으로 되돌아갔습니다. 그런데 그날 밤 묘와 설교 단상 사이에 앉아 휴식을 취하고 있는데 낮은 목소리로 처량하게 참회하는 소리가 들려왔습니다. 혹시나 소리가 끊어질까 걱정되어 숨을 죽인 채 귀를 기울였습니다.

  그대 가슴 채운 슬픔, 연꽃들 사이에서 우는 비둘기 때문인가
  비단옷 걸친 여인 가슴에 품어 생긴 의심과 절망인가
  애타는 사랑에 병든 마음, 홀로 지새는 밤이 너무 길진데
  잠 못 드는 밤 가슴 속 타오르는 불꽃,
  재가 되도록 이 몸 태우나니
  환한 보름달 같은 그대 모습 내 가슴 가득
  사랑의 노예가 되어 이리 깊은 아픔 품을 줄은

진정 몰랐어라.

갑자기 노래가 뚝 끊어졌습니다. 혹시나 내가 엿듣고 있다는 것을 알고 노래가 끊어진 것이 아닐까 더욱 숨을 죽였습니다. 이윽고 다시 구슬픈 가락의 노랫소리가 다시 이어졌습니다.

흑단 같은 밤, 라이야의 모습 나타나
그대 눈을 아득하게 하네.
단잠을 깨운 건 사랑이런가
지독한 애끓음은 환상이런가
어두운 밤, 성난 파도 거세게 몰아치는 바다
목 놓아 외치나니
새벽이 밝기 전까지는 구원받지 못할 연인에게
그대는 너무 멀구나.
밤이 말하기를 원망하지 말지어다.
어둠이 긴 연유는 사랑하기 때문이니!

자세히 들어보니 라이야라는 여인을 애모하는 노래였습니다.

노래를 부른 주인공을 찾아보기 위해 두리번거리니 어둠 속에서 한 청년의 모습이 보였습니다. 청년은 세상 그 누구보다도 아름다운 용모를 지니고 있었습니다. 그런데 아직 수염도 자라지 않은 매끈한 두 볼에 눈물이 흐르고 있었습니다. 내가 다가가자 그는 무척 놀라는 듯했습니다.

"누구신지?"

"나는 아브즐라 빈 마이마르 알 카이시라고 합니다."

"언제부터 여기에 계신 것인지……."

청년은 혹시나 내가 그의 노래를 들은 것은 아닌지 걱정을 하는 눈치였습니다. 청년의 아름답고 순수한 용모에 반한 나는 거짓을 말할 수가 없었습니다.

"순례를 마치고 참배를 하러 온 길이었습니다. 하도 처량하고 구슬픈 소리가 들려서 귀를 기울였는데 당신의 노래였소. 사연이 있는 듯한데 그 이야기를 내게 들려주실 수 있겠소?"

청년은 잠시 망설이는 기색이었습니다. 그러더니 이내 결심한 듯 내게 자리를 권했지요.

"이쪽으로 앉으세요. 저는 오트바라고 합니다."

그는 알 아자브 사원에서 참배를 하던 중에 아름다운 처녀들을 만났습니다. 그 가운데 눈 안에 들어온 아름다운 처녀가 오트바에게 다가와 말했습니다.

"만약 당신과 결혼을 하고 싶다는 여자가 있다면 어떻게 하시겠어요?"

여자는 이 한 마디를 남기고 홀연히 사라졌습니다. 오트바는 그녀가 어디에 사는지 누구인지도 모른 채 그렇게 다시는 만날 수 없었습니다. 그런데 문제는 그때부터였습니다. 오트바의 여인에 대한 마음은 점점 더 커져만 갔습니다. 그리고 미친 듯이 그녀를 그리워하기 시작했습니다. 그녀를 찾고 싶은 간절한 마음에 백방으로 수소문해 보았지만 도무지 방법이 없었습니다. 그녀에 대한 그리움은 더욱 깊어져 갔습니다. 사랑은 점점 더 커져 포기할 수 없는 상태가 되었습니다. 오트바는 반드시 이 사랑을 이룰 것이라고 맹세하였습니다.

이야기를 마친 오트바는 감정을 주체할 수 없었는지 눈물을 흘리며 넋을 놓았습니다. 잠시 후 정신을 차린 오트바는 다시 한 번 열렬한 사랑의 시를 읊었습니다.

먼 곳에서 사랑 가득한 눈으로

그대 모습 엿보았소.

그대 또한

나의 모습 보아주시길.

그대 향한 사랑 가눌 길 없어

이내 마음 하염없이 눈물을 흘리니

나의 영혼 그대 곁으로

그대 영혼 나의 곁으로

그대 없이

이 세상에서 기쁨인 것은 없나니

영원을 지키는 천국도

내게는 아무 의미 없어라.

그 마음이 안타까워 위로하며 말했습니다.

"이보게, 그만 단념하고 마음을 추스르시게나."

그러나 오트바는 단호한 눈빛으로 나를 바라보며 말했습니다.

"아니요, 그럴 수는 없습니다. 그녀를 다시 만날 수 있는 그날까지 나는 절대로 단념하지 않을 것입니다."

그렇게 오트바와 나는 사원에서 밤을 지새웠습니다. 아침이 밝아올 때 나는 오트바에게 사원으로 들어가 참배를 하고 기도를 올리자고 했습니다.

기도를 마치고 사원 마당으로 나왔을 때였습니다. 정말 우연처럼 때마침 오트바가 그토록 그리워하던 여인의 일행이 우리 두 사람 쪽으로 다가오는 것이 아니겠습니까. 그러나 오트바의 마음을 빼앗은 여인은 보이지 않았습니다. 가까이 온 처녀들이 다시 한 번 오트바에게 묻더이다.

"당신과 결혼하고 싶다고 한 그 분을 어떻게 생각하세요?"

그러자 오트바는 용기를 내어 처녀들에게 질문을 했습니다.

"그 분은 어디 계십니까?"

"그 분의 아버님께서 그 분을 데리고 알 사마와로 떠나셨습니다."

처녀들의 대답에 오트바는 절망했습니다. 그러나 그녀가 누구인지도 모른 채 이대로 물러날 수는 없기에 오트바는 용기 내어 다시 물었습니다.

"그분의 이름을 알 수 있겠습니까?"

그러자 처녀들이 그녀의 이름을 알려 주었습니다.

"그분은 알 기트리프 알 스라미 님의 딸 라이야입니다."

오트바는 그녀의 이름을 알게된 것만으로도 기쁨에 가득 찬 표정이 되었습니다. 사랑하는 그녀가 누구인지를 알게 되었기 때문이었습니다. 무릇 사랑의 대상이 구체적이 되면 더욱 가깝게 느껴지는 법이니까요. 환희의 순간도 잠시 오트바는 그녀를 만날 수 없다는 사실에 고개를 떨구었습니다. 그러고는 또다시 서글픈 노래를 지어 부르더이다.

아, 사랑이여.
이른 아침 라이야는 떠났네.
말을 달려 사마와의 들로.
아, 사랑이여.
나는 눈물을 흘렸네.
모든 눈물이 메마를 때까지.
대답해 주오.
나에게 눈물 한 방울
함께 흘려줄 이는 누구인가?

나는 경제적으로 여유도 있고 이 청년의 지고지순한 사랑이 맺어지기를 바라는 마음에 오트바를 도와주기로 작정했습니다. 그래서 우선 사원에서 열리는 신도들의 집회에 참석했습니다. 집회에서 나는 사람들에게 물어 보았습니다.

"여기 계신 분들 중에 오트바와 그의 집안에 대해 알고 계신 분이 있으십니까?"

그러자 사람들이 이구동성으로 말했습니다.

"아라비아의 귀족으로 훌륭한 가풍을 가진 가문이라 들었소이다."

나는 그들에게 도움을 청할 수 있겠다는 생각이 들었습니다. 그래서 용기를 내어 신도들에게 말했습니다.

"여기 오트바가 있습니다. 이 청년이 지금 아주 몹쓸 사랑에 빠졌답니다. 목숨이 끊어질 지경이지요. 그런데 사랑하는 그녀가 지금 부친과 함께 알 사마와로 떠났다고 합니다. 저와 함께 증인이 되어 그곳까지 동행할 수 있도록 허락해 주시겠습니까?"

나는 순례 경비 일체를 제공하겠다고 하고, 오트바의 간절한 사랑의 결실을 맺어주자는 설득도 하며 그들에게 간청했습니다. 그러자 신도들은 동행해도 좋다고 허락해 주었습니다.

그렇게 하여 나는 오트바와 함께 신도 일행을 따라 나섰습니다. 길을 재촉해 가다 보니 어느새 스라임족이 살고 있는 사마와 근처에 도착할 수 있었습니다.

순례 중인 신도 일행이 근처에 도착했다는 소식을 들은 라이야의 아버지 기트리프는 급히 마중을 나왔습니다. 아주 반갑게 맞이해 주었지요. 포근한 자리를 마련하고 맛있는 음식을 내놓으며 일행을 대접해 주었습니다. 그러자 신도들이 말했습니다.

"저희가 어떤 부탁을 해도 들어준다고 약속하시겠습니까?"

신도들의 말에 기트리프는 깜짝 놀라며 말했습니다.

"부탁이라니요? 어떤 부탁이기에……."

"저희 순례 일행에 아라비아의 명문 귀족 집안의 자제 분이 계십니다. 오트바라는 분으로 당신의 따님이신 라이야를 아내로 맞이하고 싶어 합니다."

뜻밖의 부탁에 당황한 기트리프는 신도들에게 말했다.

"아무리 저의 여식이라고는 하나 다 자란 아이입니다. 그 아이의 뜻을 먼저 물어보아야 하니 기다려 주십시오."

말을 마친 기트리프는 딸에게 달려가더이다. 살짝 그 뒤를 따라가 라이야의 모습을 보았습니다. 오트바의 마음을 흔들어 놓기에 충분할 만큼 훌륭한 미인이었습니다. 기트리프는 화가 나서 흥분한 목소리로 딸에게 말했습니다.

"지금 밖에 순례 중인 신도들이 찾아와 오트바라는 사내가 너를 아내로 맞이하고 싶어 한다고 하는구나. 어떻게 된 일이냐?"

순간 라이야의 얼굴에 화색이 돌았지만 시치미를 떼며 말했습니다.

"오트바는 스스로의 약속을 반드시 지킬 뿐만 아니라 찾고자 하는 것은 반드시 찾아내고야 마는 사람이라고 들었습니다."

라이야가 오트바를 추켜세우자 기트리프는 더 이상 화를 참지 못하고 버럭 소리를 질렀습니다.

"나는 절대로 그 녀석에게 너를 줄 수가 없다! 전부터 그 녀석과 네가 사귄다는 소문을 듣고 있었는데 사실이었구나!"

"아버지, 그게 무슨 말씀이세요? 그건 그냥 허무맹랑한 소문일 뿐이에요. 더욱이 순례 중인 신도 일행이 건넨 청혼을 아무 이유 없이 거절하시면 알라께서 노하실지도 몰라요."

라이야는 다시 한 번 시치미를 떼며 말했습니다.

"그렇다면 적당한 구실을 찾아서 저쪽에서 단념하도록 만드세요. 맞아요. 지참금을 턱없이 많이 요구하시면 될 거에요."

기트리프는 딸의 말에 일리가 있다고 생각했는지 고개를 끄덕였습니다. 잠시 뒤 기트리프가 우리에게 다가와 딸이 청혼을 받아들이기로 했다고 전했습니다. 오트바는 기뻐서 어쩔 줄 몰랐습니다.

"그런데 문제가 좀 있을 것 같소이다. 딸 아이가 꽤 많은 지참금을 요구하고 있습니다."

기트리프는 잠시 뜸을 들이더니 구체적인 지참금의 액수를 제시했습니다.

"순금 팔찌 1,000개, 하쟈르 은화로 5,000디나르, 알 야만제 모직 천과 얼룩무늬 천 100필, 향유고래 향료 5부대를 지참금으로 준비해 주셔야 합니다."

오트바와 신도 일행은 터무니없는 지참금에 입이 벌어졌습니다. 그러나 나에게는 그다지 문제가 되지 않는 금액이었습니다. 내가 나서서 대답했습니다.

"지참금을 준비하겠습니다."

나의 말에 기트리프는 크게 당황했고 오트바는 환희에 가득 찬 표정으로 나를 바라보았습니다. 오트바의 기쁨에 들뜬 얼굴을 보자 나 역시 기뻤습니다.

그 길로 나는 신도 일행을 '광명의 도시' 알 메디나로 보내 나를 보증인으로 세우고 기트리프가 지참금으로 요구한 물건들을 갖춰 오도록 했습니다. 얼마 지나지 않아 그들은 기트리프가 요구한 물건들을 빠짐없이 정성껏 갖추어 돌아왔습니다. 기트리프도 더 이상 반대할 명분이 없었는지 아무런 반대 없이 딸을 오트바에게 주기로 했습니다.

그제야 사람들은 양과 소를 잡아 잔치를 열었습니다. 부족 전체가 모이고, 신도 일행과 신랑 신부도 함께 자리해 먹고 마시며 40일 동안 결혼 잔치를 벌였습니다. 그리고 40일이 지나자 기트리프는 오트바에게 말했습니다.

"이젠 신부를 데리고 떠나게."

오트바는 기트리프에게 공손히 예를 갖춰 인사를 한 후 아름다운 신부 라이야를 가마에 태웠습니다. 화려하게 준비한 혼수품은 30마리의 낙타에 싣고 길을 떠났습니다.

그런데 '광명의 도시' 알 메디나 도착까지 하루 앞둔 곳에서 뜻밖의 일이 벌어졌습니다. 말을 탄 도적떼가 사방에서 갑자기 나타나 일행을 덮쳤습니다. 아무래도 스라임족 같았습니다. 라이야의 결혼식 지참금이 엄청나고 혼수품이 많다는 것을 알고 있었던 이들이죠. 오트바는 말에서 내려 도적떼에 맞서 용맹하게 싸웠습니다. 많은 적을 베었지만 아무래도 무리였습니다. 오트바는 적의 창끝에 찔려 부상을 입었습니다. 괴로워하던 오트바는 비틀거리더니 그 자리에 쓰러지고 말았습니다. 마침 그곳을 지나던 이들이 달려와 도와준 덕에 도적떼는 혼비백산하여 도망쳤습니다.

그러나 오트바는 끝내 숨을 거두고 말았습니다. 모든 사람들이 다가와 오트바의 가엾은 죽음을 슬퍼하고 있을 때 외마디 비명 소리가 들렸습니다. 가마 안에 있던 라이야가 오트바의 죽음을 알아채고 달려 나온 것이었습니다. 라이야는 오트바를 끌어안고 비통하게 울부짖었습니다. 그러더니 곧 오트바의 몸 위로 무너지듯 쓰러졌습니다. 그리고 그대로 숨이 멈추었습니다. 너무나 안타깝고 슬픈 일이었습니다. 그토록 간절히 원하던 사랑이었는데 그 사랑의 결실을 맺은지 얼마 지나지 않아 맞이한 죽음이라니!

일행은 두 부부의 안타까운 죽음에 눈물을 흘렸습니다. 그리고 그들의 사랑이 영원하기를 바라는 마음으로 하나의 무덤에 부부를 함께 묻어 주었습니다. 그렇게 두 사람은 죽어서 영원히 함께 잠들게 되었지요.

그 일이 있은 지 어느덧 7년이 지났습니다. 나는 고향으로 돌아와 장사도 하고 여행도 하면서 세월을 보냈습니다. 그러다 또다시 순례를 떠나게 되었지요. 참배를 하기 위해 '광명의 도시' 알 메디나에 들어설 무렵 오트바와의 일이 생각났습니다. 그래서 오트바와 라이야가 묻혀 있는 무덤을 찾아가 보았습니다. 눈앞에 펼쳐진 믿을 수 없는 광경에 나는 그 자리에 한참을 서 있었습니다. 그런데 오트바와 라이야를 함께 묻어준 무덤가에 커다란 나무가 하나 자라고 있는 것이 아니겠습니까. 그 나무에는 빨강, 노랑, 초록색의 헝겊 끈이 수도 없이 매달려 있었습니다. 그곳을 지나던 사람 하나를 붙잡고 물어 보았습니다.

"이 나무는 무슨 나무입니까?"

"천생배필의 나무라고 합니다."

"천생배필의 나무……."

나는 나무 곁에서 하룻밤을 더 지내고 그 곳을 떠났습니다.

뒤늦게 깨달은 아픈 사랑

아지즈와 아지자 이야기

    내 이름은 아지즈입니다. 내게는 아지자라는 사촌 여동생이 있었습니다. 나는 부유한 거상의 아들로 어릴 때부터 백부님의 딸인 아지자와 정혼한 사이였습니다. 백부님이 신병이 들어 오래 사시지 못할 것을 짐작하신 어른들께서 백부님이 임종하시기 직전 저와 아지자의 혼인을 결정하셨던 것이죠.

    부모님은 금요일 기도가 끝난 시간에 결혼식을 올리기로 정하고 준비를 하셨습니다. 재판관을 불러 혼인계약서를 작성하고 말 그대로 신부를 맞이할 일만 남았을 때였습니다. 목욕을 재개한 뒤 아직 도착하지 않은 친구를 초대하러 친구의 집으로 갔습니다. 그런데 이상한 일이 일어났습니다. 늘 드나들던 길에서 무엇에 홀렸는지 길을 잃어버리고 만 것이었습니다. 낯선 골목을 이리저리 돌아다니며 친구의 집을 찾아 헤매다 너무 더운 나머지 잠시 가까이 있던 평상에 앉아 쉬었습니다. 그때였습니다. 어디선가 하얀 손수건 한 장이 제 무릎 위로 떨어졌습니다. 영양을 수놓은 아주 특이한 손수건이었습니다.

나는 누구의 손수건인지 주위를 둘러보다가 창밖으로 얼굴을 내밀고 밖을 내다보던 한 여자와 눈이 마주쳤습니다. 여자는 나를 보더니 집게손가락을 입에 대고, 다음엔 집게손가락에다 가운데 손가락을 얹어 가슴 사이에 댔습니다. 그러더니 창을 닫고 창 너머로 사라져 버렸습니다.

딱 한 번 뿐이었는데도 나는 그만 그녀에게 반해 버리고 말았습니다. 오래도록 그 자리에 앉아 그녀를 기다렸지만 그녀는 다시는 얼굴을 보여 주지 않았습니다. 그림자조차 비치지 않았습니다. 손수건에서 나는 독특한 향을 맡으려 손수건을 코에 갖다 대려는 순간 사랑의 시가 적힌 조그만 두루마리가 하나 굴러 떨어졌습니다. 그리고 손수건의 가장자리에 아름다운 수로 놓여진 사랑의 시도 보였습니다. 나는 그녀가 보고 싶어 견딜 수가 없었습니다. 하지만 무작정 여자가 나타나기만을 기다리는 수밖에 없었습니다. 그러나 여자는 끝내 나오지 않았고 나는 실망한 채 자정이 넘어서야 집으로 돌아왔습니다.

태수를 비롯하여 많은 손님들이 신랑을 기다리다가 혼인계약서도 작성하지 못한 채 돌아가고 말았습니다. 결혼 잔치에 많은 비용을 들인 아버지는 결혼을 1년 뒤로 미룰 수밖에 없다고 했지요. 아지자는 눈물을 흘리며 나를 원망했습니다. 그렇지만 나는 거짓된 맹세나 사랑의 약속을 할 수가 없어 오늘 우연히 만난 운명의 여인에게 마음을 빼앗겼다고 고백했습니다. 그러자 아지자는 자신의 안타까운 마음을 감추고 나를 위로해 주었습니다. 나는 아지자에게 그 여인이 내게 보였던 몸짓의 의미에 대해 물어보았습니다. 그러나 아지자는 슬픈 눈빛으로 그 뜻을 설명해 주었습니다.

"손가락을 입에 댄 건 영혼과 육체가 하나인 것처럼 두 사람은 떨어질 수 없다는 뜻이고, 사랑니로 깨물어주고 싶을 정도로 사랑스럽다는 뜻이에요. 손수건의 의미는 그 여자의 생명은 당신에게 달려 있다는 뜻이고, 두 손가락을 젖가슴에 댄 것은 당신만 볼 수 있다면 자신의 슬픔이 사라진다는 뜻이니 분명 그 여자도 오라버니를 사랑하고 있을 거예요. 그러니 걱정하지 마세요."

아지자는 나의 눈물을 닦아 주며 위로해 주었습니다. 나는 아지자의 말에 큰 위로를 받았습니다. 그날 밤, 아지자의 무릎을 베고 잠이 들었습니다.

다음 날, 나는 다시 용기를 내어 다시 한 번 그 여인을 만났던 그 골목으로 갔습니다. 그리고 그 여인을 보았던 집앞을 향해 서니 마치 기다리기라도 했던 것처럼 그녀가 창문을 열고 나를 내려다보고 있었습니다. 들뜬 마음으로 창가를 올려다보니 그녀는 손에 거울과 붉은 손수건을 들고 있었습니다. 순간 그녀와 나는 눈이 마주쳤습니다. 그리고 이번에도 내가 알아챌 수 없는 손짓과 몸짓으로 의미를 남기고 창문 너머로 들어가 다시는 나오지 않았습니다. 나는 무엇인가 홀린 듯 그 자리에 서 있다가 이번에도 자정이 넘어서야 집으로 돌아왔습니다.

아지자는 눈물을 흘리며 나를 기다리고 있었습니다. 그러나 내게 아지자의 슬픈 눈물 따위는 보이지 않았습니다. 아니 애써 외면했습니다. 그러나 아지자는 실망하여 풀이 죽은 나의 모습을 보자 오히려 나를 위로해 주었습니다. 그리고 이번에도 그녀의 몸짓과 손짓의 의미를 풀이해 주었습니다.

"다섯 손가락을 벌리고 손바닥과 손가락으로 가슴을 친 것은 닷새 후 다시 오라는 뜻이고, 손을 뻗어 창밖으로 거울을 내보이고 나서 붉은 손수건을 아래위로 흔들다가 수건을 손바닥에 뭉쳐서 짜는 시늉을 한 것은 심부름꾼이 찾아갈 때까지 염색 가게에서 기다리라는 의미일 것이에요."

아지자가 풀어 준 의미대로 나는 닷새를 기다렸습니다. 그 닷새가 내게는 5년과도 같이 길었습니다. 애간장이 타서 아무것도 할 수가 없을 정도였습니다. 마침내 닷새가 지나고 약속한 날이 되자 아지자는 내가 목욕을 할 수 있도록 도와주고 새 옷으로 치장을 해주었습니다. 뿐만 아니라 꼭 원하는 것을 이루고 돌아오라고 힘을 주기까지 했습니다.

마침 그 날은 안식일이라 염색 가게 문이 닫혀서 가게 앞에 앉아서 기별이 오기를 기다렸습니다. 그러나 밤이 늦도록 아무런 소식이 없었습니다. 크게 실망한 나는 발길을 돌릴 수밖에 없었습니다. 기다림에 지친 나는 비틀거리며 집으로 돌아왔습니다.

나를 기다리고 있던 아지자는 나의 모습을 보자마자 내가 바람맞았다는 것을 알아챘습니다. 어째서 그냥 돌아오게 되었느냐고 물은 아지자에게 나는 괜스레 짜증이 치밀었습니다. 그래서 아지자를 때리고 밀쳐 버렸습니다. 그런데 나의 힘이 너무 강했는지 아지자가 넘어지면서 이마를 찧어 피가 났습니다. 갑자기 아지자에게 미안한 생각이 들었습니다. 나 때문에 깊은 상처를 입은 가련한 아지자의 모습에 양심의 가책이 느껴졌습니다. 그러나 아지자는 화를 내기는커녕 환하게 웃으며 말했습니다.

"그렇지 않아도 속이 좋지 않아서 나쁜 피를 내서 독을 빼낼까 했었는데 그럴 필요가 없어졌어요."

나는 아지자에 대한 미안한 마음과 그녀에 대한 안타까움으로 눈물을 흘렸습니다. 이마의 피를 닦아 낸 아지자는 내게 다가오며 말했습니다.

"그 여자가 나타나지 않은 것은 오라버니의 참을성과 진실성을 시험해 보려는 의도이니 내일 다시 가면 어떤 방식으로든 신호를 보낼 것입니다."

아지자의 말대로 다음 날 다시 그 골목으로 가서 기다리자 그녀는 창문을 열고 거울과 주머니, 푸른 화초를 심은 화분을 들고, 한손에는 램프를 들고 이상한 몸짓을 했습니다. 이번에도 의미를 알아챌 수 없었던 나는 아지자에게 그녀의 몸짓의 의미를 해석해 달라고 했습니다.

"거울을 주머니에 넣고 끈으로 매어 방 안으로 던진 것은 '해가 진 후' 라는 뜻이고, 머리칼을 풀어 얼굴 위로 늘어뜨린 것은 '밤이 깊어 주위가 깜깜해지거든 오세요' 라는 뜻이에요. 그리고 파란 화분은 '골목 안의 화원으로 들어오라' 는 뜻이고, 화분 위에 램프를 놓은 것은 '화원으로 들어오거든 램프의 불빛이 보이는 곳까지 들어와서 기다리라'는 뜻입니다."

나는 기쁜 나머지 소리를 지르며 환호했습니다. 이번에는 정말 그녀를 만날 수 있게 되리라는 강력한 느낌 때문이었지요. 여인을 만나고야 말겠다는 열망으로 가득 찬 내게 아지자의 아픔은 보이지 않았습니다.

저녁이 다가오자 아지자는 내게 사향 한 조각을 주면서 당부했습니다.

"오라버니, 이걸 입 안에 넣고 가세요. 그리고 원하는 것을 이루고 나면 반드시 이런 시구를 읊어 주세요.

오, 사랑에 빠진 세상의 모든 이여!
신께 맹세코 오로지 진실만을 말하라!
피 끓는 젊은 날, 애가 타고 녹아내려
어쩔 수 없는 사랑 때문에 아파할 때.

아지자는 내게 입을 맞추고, 그녀와 헤어지기 전까지는 절대로 이 시를 읊어서는 안 된다고 신신당부했습니다. 그러마 하고 맹세한 나는 밤이 되길 초조하게 기다렸다가 골목 안 화원으로 들어가 등불이 보이는 곳까지 걸어갔습니다. 별채인 듯한 곳에 램프가 달려 있어서 안으로 들어가니 깨끗하고 화려한 양탄자가 깔려 있는 거실이 보였습니다. 거실에는 푸짐한 음식과 포도주, 과일과 후식 등이 풍성하게 차려 있었습니다.

그러나 아무리 기다려도 사람의 그림자는 보이지 않았습니다. 기다리는 시간이 길어지자 배가 몹시 고파진 나는 차려진 음식을 허겁지겁 먹었습니다. 배가 어느 정도 부르자 밀려오는 졸음을 참을 수 없어 그만 잠이 들고 말았지요. 결국 누가 데려가도 모를 정도로 깊이 잠이 들었습니다.

시간이 얼마나 흘렀을까. 잠에서 깨어나야 한다는 생각이 들어 눈을 떠보니 배 위에 소금과 숯이 조금 놓여 있었습니다. 나 자신이 너무 부끄럽고 비참하게 느껴져 눈물을 흘리며 집으로 돌아왔습니다. 아지자는 잠도 이루지 못한 채 나를 기다리고 있었습니다. 나를 보자 피곤한 기색을 감추고 환한 미소를 보여 주었습니다. 나는 거실 안에서 잠 든 사연과 배 위에 올려져 있던 것들에 대해 이야기해 주었습니다. 그러자 아지자가 그 의미를 해석해 주었습니다.

"소금의 뜻은 무관심한 남자는 간이 맞지 않는 음식과 같으니

간을 맞춰야 한다는 즉 싱거운 남자라는 뜻이지요. 입으로는 죽을 것 같다고 소리쳐 놓고는 기다리지 못하고 잠이 들었으니 결국 진정한 사랑이 아니라고 생각한다는 뜻이에요. 숯은 아직 어린아이가 먹고 마시는 것을 즐기 듯 눈에 보이는 음식의 유혹을 참지 못하고 잠이 들었으니 겉으로만 사랑을 이야기하면 얼굴이 까맣게 칠해지는 창피를 당하게 될 것이라는 뜻이에요."

나는 아지자에게 좋은 방법이 없겠느냐고 물었습니다. 그러자 다음에는 절대로 음식을 먹지 말고, 잠들지 말라고 말했습니다.

다음날 밤, 나는 다시 화원의 거실로 들어섰습니다. 이번에도 지난밤처럼 진수성찬이 차려져 있었습니다. 나는 마구 솟아오르는 식욕을 누르지 못하고 음식들을 배불리 먹었습니다. 또다시 잠이 밀려 왔고, 이번에도 깊이 잠들고 말았습니다. 깨어 보니 이번에도 배 위에 의미를 담은 물건들이 놓여 있었습니다.

나는 눈물을 흘리며 집으로 돌아와 아지자에게 간밤의 일을 털어 놓았습니다. 밤늦도록 나를 기다린 아지자의 눈이 붉게 충혈되어 있었지만 나는 그런 것에 신경 쓸 겨를이 없었습니다. 만나지 못한 그녀에 대한 그리움으로 애가 바짝바짝 타들어 가고 있었으니까요. 아지자는 이번에도 잠을 이기지 못한 나를 나무라며 물건의 의미들을 설명했습니다.

"뼈와 막대기는 몸은 여기 있으나 마음이 딴 데 있으니 사랑할 자격이 없다는 뜻이고, 파란 대추야자씨는 진정으로 사랑하는 사람을 기다리는 것이라면 어찌 잠이 오겠느냐는 뜻입니다."

나는 너무 지치고 애가 탄 나머지 아지자에게 간청했습니다. 제발 그녀를 내 것으로 만들 수 있는 방법을 가르쳐 달라고 말입니다. 나를 아끼고 사랑하는 아지자의 마음 따위는 느껴지지도 중요하지도 않았습니다. 아지자는 울음 섞인 목소리로 잠만 들지 않는다면 원하는 대로 이루어질 것이라고 말했습니다. 그러고는 풍성한 음식을 한 상 가득 차려오게 하더니 나에게 배불리 먹으라고 했습니다. 배불리 먹고 난 뒤라면 아무리 맛있는 음식들이 차려져 있어도 먹고 싶지 않을 것이라고 하면서 말입니다. 나는 아지자가 시키는 대로 차려진 음식을 모두 먹었습니다. 그리고 아지자가 마련해 준 화려한 옷을 입고 화원 안의 거실로 달려갔습니다.

하지만 그 날 밤도 나는 코끝을 찌르는 향긋한 음식 냄새와 쏟아지는 잠을 물리칠 수가 없었습니다. 결국 또다시 잠이 들었고

깨어나 보니 이번에는 식칼과 쇳조각이 배 위에 올려져 있었습니다. 나는 두려운 마음에 부들부들 떨며 집으로 돌아왔습니다. 여전히 나를 기다리고 있던 아지자는 간밤의 일을 물었습니다. 나는 배 위에 올려져 있던 식칼과 쇳조각의 의미를 알려달라고 했습니다.

"쇳조각은 그녀의 오른쪽 눈을 가리키는 것입니다. 아마도 오른쪽 눈을 걸고 맹세컨대 이번에도 잠이 들면 식칼로 목을 베어 버리겠다는 뜻일 것입니다. 그러니 오라버니! 이번에는 절대로 잠이 들면 안 되어요."

아지자는 안타까운 눈빛으로 나를 바라보았습니다. 그리고 밤이 오더라도 잠에 빠지지 않게 낮 동안 충분히 잘 수 있도록 어린 아이 재우듯 다독여 주었습니다. 그리고 저녁이 되자 음식을 배불리 먹을 수 있도록 상을 차려주었습니다. 이윽고 밤이 되자 아지자는 간곡한 당부의 말과 함께 나를 치장해 주었습니다.

"이번에는 절대로 잠이 들면 안 되어요. 오늘 밤에 잠이 들면 정말로 목숨이 위태로울 것이니까요. 여자는 새벽녘이 되어야 오는 듯하니 그때까지 절대로 잠들지 말고 기다리셔야 해요. 그리고 오라버니가 원하는 것을 이루신 뒤에는 반드시 제가 알려 드린 시를 읊으셔야 해요. 반드시!"

아지자의 당부대로 나는 눈을 부릅뜨며 잠들지 않으려 노력했고, 새벽이 어스름 밝아올 때쯤 마침내 그녀가 시녀를 거느리고 나타나는 것을 맞이할 수 있었습니다.

"밤이 깊었는데 잠이 들지 않으셨다는 건 저를 아주 많이 사랑하고 기다리셨다는 증거이겠지요? 인내심이 훌륭하세요."

그녀는 나를 한껏 추켜 세웠습니다. 그러고는 곁에 있던 시녀들을 물리고 이내 내 품을 파고들었습니다. 우리는 마치 오래 기다린 연인들처럼 서로의 입을 맞추며 함께 침대에 들었습니다. 신새벽부터 아침에 이를 때까지 나는 사랑에 빠져 헤어나지 못했습니다.

늦은 아침, 그녀를 두고 나오려는데 그녀가 나를 불러 세웠습니다. 그러더니 영양을 수놓은 헝겊 조각을 주었습니다.

"제 동생이 수놓은 것인데, 제 동생의 이름은 누르 알 후다라고 합니다."

특이한 헝겊 조각이 신기하기도 했고, 또 그녀와 함께 보내고 선물까지 받아든 것에 너무 흥분한 나머지 나는 아지자가 알려준 시구를 읊는 것을 그만 잊고 말았습니다.

집에 돌아오니 아지자는 아파 누워 있었습니다. 그러나 나는 지난밤의 일을 이야기해 주며 들뜬 마음을 숨기지 않았습니다. 나의 이야기를 들은 아지자는 헝겊 조각을 달라고 했습니다. 나는 아무 생각 없이 아지자에게 영양이 수놓아져 있는 헝겊 조각을 주었습니다. 그러자 아지자는 다음에 다시 만날 때에는 절대로 시를 읊는 것을 잊지 말라고 신신당부했습니다.

밤이 되자 나는 다시 화원의 거실로 달려갔습니다. 이번에는 그녀가 먼저 와 있었습니다. 너무도 반가운 나머지 나는 그녀를 와락 끌어안고 격렬히 입맞춤하기 시작했습니다. 그녀도 마치 오랫동안 갈망했던 것처럼 나를 파고들었지요. 우리는 그렇게 서로에게 빠져 밤이 새도록 함께 있었습니다. 그녀와 내일을 기약하며 나는 아지자가 알려준 시를 들려주었습니다.

오, 사랑에 빠진 세상의 모든 이여!
신께 맹세코 오로지 진실만을 말하라!
피 끓는 젊은 날, 애가 타고 녹아내려
어쩔 수 없는 사랑 때문에 아파할 때.

그러자 그녀는 눈물을 글썽이며 역시 노래로 답하였습니다.

가슴 속 괴로움을 애써 달래며 단 하나 진실을 감추네.
참고 또 참으며 변함없는 연민만을 구하니.

눈물 섞인 그녀의 시를 듣고 집으로 돌아오니 아지자가 심하게 앓고 있었습니다. 기력이 많이 쇠한 듯했지요. 부모님은 아지자를 잘 돌보지 않았다고 나를 나무랐습니다. 그러나 나는 그런 말들이 하나도 들리지 않았습니다. 오히려 병든 아지자가 귀찮게 느껴졌습니다. 아픈 아지자를 남겨둔 채 나는 그날 밤도 그 다음 날도 또 그 다음 날도 화원의 그녀에게 달려갔습니다.

그렇게 며칠이 지난 후 아지자가 심한 발작을 일으키며 정신을 잃었습니다. 신열에 들뜨고 식은땀을 흘리며 심하게 앓았지만 나는 아지자에게 관심도 두지 않은 채 그녀에게 달려갔습니다. 그리고 그날 밤도 아침이 올 때까지 그녀와 절정을 넘나드는 사랑을 나누었습니다. 아침이 되어 그녀와 헤어질 때 여느 때와 마찬가지로 나는 아지자가 알려준 시를 읊었습니다. 그러자 그녀는 슬피 울면서 말했습니다.

"그 시를 당신에게 알려준 여자는 틀림없이 죽었을 거예요."
"그게 무슨 소리요?"

깜짝 놀란 내가 다시 묻자 그녀가 시를 알려준 여인이 누구냐고 물었지요. 나는 나의 사촌동생이라고 대답했습니다. 그랬더니 그녀가 깜짝 놀라며 말했습니다.

"그럴 리가 없어요. 정말 사촌 동생이라면 그 여자가 당신을 사랑한 것처럼 당신도 그 여자를 사랑했을 것입니다. 당신이 그 여자를 죽인 거예요. 만약 당신에게 그런 여인이 있는 것을 알았다면 처음부터 당신을 만나지 않았을 거예요."

여자가 눈물을 흘리며 고개를 저었습니다. 그 시를 알려준 사촌 동생이 암호를 풀어 주고 격려해 주며 여인을 만날 수 있는 방법까지 알려 주었다고 말하자 여인은 빨리 돌아가 아지자를 위로해 주라고 말했습니다.

나는 집으로 달리는 내내 불안한 마음을 억누를 수 없었습니다. 그런데 나쁜 예감은 현실이 되어 버렸습니다. 집 근처에 도달하자 집 안에서 통곡하는 소리가 들렸던 것입니다. 그녀의 말대로 아지자가 숨을 거두었던 것입니다. 부모님은 나를 보자마자 나 때문에 아지자가 그리 되었다고 심하게 책망하였습니다.

장례를 치루는 사흘 동안 나는 아지자에 대한 그리움과 후회로 가득한 시간을 보냈습니다. 장례식이 모두 끝나자 어머니는 아지자가 내게 남긴 유언을 들려주었습니다. 아지자는 그녀와 밤을 보낸 다음 헤어질 때마다 "성실은 선, 불성실은 악!"이라는 두 마디를 잊지 말고 들려주라고 말했다고 전했습니다. 그러나 동생이 맡긴 유품은 내게 건네주지 않았습니다. 내가 진정으로 아지자의 죽음을 슬퍼하는 때가 오면 그때 전해 달라고 말했기 때문이라고 했습니다.

그때까지도 그 여인에게 온통 정신이 팔려 있던 나는 아지자가 내게 남긴 유품 따위에는 관심이 가지 않았습니다. 사흘의 장례 기간이 끝나자마자 나는 곧장 그녀에게 달려 갔습니다. 내게는 그녀만이 전부였고, 내 사랑의 완성이라고 생각했으니까요. 그녀는 아지자의 죽음을 깊이 애도하며 아지자를 지켜 주지 못한 나를 몹시 책망하였습니다. 그리고 곧 불행한 일이 일어날 것만 같다며 초조함을 감추지 못했습니다. 나는 그녀에게 아무 일 없을 것이라며 위로했습니다. 그리고 아지자가 남긴 두 마디의 말을 들려주었습니다.

"성실은 선, 불성실은 악!"

그녀는 이 두 마디를 듣더니 큰 소리로 말했습니다.

"그녀야말로 진정으로 제게서 당신을 구해내었어요. 나는 당신을 이용해 못된 장난을 칠 생각을 했었으니까요. 하지만 앞으로 절대로 당신에게 상처를 입히거나 당신을 불행에 빠지게 하지 않겠어요."

나는 그 말의 뜻이 무엇인지도 모르고 이렇게 다시 물었습니다.

"그렇다면 당신에게 나는 무엇이었소? 나를 진심으로 사랑한 것이 아니었소?"

그러자 그녀가 대답했습니다.

"당신은 세상에 대해 아무 것도 모르죠. 순수한 사내니까요. 그래서 나 같은 여자에게 반해서 빠져 버린 것입니다. 거짓말을 할 줄도 비밀을 만들 줄도 모르는 당신은 여자들의 간교한 계략 같은 것을 알 턱이 없지요. 지금까지 당신을 지켜준 것은 당신의 사촌 동생 아지자입니다. 그녀는 당신의 생명의 은인이고, 당신을 파멸로부터 구해준 구원자예요. 앞으로는 모든 여자를 경계하고 조심하세요. 그녀처럼 당신을 지켜줄 여자가 이제는 이 세상에 없으니까요. 당신을 지켜줄 여인이 세상을 떠났으니 앞으로의 당신이 너무 걱정됩니다."

그녀는 내게 부디 여자를 조심하라고 진심으로 충고해 주었습니다. 그리고 아지자의 무덤을 알려 달라고 부탁했지요. 나는 그녀를 아지자의 무덤으로 안내했습니다. 아지자의 무덤으로 가는 길, 그녀는 지나가는 행인이나 노숙인들에게 돈을 나누어 주며 '아지자의 명복을 빕니다. 아지자의 뜻이에요.' 라는 말을 남겼습니다. 그리고 무덤 앞에 도착하자 엎드려 통곡하며 아지자의 죽음을 애도했습니다.

그런데 더욱 놀라운 일은 그 후에 일어났습니다. 그녀의 태도가 확 달라진 것이었습니다. 지금까지처럼 도도하고 고상하게 구는 것이 아니라 너무나도 헌신적인 여인이 되었습니다. 자기를 버리지 말라고 애원하였고, 목숨이라도 내어 놓을 것처럼 극진히 대했습니다. 그리고 헤어질 때마다 아지자가 알려준 두 마디의 말을 들려달라고 조르기까지 했습니다. 변한 그녀의 모습이 놀랍기도 했지만 그녀를 온전히 가질 수 있어서 행복한 날들이었습니다.

그렇게 1년이라는 시간이 흘렀습니다. 새해를 맞이하는 명절날 밤 그녀에게 가던 길이었습니다. 늘 가던 그 길에서 그만 길을 잘못 들어 엉뚱한 길로 가고 말았습니다.

그때 한 노파가 촛불과 편지를 들고 다가오더니 읽어 달라고 청하였습니다. 편지는 타향에 나가 있는 한 남자가 친구와 사랑하는 가족들에게 전하는 안부 편지였습니다. 편지를 끝까지 읽어 주자 노파는 고맙다고 인사를 하더니 금세 사라져 버렸습니다. 어리둥절해 하고 있는데 어디선가 그 노파가 다시 나타났습니다. 그러더니 잠시 자신과 함께 가자고 졸랐습니다. 처음 보는 사람과 동행하는 것이 마음에 걸려 난처한 표정을 짓자 노파가 말했습니다.

"젊은이, 사실 그 편지는 장사를 떠나 10년 동안 소식이 없던 아들에게서 온 편지라오. 하도 소식이 없어서 죽었다고 생각하고 포기하려는 찰나에 편지가 도착했소. 그러니 오죽 반가웠겠소. 내게는 딸이 하나 있는데 그 애에게 오라비 소식을 전하니 믿지 못하겠다고 하더이다. 그러니 젊은이가 직접 가 편지를 한 번 더 읽어주면 고맙겠소이다. 늙은이의 간절한 청을 저버리지 마시구려."

노파의 간곡한 청에 나는 노파를 따라나섰습니다. 어떠한 의심도 하지 않았지요. 노파의 집은 으리으리한 대저택이었습니다.

노파가 페르시아 말로 소리치자 문이 열리고 한 처녀가 달려 나왔습니다. 새하얀 종아리를 드러내고 어깨가 드러난 옷을 입은 여인은 내게 교태 넘치는 눈빛을 보냈습니다. 편지를 들고 여자에게 다가가 편지를 읽어 주려는 순간 노파는 대문 안쪽으로 나를 밀어 넣었습니다. 그리고 순식간에 대문을 잠갔습니다. 깜짝 놀란 나는 너무도 황망하여 그 자리에 굳은 채 서 있었습니다. 이 모든 것은 노파의 간계였습니다. 처녀는 내게 달려들더니 다짜고짜 입맞춤을 하려고 했습니다. 그리고 나를 침실로 데리고 갔습니다. 어쩔 수 없이 처녀를 따라가면서도 나는 줄곧 나를 기다리고 있을 그녀를 생각했습니다. 침실에 나를 눕힌 처녀가 나에게 달려들더니 말했습니다.

"지금 당장 나와 결혼해 주세요. 그렇지 않으면 당장 이 자리에서 당신의 목을 베어 버리겠어요."

나는 믿기지 않는 상황에 당황했습니다. 대답을 하지 못하자 처녀는 조금 누그러진 목소리로 말했습니다.

"당신이 지금껏 함께 지낸 그 여자는 뚜쟁이 할멈 다리아의 딸이에요. 그 여자는 매우 불결하고 악독하죠. 아마 세상에 그런 여자는 다시 없을 거예요. 당신을 만나기 전에도 자신의 신비로운 매력을 무기로 많은 남자를 만나고 싫증이 나면 죽여 버렸으니까요. 그런데 당신만은 아직까지 죽지 않고 있으니 정말 놀라운 일이 아닐 수 없어요. 도대체 무슨 사연이 있는 거죠?"

나는 여자의 말에 매우 놀랐습니다. 내가 사랑했던 그녀에게 그런 비밀이 있었다니. 믿을 수 없는 사실이었지요. 그래서 나는 여자에게 그간의 사연을 모두 이야기해 주었습니다. 이야기를 마치자 여자는 눈물을 흘리며 아지자의 죽음을 진심으로 슬퍼했습니다.

"당신이 그 여자로부터 목숨을 구하고 지금까지 살아남을 수 있었던 것은 모두 아지자 덕분이에요. 아지자가 유언으로 남긴 그 두 마디가 당신의 생명을 지키고 있었던 것이죠. 동생이 남긴 그 말이 앞으로도 당신을 지켜줄 거예요."

그리고 나서 오늘 밤 일어난 황망한 일에 대해 여자가 설명하기 시작했습니다.

"사실 저는 오래전부터 당신을 몰래 사모해 왔습니다. 그동안 달리 방법이 없어서 지켜만 보다가 참을 수 없어 노파를 시켜 당신을 데리고 오도록 한 것이지요. 당신은 순수한 사람이라 여자들의 간교한 말에 금방 넘어가 버리거든요."

그러고는 자신은 이미 많은 재물과 재산이 있으니 돈을 벌어 올 필요도 없고 그저 자신의 남편이 되어 주기만 하면 된다고 했습니다. 망설이는 사이 미리 대기하고 있던 4명의 재판관이 들어와 혼인계약서를 작성했습니다. 그리고 지참금으로 금화 1만 디나르의 빚이 나에게 있음을 기록으로 남겨 두었습니다.

그렇게 나는 처녀와 혼인이라는 것을 하게 되었습니다. 서명이 끝나자 처녀는 내 앞에서 옷을 훌훌 벗어 던졌습니다. 처녀의 아름다운 자태에 나는 나를 기다리고 있을 여인을 잊은 채 처녀에게 입맞추었습니다. 이내 처녀는 내 품을 파고들었고 처녀와 나는 행복에 겨운 밤을 보냈습니다.

다음날 아침, 대문을 나서려고 하자 대문이 잠겨 있었습니다. 처녀가 말하기를 이 집의 대문은 1년에 한 번만 열린다는 것이었습니다. 그렇게 나는 꼬박 1년을 여자와 함께 지내며 자식까지 낳게 되었습니다. 1년이 지난 후 새해가 되자 드디어 대문이 열렸습니다. 여자는 나를 내보내 주며 문이 닫히기 전에 돌아와야 한다고 했습니다.

"그렇지 않으면 당신과는 이혼이에요."

나는 한달음에 화원으로 달려갔습니다. 여인은 1년 내내 문을 열어 놓고 나를 기다리고 있었습니다. 나는 그간의 일을 해명했습니다. 올 수 없었던 이유와 강제로 행해진 결혼 그리고 자식을 낳은 일까지. 그러자 그녀는 불같이 화를 내며 단도를 꺼내 들고 내게 달려들었습니다. 그 순간 나는 아지자가 알려 준 두 마디가 생각났습니다.

"성실은 선, 불성실은 악!"

그러자 그녀가 겨우 마음을 진정하여 단도를 내려놓았습니다. 그러나 여전히 분이 풀리지 않는지 씩씩거렸습니다. 그러더니 잠시 뒤 무언가 결심을 한 듯 노예들을 시켜 내 팔다리를 묶어 매다는 것이 아니겠습니까.

"당신의 동생이 남긴 말 덕분에 목숨은 살려 주겠지만 나와 당신의 동생에게 저지른 짓은 용서할 수가 없군요. 더욱이 당신과 강제로 결혼을 했다는 그 뻔뻔한 여자를 그냥 두고 볼 수도 없는 노릇이고요."

말을 마친 다리아의 딸은 분이 풀릴 때까지 나를 심하게 매질했습니다. 살갗이 터지고 온몸에서 피가 흘렀습니다. 나는 그만 정신을 잃고 말았습니다. 잠시 뒤 정신을 차리니 이번에는 옷을 벗기고 있었습니다. 필사적으로 몸부림을 쳤지만 꽁꽁 묶여 있는 상태로는 아무 것도 할 수가 없었습니다.

"당신을 내게서 빼앗아간 그 여자가 가장 필요로 하는 것을 없애 버릴 것입니다."

나의 바지를 벗긴 그녀는 단번에 나의 생식기를 잘라내 버렸습니다. 다시 없을 고통에 나는 정신이 아득해졌습니다.

얼마나 시간이 흘렀을까. 정신을 차려보니 나는 화원 밖에 버려져 있었습니다. 애써 몸을 일으켜 비틀거리며 아내에게 돌아갔지만 그녀는 내 남성이 사라진 것을 알아채고는 나를 집 밖으로 던져 버리도록 했습니다. 그리고 1년에 한 번 열리는 대문이 닫혔습니다. 그렇게 나는 나를 사랑했다고 믿었던 여자들에게서 모두 버림을 받았습니다.

결국 나는 비틀거리는 걸음으로 부모님의 집으로 돌아갔습니다. 아버지는 이미 세상을 떠나신 뒤였고, 어머니 홀로 집을 지키고 계셨습니다. 어머니는 나를 보자 눈물을 흘리시며 안아 주셨습니다. 어머니는 나를 씻기고 상처를 치료해 주었습니다. 그리고 깨끗한 옷으로 갈아 입혀 주었습니다. 그때 아지자의 방이 눈에 띄었습니다. 그때서야 나는 깨달았습니다. 나를 진정으로 사랑하고 또 진심으로 아껴주었던 사람은 아지자 뿐이었다는 것을 말입니다.

흐르는 눈물이 멈추지 않았습니다. 가슴이 사무치도록 아지자가 그리웠습니다. 참회하는 마음으로 아지자의 명복을 빌었습니다. 그리고 그때까지 있었던 모든 일을 어머니께 털어놓았습니다.

    제 손을 꼭 잡고 위로해 주던 어머니가 그제서야 아지자가 남긴 유품을 내게 주었습니다. 어머니는 내가 진심으로 아지자의 죽음을 슬퍼하고, 모든 여인들로부터 벗어나 돌아왔을 때에 전해 달라고 한 아지자의 유언 때문에 지금껏 간직하고 있었다고 말했습니다.

    유품을 전해 받은 나는 또 한 번 놀랐습니다. 유품은 다름 아닌 내가 아지자에게 주었던 영양이 수놓아져 있는 헝겊 조각이었기 때문이었습니다. 헝겊 조각 안에는 아지자의 편지가 들어 있었습니다.

오라버니, 이 헝겊을 항상 몸에 지니고 다니셔요. 이 헝겊은 당신이 제 곁에 계시지 않는 동안 유일하게 저의 친구가 되어 준 것이랍니다. 그리고 만일 당신이 이 영양을 수놓은 여자를 만나게 된다면 반드시 피하셔야 합니다. 다른 여자를 가까이 하는 것도 피해야 합니다. 오라버니는 너무도 순수하시기에 여자들의 간교한 계략에 쉽게 넘어가시는 분이니까요.

이 영양을 수놓은 여자는 해마다 이런 헝겊을 하나씩 만들어 먼 나라에 보내고 있어요. 이렇게 아름답고 독특한 수를 놓을 줄 아는 사람이 자신 밖에 없다는 것을 알리고 싶어서 입니다. 그런데 뚜쟁이 할멈의 딸인 다리아는 우연히 이 헝겊을 손에 넣는 방법을 알게 되어 해마다 이 헝겊을 가질 수 있게 되었답니다. 다리아는 이 헝겊을 만든 사람이 자신의 동생이라고 거짓말을 하며 남자들을 유혹합니다. 제발 언젠가 신께서 그녀의 거짓을 세상에 드러내 주셨으면 좋겠어요.

제가 죽고 나면 오라버니는 분명히 여인들에게 상처를 받게 될 것이에요. 그걸 생각하면 저는 편히 눈을 감을 수도 없습니다. 그리고 제가 생각나시겠지요. 하지만 그때는 이미 모든 것이 늦은 때랍니다. 제가 죽기 전에는 저의 진심을 모르실 테니까요. 그러다 세상이 싫어지고 고국을 떠나고 싶은 생각이 들어 타지로 헤매게 되더라도 절대로 이 수를 놓은 여자를 절대로 찾지 마세요. 오라버니를 구할 수 있는 아지자는 이제 세상에 없으니까요.

오라버니, 당신을 위해 마지막으로 이야기해 둘 것이 있어요. 헝겊에 영양을 수놓은 여인은 녹나무 섬의 공주입니다.

나는 뒤늦게 아지자의 헌신적인 사랑을 깨닫고 그 희생에 가슴을 치며 후회했지만 이미 죽은 아지자를 만날 수 있는 방법은 없었습니다. 아지자의 사랑을 외면한 제 자신이 너무 한심하고 원망스러워 통곡하며 수많은 낮과 밤을 보냈지요. 그렇게 눈물 속에 1년을 보낸 후 아지자에 대한 회한과 슬픔을 털어내기 위해 대상 일행을 따라 여행길에 올랐습니다.

세상의 만물을 두루 구경하고, 녹나라의 수정궁까지 구경했지만 아지자에 대한 그리움과 슬픔은 잊혀지지 않았습니다. 아지자의 유언으로 영양을 수놓은 여인이 녹나라 섬의 두냐 공주라는 것을 알았지만 아지자의 말대로 그녀를 보지도 만나지도 말아야 한다는 생각에 발길을 돌렸습니다.

날이 갈수록 아지자에 대한 그리움이 커져 슬픔과 절망의 바다에 빠져 헤어나지 못하고 있습니다.

이제는 그저 어머니 곁으로 돌아가 아지자에 대한 사랑을 가슴에 품고, 아지자를 기리며 여생을 보내는 것만이 저의 유일한 희망으로 남았습니다.

Neverending story
Arabian nights

천일야화, 그 후의 이야기
영원히 끝나지 않을 사랑 이야기

 샤라자드의 놀랍고도 신비한 이야기는 천일 하고도 하루가 계속되었다. 그 사이 샤라자드는 샤리야르 왕과의 사이에서 세 아들을 낳았다. 왕에게 자신이 알고 있는 모든 이야기를 들려준 샤라자드는 샤리야르 왕 앞에 엎드려 말했다.

 "폐하, 3년이 넘는 시간 동안 제가 알고 있는 이야기들을 모두 들려 드렸습니다."

 샤리야르 왕은 샤라자드의 말에 고개를 끄덕였다.

 "이제 제가 한 가지 청을 드려도 괜찮겠습니까?"

 "무엇이든 말해 보거라."

 샤라자드는 자신의 세 아들을 불렀다. 그리고 그 아이들을 곁에 앉혀 품에 안았다.

 "이 아이들은 폐하의 자식들입니다. 부디 이 아이들이 어미의 손에서 자랄 수 있도록 성은을 베풀어 저의 참수형을 거두어 주십시오."

샤라자드는 눈물을 흘리며 간곡히 청했다. 샤리야르 왕은 샤라자드를 애처롭게 바라보며 세 아들을 품에 받아 안았다.

"나는 이 아이들이 태어나기 전부터 이미 그대에 대한 마음을 정했다. 그대는 순결하고 정숙하며 지혜로운 여인이다. 신을 공경하고 마음이 정의롭고 따뜻한 여인이다. 나는 신께 맹세코 절대로 그대를 해치지 않을 것이다!"

샤라자드는 왕의 말에 감격하여 왕의 손과 발에 입을 맞추었다. 그리고 다시 말을 이었다.

"폐하께서는 여자 때문에 너무도 불행한 일을 겪으셨습니다. 먼 옛날의 코스로 대왕들도 그보다 훨씬 더 끔찍한 불행을 겪으셨다고 합니다. 그러나 이제 그 이야기들은 자손들에게 교훈과 가르침으로 전해지고 있습니다. 폐하께서도 그리하시면 어질고 현명한 성군이 되실 것입니다."

샤라자드의 말에 샤리야르 왕은 마음 깊이 감동하였다.

"그대의 말이 맞다. 지난 시간 내가 지은 죄는 내가 살아있는 동안 모두 갚을 것이다. 그대는 세상 어디를 뒤져도 찾아낼 수 없는 현명한 여인이다. 그대는 압제와 살육에서 백성들을 구원했다."

이튿날 왕은 문무백관과 고관대작이 모인 자리에서 샤라자드의 부친인 대신을 불러 치하했다.

"그대는 참으로 훌륭한 딸을 내게 주었다. 그대의 여식은 지혜롭고 품성이 고울 뿐만 아니라 올곧은 마음을 지닌 세상에 다시 없는 여인이다. 그대의 여식 덕분에 나는 무고한 백성의 딸들의 목숨을 앗아간 나의 죄를 가슴 깊이 뉘우치고 있다."

이어 샤리야르 왕은 자신의 잘못은 자신이 직접 풀어나갈 것이며 이후 어떤 이유로든 무고한 생명을 해하는 일이 없을 것이라고 밝혔다.

"그리하여 지난날 나의 과오를 깨닫고 뉘우칠 수 있도록 해준 현명하고 지혜로운 여인 샤라자드와 정식으로 혼인을 하고 왕비로 삼을 것이다."

문무백관과 고관대작들은 왕과 왕비의 결혼을 진심으로 축하하며 온 나라의 축복이라고 기뻐했다. 샤라자드의 부친은 이루 말할 수 없는 기쁨에 눈물을 흘렸다.

왕은 아우 샤자만 왕에게 결혼 소식을 전했다. 샤자만 왕은 곧바로 형의 나라로 찾아왔다. 샤리야르 왕은 동생 샤자만 왕에게 지난 3년 동안 샤라자드와 보냈던 날들을 이야기해 주었다. 그녀가 들려준 재미난 이야기들과 모험담, 교훈들과 속담, 우화까지 빠뜨리지 않고 들려 주었다. 샤자만 왕은 입이 딱 벌어질 정도로 놀라며 감탄을 금치 못했다.

"형님, 저는 형수님의 동생을 아내로 맞이하고 싶습니다. 아마도 그녀 역시 형수님과 같은 지혜를 지닌 현명한 여자임이 틀림없을 테니까요."

샤자만 왕의 제안에 샤리야르 왕은 기뻐했다. 그리고 이 사실을 샤라자드에게 전했다. 샤라자드 역시 크게 기뻐했으나 이내 망설이는 표정을 지었다. 그 연유를 묻자 샤라자드가 대답했다.

"전 동생과 한시도 떨어져서는 살 수가 없답니다. 그러니 샤자만 왕도 이곳에서 함께 사시도록 하는 것이 어떨런지요."

샤리야르 왕도 동생과 또다시 떨어져 사는 것이 영 편치 않았던 터라 샤라자드의 제안을 흔쾌히 허락했다. 샤자만 왕 역시 그 제안에 몹시 기뻐했다.

이렇게 하여 샤리야르 왕과 샤라자드, 샤자만 왕과 두냐자드의 혼인계약서가 동시에 작성되고 성대한 결혼식이 거행되었다. 온 나라가 기뻐하고, 온 세상이 축복했다.

샤자만 왕이 다스리던 사마르칸드의 통치는 샤라자드의 아버지인 대신이 맡게 되었다. 샤자만 왕은 다섯 명의 태수를 부관으로 임명해 그를 돕도록 하였다.

그 후로도 오랫동안 두 왕과 두 왕비는 세상의 모든 기쁨과 환희 속에서 태평성대를 누렸다.

그로부터 아주 오랜 시간이 흐른 후 지덕을 겸비한 성군이 등장했다. 그는 세상에 떠도는 기담과 전설들을 아주 좋아했는데 특히 왕들의 업적과 언행을 다룬 일대기를 좋아하였다.

어느 날 왕은 우연히 보물 창고에서 신비로운 모험과 갖가지 기담이 담긴 30권의 책을 발견했다. 그는 순식간에 이 책들을 모두 독파하였다. 흥미진진할 뿐만 아니라 교훈까지 담겨 있는 책의 내용에 깊이 감명을 받은 왕은 이 책을 똑같이 여러 권 만들어 온 나라에 널리 퍼지도록 명하였다. 이 신비로운 이야기들은 백성들의 입에서 입으로 전해지다 나라 밖까지 퍼져나갔고 그때부터 사람들은 이 책의 이름을 '천일야화'라고 불렀다.